永恒先生

Mr. Eternity

[美] 亚伦·锡尔著 欧睿智译

中信出版集团·北京

图书在版编目（CIP）数据

永恒先生 /（美）亚伦 · 锡尔著；欧睿智译 . -- 北京：中信出版社，2018.10

书名原文：MR.ETERNITY

ISBN 978-7-5086-8390-4

Ⅰ . ①永… Ⅱ . ①亚… ②欧… Ⅲ . ①长篇小说－美国－现代 Ⅳ . ① I712.45

中国版本图书馆 CIP 数据核字 (2017) 第 291278 号

永恒先生

著　　者：[美] 亚伦 · 锡尔

译　　者：欧睿智

出版发行：中信出版集团股份有限公司

（北京市朝阳区惠新东街甲 4 号富盛大厦 2 座　邮编　100029）

承 印 者：中国电影出版社印刷厂

开　　本：880mm × 1230mm　1/32　　印　　张：10　　字　　数：293 千字

版　　次：2018 年 10 月第 1 版　　印　　次：2018 年 10 月第 1 次印刷

京权图字：01-2018-4674　　广告经营许可证：京朝工商广字第 8087 号

书　　号：ISBN 978-7-5086-8390-4

定　　价：49.80 元

献　给　萨　拉

2500 U.S.A
1750 Bahamas
2200 Boston
2016 Keywest
1560 Inca

2016

天刚破晓，老水手便起床了。他此番早起是为了去房子的“下风舷”[*]处，采集木槿花上的露水饮用。此时粉色的天空仍透着灰色，院子也笼罩在昏暗之中。我透过轻薄的帐篷看到了他的身影。我还听到，他正在唱歌。

我提议说：“我们一定要挑一个清晨，把你喝花蜜的过程拍下来。这是个重要细节。”

老水手穿着宽大的帆布裤子，打着赤膊，光着脚。他留着雪白的络腮胡，一头银发长长的，却唯独在头顶秃了一块。他的身体仍然结实、硬朗，但身形已经大幅缩水，做某些动作时，胸部甚至会蹭到盆骨。

他说：“今天我想给你们讲讲猪厕，这是果阿[†]地区的一大特色，当地人将公共厕所建在猪圈上方。不过关于猪厕，其实也就只有这点儿可说。”

“猪厕？”

“对，而且如你所想，他们的确会吃掉这些猪。”

他把房子的这一部分称为“下风舷”，倒不是因为多年的海员经历使他养成了用航海术语描述一切事物的习惯，而是因为他的房子本来就是一艘船。据他所言，这艘船原本抛锚在靠近海岸的潟湖[‡]中，恰好

---

* 下风舷：船在偏风中航行时，背风的一侧为下风舷。——译者注

† 果阿（Goa）：位于印度西海岸，是印度的一个邦，历史上曾是葡萄牙殖民地。——译者注

‡ 潟（xì）湖：被沙嘴、沙坝或珊瑚分隔出来，与外海相分离的水域。——编者注

在礁石之间，结果一场昏天黑地的骇人风暴席卷而来，将船向内陆推进了 800 多米。这次“死里逃生”实在是太走运了，如果不继续住在船的残骸中，未免说不过去。这些年来他换掉了原先船上的所有木头，在船身上开了几扇窗，还烧了桅杆取火。不过他没有改变船体的形状。这艘搁浅的船仍然是原先的样子，能看出是一艘百慕大帆装的单桅帆船。

他又开口道：“说到果阿地区，不得不提另外一件事。那里生长着一种植物，结出的果实活脱脱是只小羊羔，只是少了牙齿、蹄子和眼睛。动物生长在这种植物的心皮*中，从心皮延伸出的长长的茎连在动物肩膀靠下一点儿的位置。它们也吃草，所以可以清理掉这片区域中所有的杂草。它们的肉可以食用，口感接近螃蟹肉，而血则像蜂蜜一样甜。你可能会好奇：这种植物既然能结出肉和毛，为什么从来没有人开发它的商业用途呢？我觉得这是因为宗教裁判所†谴责这种做法。”

我和阿扎尔来到美国佛罗里达州的基韦斯特‡，是为了拍摄一部关于这位老水手的纪录片，但此前我们两人都没有拍摄影片的经验，甚至不曾对拍摄影片产生过兴趣。当初我写信联系这位老水手提出拍摄构想，是因为在《纽约时报》的旅行专栏上看到了一篇关于他的文章，但最初，我其实只是想找个借口离开纽约罢了。我并没有期待收到回复，也未曾想到大学时结交的朋友阿扎尔会坚持和我一同前去——他分明是个和我一样提不起精神、不关心世事的人。说实话，我实在没想过自己会来到

---

* 心皮：被子植物特有的器官，是雌蕊的组成部分。——译者注

† 宗教裁判所（Inquisition）：13 至 19 世纪天主教会侦查、审判和裁决异端的宗教机构，曾监禁和处死异见分子。——译者注

‡ 基韦斯特（Key West）：又称“西锁岛”，美国佛罗里达州的一个小岛，位于美国大陆最南端，是美国的旅游胜地。——编者注

这里，不仅睡在院子里，还拿着一台昂贵的小摄像机，笨拙地学习拍摄。

还有个插曲：老水手答应了参与纪录片的拍摄，但条件是要我们帮他挖东西，至于具体挖什么，他不肯明说。

他接着讲道："我们过去经常喝芬尼酒*，这种酒是用腰果酿成的。那时我们在老城中漫无目的地游荡，天上悬着一轮巨大的红色月亮，空气中弥漫着类似胡椒的味道。我们轻抚着那些没长眼睛、蹄子和牙齿的'小羊羔'，深切地感觉到离家万里之遥的心情。"

据他所述，他已经560岁了。他还透露了自己的名字——丹尼尔·笛福†，他一生中的大部分时间都在寻找一个名叫安娜·格洛丽亚的女人，自从年轻时在西班牙遇到她，他便发誓非她不娶。我不太确定他是否相信自己所说的这些话，或者只是说出来拿我们取乐。我们已被他警告了好几次，不应该轻易报出自己的真实姓名，因为名字中蕴含着魔力。

现在他要爬上绳梯，去甲板上祷告。我在院子里的小木桌旁坐下，将头埋进双手之中。正值5月中旬，时为早上7点，气温24摄氏度，而我身在基韦斯特。此时的我心里并不难受，也说不上不高兴。我念过一小段时间的研究生，结果发现读书并不适合我；我还在纽约的一家环境保护宣传组织工作过，发现工作也不适合我。现在我退掉公寓、辞去工作，变得一无所有。我和阿扎尔一起行动，对外宣称自己放了个长假。我试着不让自己总是情绪低落。这一年，我27岁。

---

* 芬尼酒（Feni）：果阿地区出产的酒。——译者注

† 丹尼尔·笛福（Daniel Defoe）：老水手化用了《鲁宾逊漂流记》作者的名字。丹尼尔·笛福是英国小说家，被誉为"欧洲小说之父"，作品多描写个人通过努力，靠自己的智慧和勇敢战胜困难的故事，情节曲折，可读性强，体现了当时追求冒险、倡导个人奋斗的社会风气。——译者注

1560

首先要说明，我只是一个印第安人，一个皮拉奥部族的女孩。我来自安那齐托城，那里就是基督教徒口中的“黄金国”*。自从母亲过世后，便再也没有人提起她。后来父亲也去世了，我便被卖给了往来于运河上的商人。他们把我塞进一艘独木舟，和染料木、巴西坚果、几捆猴子肉干、飞天犬皮毛、橡胶玩具一起顺流而下，先到了奥马瓜城，之后又辗转了几座城市，最后终于抵达了圣伊内斯。这座基督教小城位于新格拉纳达王国†，皮拉奥河就是从这里奔腾着汇入加勒比海的。皮拉奥文化中不存在海洋这个概念，我学会用西班牙语说“海洋”这个词后，才开始意识到它的存在。那时我是个奴隶，但因为天生丽质，男人无不沉醉于我的美色之中，于是我被卖进了妓院。我变成了妓女。

我现在拥有印第安人和基督教徒的双重身份。当我睡着的时候，我的名字是夏珂，讲皮拉奥语，可以看到一切存在的事物。梦中的我回到了安那齐托城，在熟悉的人群中做我自己，而不是夹在基督教徒中求生。但当我醒来后，我讲西班牙语，上帝从天堂俯看着我们，此

---

* 印第安人中一直流传着有关黄金国（El Doardo）的古老传说。相传在那个国度中，国王全身涂满金粉，在圣湖中洗浴。为了寻找黄金国，西班牙、英国、法国等国家曾陆续派出探险队，他们找到了南美一些遍布宝藏的地方，但那里是否就是传说中的黄金国，却谁也说不清。——编者注

† 新格拉纳达王国（New Kingdom of Granada）：16 世纪西班牙在南美洲的殖民地，位于现在的哥伦比亚、巴拿马和委内瑞拉地区。——译者注

时我的名字是马利亚。清醒时的我一心想要复仇，希望基督教徒摧毁安那齐托城，一如传说中他们摧毁特诺奇提特兰*和印加帝国的许多城市那样。我希望皮拉奥部族灭绝，更重要的是要让他们知道，导致部族灭亡的人正是我，因为他们在我年龄尚幼、孤苦无依的时候，将我弃若敝屣，夺走了我的人生。

在妓院的这段时间，我向遇到的士兵、书记员和公证人讲述安那齐托城的故事，让他们像我一样对这座城市恨之入骨。在我的描述中，国王和王后已经在位太久，用尽一生也说不完他们的故事。他们只食人肉，剥人皮做鼓面，取牙齿做项链，还将头骨做成酒杯，用来在庆典仪式上喝木薯啤酒。他们向大山祷告，因为山是他们的神明。有时我边讲故事边笑了起来，把听故事的士兵吓得不轻。我的故事在西班牙语文化中具有可信度，因为在西班牙语文化中，所有事情都是真实存在的，但是它们在皮拉奥文化里却是不足信的，因为这种文化里既没有神明，也没有国王和王后。

我可以天马行空地讲故事，因为基督教徒相信万事万物——哪怕是他们自己存疑或者根本不存在的东西。他们说自己所做的一切都是在为上帝服务，因为对他们来说上帝是唯一真正的神明，是圣父、圣灵、圣子三位一体的神。当然此外还有许多其他的神明，其中一些真实存在过，例如圣母马利亚，正是她赐予我马利亚之名。这些神明中既有圣人、圣女和天使，也有存在于地狱之中的恶魔撒旦。他们数量庞大，

---

* 特诺奇提特兰（Tenochtitlan）：墨西哥特斯科科湖中一座岛上的古都遗址，位于今天的墨西哥城地下。它是 15 世纪阿兹特克帝国的首都，直到 1521 年被西班牙人占领。——译者注

像触碰一根腐朽的木头时，从里面大量飞出的虫子，但是他们之中没有任何一位的重要性能与上帝匹敌。基督教徒哪怕被蜜蜂蜇伤，也对上帝心存感激；他们又对上帝心生畏惧，远超对撒旦、死亡或极度痛苦的恐惧。在西班牙语文化中，正是上帝创造了这个世界；而皮拉奥文化只关心切实存在的物体，人们认定这个世界和万事万物一样，都是自然而然便存在了的。

对基督教徒来说，在领受圣餐前食用菠萝是罪，在星期五更换床单和枕套是罪，说“和印第安人通奸无罪”亦是罪。但是，“和印第安人通奸”这件事本身却不是罪。这是基督教信仰中让人费解的地方。不过正因如此，许多信基督教的官员包养了印第安情妇，但他们并不明说。

某天下午，我被两名士兵带到市长府邸，从此我变成了他的情妇。对我来说，这是一件相当幸运的事，因为做情妇比做妓女容易得多。市长很友好，总是努力行善、敬仰上帝；总是坚称印第安人也是人，而不是低等动物；总是为了在寻求救赎中感到的痛苦而烦恼忧虑。此外，由于他的癖好比较独特，所以他从不碰我。他找我当情妇，目的是掩饰自己真正的欲望，这种欲望和小猪有关——不是小猪崽，而是年轻的成猪。他从不碰这些猪。他甚至连自己都不碰。这个可怜的男人，他就站在猪圈里向上帝祷告。这个可怜的男人，为自己心存欲望而感到哀伤。

我在市长府邸过得有滋有味：有时畅饮腰果酒，醉到愚蠢地忘记自己的基督教名；有时也享用番石榴果泥、黑椒海豚肉排和海鸟蛋。没有人打扰我。如果我需要什么东西，便从市长那里偷来，或者用身体和府中的某个门卫交换。但我仍然不能主宰自己的生活。没有人在意我说的话，我也没有任何力量促成事情的发生。我只能回想白色城池中的皮拉奥人，怒火是少数几样我能掌控的东西之一。

直到某一天，我发现了一个机会。一个满脸皱纹的征服者戴着一顶红色的托雷多帽，从森林里走了出来。他叫丹尼尔·笛福，今年100岁，在当年由洛佩兹·巴拉带领的探险队中，他是唯一的幸存者。这支探险队的目的地是“肉桂之乡”——这是基督教徒对皮拉奥河流经的一片内陆森林的称呼。老鸨分了妓院里的一间房给他。他睡了整整三天。我去那里看望朋友时他刚好醒来，便向我们讲起了森林中的一座城市。

丹尼尔·笛福讲故事的时候，总免不了加入些异端邪说，比如他说：“森林中有些东西，连上帝都不知道它们的存在。有只蚂蚁咬掉了我的一只脚，确切地说，是蚂蚁咬了我之后，我的朋友不得不帮我把这只脚砍掉了。但没什么影响，印第安人又用某种药让我的脚长出来了。”

那些士兵急忙用手掩住了他的嘴。他们说那是巫术，阻止他继续胡说，以免堕入地狱。不过他并不在意，不断发出“哈哈哈”的笑声。我也不在乎，因为我知道在安那齐托城这种药确实存在。我也知道他确实去过那里。我还知道他想回去。

我能看到上帝设计的网，在海光中闪闪发亮。

在皮拉奥文化中，只有发生的事情才是真实的，时间则像一只整日嗜睡的动物。在西班牙语文化中，真实就是女人每天对神明诉说的不同事情，而时间是一条河流，她需要努力挣扎才不会沉入河底。当我开口说皮拉奥语时，我想回到那座城市，在中心广场啃印加豆；但当我开口说西班牙语时，我希望看到皮拉奥人陷入火海，因为说西班牙语的人天生具有这种破坏性。正是这种区别让皮拉奥人迎来了末日。

2200

本来我出门只是为了吃块甘薯 喝杯咖啡当早餐 谁知道这一出门再回家已经是 10 年后的事了*。当时我沿路走到了海港 在寄生藤下溜达 嘴里哼哼唧唧 双手抱着自己的头 嚼着我的甘薯 突然觉得特别伤心 谁让我昨天在凯特琳女士管理的一家妓院里喝了一宿的玉米威士忌呢。这就是一个普通的早晨 普通得不能再普通 我和平时一样头疼 一样伤感 一样贫穷 但突然之间我觉得无比厌倦 我再也受不了了。我至今都没有离开过波士顿 也没有动过这个念头 但这次一看到那些没人知道要开向何方 管他是去纽约还是去巴尔的摩的小船 游艇 轮船 我突然发现自己开始挨个儿问每一艘船的船长还招不招人。一位船长告诉我 对 他的确正在招人 于是就引出了下面的故事。你可能会说这真是件怪事 就因为某天晚上喝了玉米威士忌 我第二天早上走到了海边而不是像往常一样爬上山坡 我就这样一走 10 年。可这就是无常的世事啊。我记得那天天气凉爽 微风轻柔 有拉长的影子 虽然天气很凉 但我还是只穿了一件运动衫。这件事发生在 2200 年 1 月 正值新世纪到来后的头一年。我的名字叫詹姆 现在我还用着这个名字 很多人一直误以为我叫吉姆† 其实并非

---

* 原文中描写 2200 年的几个章节除句号外即没有标点隔断，因为叙述者是一个刚刚学会书写的人。——编者注

† 原文中叙述者名叫“Jam”，与“吉姆”（Jim）一名发音相似。——编者注

如此。

我丝毫不在意游艇航行时的海浪和海风 很多天以来 我只想学会这一行的门道。我指的是真正的门道 而不是用绳子打结*。一名老水手负责教我 他们都叫他老丹尼尔。老丹尼尔感叹道 真没想到你还是多少懂一点儿的。我承认他看出来了。在波士顿的时候 我通过贩卖从海难中打捞出来的塑料水果挣钱 但是我没有学到核心技术。我不知道怎样驾驶一艘船。

我们正沿着海岸线一路向南前往佛罗里达及其周边海域。越向南行 天气越热 光照越足 越能孕育出珍珠 金子 珠宝和聚酯。船长说它们需要光照才能生长。他对珍珠非常感兴趣 总是一刻不停地谈论。他告诉我们珍珠生长在水母的腹部。他说 如果我们能像过去一样远渡重洋带回一些奇珍异宝 那我们都会变成有钱人。然而老丹尼尔对财富没有丝毫兴趣 他唯一追逐的是一个女人 她叫安娜·格洛丽亚 是他失去已久的爱人。

我也会思考关于珍珠的事情 还有人造钻石 金子 珠宝 塑料之类。我经常迷失在靠它们致富的美梦中。过去我常常躺在床铺上想波士顿的富人 他们拥有摩托船 可以喝塑料瓶装的清洁的水 而且每天换一瓶。拖车给他们送去了成箱的水果 蔬菜 面包 黄油 牛奶 食用油 奶油。车内温度很低 所以这些食物不会因高温而沸腾。他们可以随时享用任何想吃的食物 就像国王一样。他们的房子很凉

---

* 原文为“learning the ropes”。这是一句俗语，字面意思是“学习绳子”，通常指“学习门道”、“摸索窍门”。——编者注

爽 因为安装了一种叫空调的东西 这是一种古老又昂贵的技术。你可以通过太阳能或电来启动空调 只要你有钱交碳排放税。电 空调 卡车和其他东西都非常可怕 是它们引发了我们所有的疾病。他们说是电加上机动车 工厂 还有牛才造成了气候变暖。但是我并不在乎 我只想手握财富躺在床上 从塑料瓶子里喝甘甜的水。我怎么会在乎全球变暖呢 我会装一台空调 我会在车上 露台上 狗身上都贴满太阳能板 我还会装一个塑料浴池 我会交碳排放税的 反正我这么有钱。

但是现阶段我还是个穷人 一个穷困潦倒的人 眼睛上方还有挨揍留下的伤痕。我是一个孤儿 没有家人 没有妻子 也没有孩子 孑然一身活在这个世界上。也许我不知道别的事 但我知道在2200年独居在炎热的波士顿根本算不上人过的日子 因此甜玉米威士忌引出了我内心的悲伤 促使我离开这个地方。我想住进有空调的大厦里。

现在我要多讲几句老丹尼尔的事。他的年纪已经非常大了 据他自己所说 今年他可能有750多岁了。我并不相信他的话 但是他的确老态龙钟 像块为了长久保存而被腌渍了的肉。有一天他讲起了鲸鱼的故事。动物没有理由长得那么巨大 因为像蟑螂或者老鼠之类的小动物 靠面包屑就可以生存下去 而且不是活得很好吗。他笑了起来 然后说 鲸鱼也靠面包屑为生 只是那种面包屑体积巨大 一艘船对它们来说 就如同一粒面包屑对我们来说那么小。我说 好吧 你说什么就是什么吧。他说 看来你不相信我。我说 那倒不是。他说 最大的鲸鱼足有120多米长 可以一口吞下我们现在乘坐的

船　你有没有看过照片　有很多鲸鱼的照片。我说　我小时候在孤儿院看过一本介绍动物的书　但我觉得那些照片都是伪造的。他说　照片怎么可能造假呢　那可是照片啊。我说　人们总会有办法造假的。他否认说　不可能　那是做不到的。

之后我便不再听他说话了　我觉得他就是个傻子。但不久后你会发现　是我错了　他根本不是傻子　证据之一就是正是他教会了我写字。不管怎么说　你已经清楚了　我 18 岁或者 19 岁那年就是这样离开家乡的。

1750

我在地球这颗令人作呕的星球上已生活了将近 70 年，现在，我生命中的所有主要角色都去世了（我猜只有丹尼尔·笛福医生除外，他会活得比我们都长久），在这种情况下，如果我对来世的时限和情况判断正确的话（如果你觉得我说得不对可以反驳），我感觉是时候把我一生的历险和不幸讲出来了。现在我是波士顿的居民，这是一座多雪多雾的城市，但是我的回忆里充满了年轻时代在绿树成荫的岛屿上度过的时光。

我将毫无保留地讲出我的故事，知无不言，言无不尽，毕竟没有必要对已经发生的故事再进行艺术加工了。我出生在巴巴多斯*，在那里我习惯了艰苦的生活以及被残忍地对待，但是等到 1750 年，也就是我 19 岁那年，我逃离了巴巴多斯，前往巴哈马†，想通过大胆施展骗术来提升自己的地位，之后我会对这句话稍作解释。

到了巴哈马，我频繁地更换住处，但始终都是寄人篱下，甚至还在不同的岛屿间奔波。在这个因海盗猖獗而臭名昭著的国家，我像商

---

* 巴巴多斯（Barbados）：位于加勒比海小安的列斯群岛最东端的岛国，16 世纪前为阿瓦克族和加勒比族印第安人的居住地，1518 年西班牙人登岛，十余年后葡萄牙人入侵，1624 年成为英国殖民地。——编者注

† 巴哈马（Bahamas）：位于大西洋西岸的联邦制岛国，地处美国佛罗里达州以东，古巴和加勒比海以北，原本是印第安人的居住地，1492 年后沦为欧洲殖民地，1973 年正式独立。——编者注

品一样在不同人的手里转来转去。他们都是地位低下的"贵族"，是大家族中的次子、私生子、无用之人，以及为了呈送给贵族而养大的孩子，在他们那里我受到了不曾奢望过的热情款待。有一天我和高尔斯华绥先生一同前往"巴比伦"种植园，这处种植园位于一座名叫淡盐岛的小岛上。当时已经到了下午，高尔斯华绥先生习惯在每天下午2点或3点享用一顿毫无节制的大餐，我则很快穿上了我仅有的衣服中最好的一套，下楼去见款待我的主人，以及到场的其他客人。我就是在这里第一次见到了丹尼尔·笛福，他们称他为"那个西班牙人"。他年事已高，像一个长了眼睛的衣帽架、一个快要散架的稻草人，或是一只团在假发里的昆虫。但有一点大家都已达成共识——他那时将近300岁了。

这座建在"巴比伦"种植园中的豪宅质量却令人担忧。可以想见，这栋房子是匆匆建成的，有些房间的墙上还有明显的涂抹记号，修建者甚至试图用白浆掩盖粪便的痕迹。我觉得高尔斯华绥先生当时建这栋房子不是为了沽名或牟利，而只是为了在其中享用大餐。他的心中只有享乐，除此以外都是无关紧要的琐事。他就像是一个用自己的财产赌博，只为了寻求刺激的人，为了一口美味的葡萄酒可以把身上的所有衣服卖掉。那晚我们享用了炖泥鱼、腌螃蟹、烤猪、烤白薯、车前草、煮布丁、烤黑鸭、西瓜，还有很多其他美食，例如鸽子、鸭子、鱼等等。至于我，则吃下了一整件斗篷那么大的火腿。

但是很快我们的欢宴就被一直盘桓不去的死亡阴影打断了。我们的一位客人福斯特先生突然小声尖叫起来，身体僵直，似乎承受着巨大的痛苦。他挣扎着想要起身，但是根本起不来，于是他下意识地伸出手想要去够什么东西，慌乱中把同伴头上的假发拽了下来，与此同时，他又发出了一声尖叫，直挺挺地向前倒去，咽了气。我们都不知所措地看着彼此，因为福斯特先生看起来像是被毒死的，如果真是如此（那时巴哈马经常发生中毒事件，奴隶常在主人的饭食里添加有毒的化合物），那我们接下来要做的事就是挨个儿审讯奴隶，直到找出真凶。毫无疑问，丹尼尔·笛福和我想法一致，他不希望看到这场欢宴毁于一旦，因为它组织得相当不错。他也不希望看到任何奴隶因此受到折磨。于是丹尼尔·笛福在死者旁边跪了下来，用手掐住死者的脸颊，向他的口中看去，又抓起他的手然后松开，观察手的下落，还用耳朵贴在他的胸口听声音。之后丹尼尔·笛福没有再进行其他研究，便宣布福斯特先生的死亡不是因为中毒，而是因为过量食用了猪肉。

现在我们的心又一次放松了下来，死亡在这个地方算不得什么大事，它就像夏日柔和的风那样刮过每一所豪华的府邸。只有那些刚刚从英格兰前来的客人感到惊恐，他们瞪着眼睛，脸上笼罩着恐惧。而高尔斯华绥先生很高兴发现了丹尼尔·笛福的特殊“才能”，从这时起就叫他丹尼尔医生了，因为他似乎对药理颇有心得。高尔斯华绥先生向他咨询各种各样的事，例如过度食用鸭肉或蟹肉是否也会导致类似的死亡，如果两者都不会，那还有没有什么食物和猪肉一样有这种致命的效果。

我也加入了他们，倾听他们的对话。我一边喝着潘趣酒，一边盯着那些奴隶，他们正在走来走去，收拾餐具。从他们的神色中，我能看出的确是他们毒死了福斯特先生，却不知道是因为什么。

丹尼尔医生说，有时过量食用猪肉会引起医学上所说的“谷蛋白凝固”，也有人称之为“动物混合”，这种现象会减缓和阻碍血液的流通。

就连动物过量食用其他动物的肉也会导致相同结果，只是这种死亡到来的早晚程度，取决于吃的动物和被吃的动物之间关系的亲疏，例如人必须要吃大量鸭子才可以达到这种效果，但如果吃的是猴子，那食用少量就会导致死亡；再进一步说，如果吃的是猿、斯芬克斯*、萨梯†，则更少量就可以致死，因为它们都是和人类血缘最近的生物。嗜食同类这种残忍的行为会引发一种瞬时凝固。总之，丹尼尔医生说要记住，对一只鸭子来说，吃人肉要比吃鹅肉（它直系或旁系亲属的肉）安全得多。

尽管他说得仿佛很专业，但我知道他是个骗子。我并没有揭穿他，因为我也不算什么好人。现在我坐在桌子旁，在其他白人的眼中我也是一个白人，但其实我是只披着羊皮的狼。

亲爱的读者，我的父亲是巴巴多斯“伊丽莎白”种植园的园主科尔曼先生，这是无可争辩的事实，但我母亲是他的奴隶，名为“自由”，所以我既不能算白人，也不能算黑人，唯一能肯定的是我不属绅士之流。在巴哈马群岛上我给自己起了个名字：约翰·格林，从此我一直叫这个名字。

---

* 斯芬克斯（Sphinx）：古埃及神话中长有翅膀的怪物，法老曾根据它的形象建造了“狮身人面像”。在古希腊神话中，斯芬克斯是一个邪恶的怪物，长有女人的脸庞。它会坐在悬崖上，问过路人谜语，猜不中者会被它吃掉。——编者注

† 萨梯（Satyr）：古希腊神话中的森林之神，半人半羊，好色，喜欢无节制地寻欢作乐。——译者注

2500

我父亲是大密西西比民主联邦的世袭国王兼总统，对他来说这是一件幸运的事，因为他热爱权力带来的便利，也热爱进行统治管理。但是对他统治的人民来说这未必是好事，对整个国家来讲这亦是灾难。在一片薰衣草色的光线里，这个国家最终消失在了历史弥漫着香味的滚滚尘埃之中。虽然结局已经明了，但还是让我从头讲起吧。

起先，我们的辖治范围由我们居住的圣路易斯、堪萨斯城和它们以西的大部分地区组成,向南直到密西西比丛林的边界。名不副实的是，其实所有这些地区加起来并不能组成密西西比州，而只是原先密苏里的其中一些城市，再加上阿肯色州零零星星的一点儿土地。但是这个国家直接大胆地使用了“大密西西比民主联邦”这个名字。我们长期定居在圣路易斯。在我的记忆中，那时城市里大约有两万五千人，常见的植物是枣椰树，房子多由泥浆建成，人们喜欢喝香蕉啤酒，除了一月和二月还算比较凉爽外，剩下的月份里气温都高到可以直接煎熟一只猿猴。我的家族在这个地方生活了数个世纪。

我家族的姓氏是罗列特，但我的全名是贾斯敏·圣罗列特，名字中间的“圣”字有点儿追求流行的意味。我是我父亲这一脉中唯一身世存疑的人，我至今都不知道自己的母亲是谁，因此我们这个总统家庭只有两个成员，虽然算上佣人和奴隶，我们“家庭成员”的数量会瞬间增加十倍。有时我一整天都见不上父亲一面，或者只能在他工作的场合见到他。我们在世袭的府邸中过着奢侈的生活，这座府邸曾经是圣路易斯庄严的市立图书馆。我们曾经拥有一台可以同时烘焙50块木薯的巨大微波炉，还有一座同农夫家的整栋房子一般大的浴池。我们养了上百只孔雀，我们穿腈纶服装，铺真正的地毯，点石蜡灯笼，用塑料箱罐，还能享用异域商品，比如我们和邻国进行贸易往来时得到的腰果酒。我们有水箱，并且有规划地储备粮食，高大厚重的水泥墙将那些贫穷的人隔绝在我们的日常生活之外。

话虽如此，对我来说，生活中却充满了挫折，因为我是女儿身，却生在了一个由男人掌握所有权力的时代。我的生活圈子狭窄。在父亲眼中，我只是用来交换利益的工具。我与不同的男人订过婚，最后一任未婚夫是像猪一样的参议员该死的安东尼·科尔韦特。我被迫每周都去拜访他，以便巩固联姻关系。我们两人会在一张颇具年代感的塑料桌旁坐下，他一般会说："还不如喝泥吃土呢。"什么叫"还不如"？我不得不忍受他对我的随心所欲，比如他在政治要求的驱使下机械做出的动作。然后我回家，躺进吊床，在梦里过上另一种人生。在25世纪的最后几年里，身为总统女儿的我过的就是这样的日子。礼拜仪式和宫廷的繁文缛节永远没有尽头，人身自由也遭到了不公正限制。我自比为"不合时宜的女权主义者"，这是我引以为豪的自创术语，一个没有切实来源的短语，仅此而已。

父亲对我遇到的问题丝毫不以为意，但是我们二人的确有一个共同爱好，就是着迷于历史的演变和承继。我们的府邸中只有寥寥几册藏书，但我们都清楚地知道谁是历史的受益者。我们知道，我们是这个民不聊生的年代里生活富足之人，我们的国家只是一个靠杂谷、山羊和骆驼自给自足的地方。我们现在居住的圣路易斯不过是它在过去的辉煌年代中占有领土的一小部分而已，过去广袤的土地如今已经大幅荒芜。但我和父亲还是有一点区别：当我坐在图书馆里，努力汲取一切已经盖棺定论的世界历史知识时，我父亲却几乎不再阅读了，他满脑子想的都是自己会在历史中占据怎样的一席之地。他的野心很大，想要把北美洲所有的国家统一起来，让所有国家在联合帝国的统治下享受自由和民主。当然他还想重振文化和学习风气。我经常听到他说："是时候改变国家破碎的面貌了。"

他强制我在家时只使用现代英语与他交流，这是美洲学者使用的语言，在10岁之前，我都不能说密西西比西班牙语。但是除此之外他并没有制订其他规则，因为他自己也不知道该如何着手进行新现代化改革。也许在平行世界里，他永远都不会真正付诸行动，但是某天晚上事情还是发生了。

那年我26岁，我父亲也已经开始感受到年龄渐长、力不从心，他从一群来自沙漠的人中选出了一个叫丹尼尔·笛福的老奴隶，将他领回了家。那天晚上下着雨，有蝉鸣。我碰巧目睹了这一切，所以才记得这么清楚。那时我刚刚吃过晚饭，完成了拜访该死的安东尼·科尔韦特的任务，正好遇到父亲从前门出去，他看到我的时候说了一声"是你啊"，就像之前完全忘了我的存在似的。

"正好，你跟我来吧。我给你看点儿东西。"他说。

我们走进了骆驼圈，丹尼尔·笛福就在那儿。那是我第一次看见他。

他带着一只上了年纪的猫，它叫克里斯托弗·斯马特*，活像一块长着牙的灰色地毯。丹尼尔·笛福相当英俊，眼中透着光彩。但是我父亲对他感兴趣的主要原因是，相传他已经有上千岁了。考虑到他是从沙漠里走出来的，这件事并不是没有可能。沙漠里的空气极为干燥，日头毒辣，肉类在腐烂之前就会硫化，因此血肉之躯的人类理论上可以永生。与之形成鲜明对比的是，在经常遭到内华达热病等瘟疫侵袭的圣路易斯，气候湿润，就连有钱人也只能活到五六十岁，而穷人能活到三十几岁就算走运了。

我父亲指出："如果真的如他所说，他已活了上千岁，那他应该记得美利坚合众国的光辉岁月。"

他是用现代英语说这句话的，所以当丹尼尔·笛福也用现代英语回答他时，我们都吃了一惊。丹尼尔·笛福的发音近乎完美，他说："别跟我提什么光辉岁月了。那时的人太丧心病狂。他们住在名叫棚屋的帐篷里，只关心鲸脂油。他们所谓的园艺竟然是引爆化学炸弹，结果把所有生物都杀死了。"

我父亲说："我们知道鲸脂油的事。我们的府邸里还有相关的书籍和介绍册子。"但我心知他已经好几年没碰过任何一本书了。

"不光是鲸脂油，还有石油。他们无节制地从地底开采石油，仿佛在畅饮香蕉啤酒。他们的过量开采最终导致土地下沉，看起来就像海平面上升了似的。他们还从一种叫大海雀的海鸟的脂肪中提取特殊的

* 克里斯托弗·斯马特（Christopher Smart）：这个名字来自一位 18 世纪的英国诗人，他曾为自己的猫写过诗。——编者注

020 × 2500

油，那可是合众国的国鸟啊。这种油的开采带动了经济繁荣，但这种鸟生活在北极，因此体内需要保持很高的热量，本来这些热量都会保留在它们的体内，却通过燃烧油脂散发了出来，导致了后果严重的全球变暖。”

他满口谎言，但是我父亲竟不假思索地全盘接受了。我觉得父亲肯定是在这席话中找到了海洋剧变的缘由，他一直缺少一位可以赞同并肯定他观点的智者。现在终于找到了。

父亲平静地说：“我们应该去抓一两只大海雀，不用烧太多只，只要能带动我们的经济繁荣就够了，不会造成全球变暖的。”

2016

阿扎尔已经起床了，更准确地说是从帐篷里挣扎着爬了出来。他趴在地上，喘着粗气，因为做了一场噩梦而处于恍惚之中。我告诉他咖啡和早餐现在还没准备好，而且老水手正在进行诡异的异教仪式。他听罢抬起头轻柔而悲凉地呻吟了一声。

我说："我们现在要达成共识，我们究竟是来这里做什么的。"

"我们是来拍纪录片的，必须坚定不移地记住这一点。"

"但我们对这部纪录片该怎样拍摄仍旧毫无头绪。采用什么方式叙述？是拍埃洛·莫里斯*那种自觉的、正式的纪录片，还是跟拍记录老水手生活中那些琐碎的时刻、日常的片段？"

"这些不是一开始就需要确定的问题。现在我们可以尽可能多地采集素材，之后再把它们剪辑到一起。况且我们到这里才不过半天时间，眼下先想办法泡杯咖啡吧。"

我说："这部影片虽然讲的是一个年纪很大的人的故事，但也要反映现在的时代和社会，以及两个生来幸运但是离开了这个社会就没有任何生存技巧的年轻人。"

"有一点你要记住，这部纪录片的主旨应该与我们两人无关，没有

---

* 埃洛·莫里斯（Errol Morris）：美国电影和纪录片导演，其作品《战争迷雾》于2004年获得奥斯卡最佳纪录长片奖。——译者注

人会在乎我们。至少我不在乎。”

“我并不是说要通过我们来讲述我们，而是要通过我们来讲述这个时代和这个世界：信用卡危机的一代人、充满讽刺和气候灾难的时代。老水手则是另一个时代最后的幸存者。”

我们开始仔细思考这个问题，至少假装是在仔细思考。昨晚在沙子里挖来挖去，我整个人都虚脱了，实在没有力气再思考问题。阿扎尔眼神虚空，像被催眠了一样。我说：“但是人怎么可能活了560岁呢？”

“这倒不是重点。我们不应该抱着质疑的态度进行拍摄。这部影片最好能原汁原味地呈现他的言行，不然我们就成了质疑者。我已经不想再对每件事情都持怀疑态度了。”

我说：“或许这部影片可以力图去证实他的言论，然后通过我们的呈现，一步步地告诉观众他说的是不是真相其实无所谓，至少从某些方面来说——诸如外表和思维，他的确很老了。这时我们就创造了一种隐喻，应该与这艘船有关。我现在还不知道它具体是什么，但是可以以它为起点展开整部影片。”

“好，很好，只要你能明白这件事对我来说最关键的一点就是我不想沦为一个质疑者。”

“为什么你一直在说‘质疑’这件事？”

“我最近在这件事上有所顿悟，因为我终于尝试了红茶菌。非常好喝！我过去一直嘲笑喝红茶菌的人，但如果我没有那么强烈的质疑心，我也许很早就能享受红茶菌的美味了。”

他翻身躺下，凝视天空。在太阳的照射下院子正逐渐明亮起来。微风轻拂，棕榈树叶沙沙作响，仿佛细雨潺潺，整个气氛非常宁静祥和。

他说："这么说他来自15世纪，无论他的肉体还是思维方式都是15世纪的产物。这个想法让人很感兴趣。他肯定还记得发现美洲大陆的情形，也还记得口香糖的发明过程。"他闭上了眼睛。

围墙旁长着香蕉树、青葙、秋葵、苦荬菜、西葫芦、豆子、人参果树、杧果树以及其他很多我不认识的郁郁葱葱的树。龙船花丛下面冒出了奇怪的蘑菇，老水手曾告诉我，他在这里种下过"泰诺"药丸。老水手对我们说，躬耕田园可以让精神变好，但他其实并不怎么吃东西，仅靠每周摄入一点儿蜂蜜、一勺酸角，闻一闻柠檬花的清香便能存活。

我注意到阿扎尔的胸口爬着一队红蚁，犹豫着是否要告诉他。如果这些红蚁会咬人，那不管我是否提醒他，他都会被咬；如果这些红蚁是无害的，那我最好也不要吓到他。不久他尖叫着跳了起来，我冲过去帮他把红蚁打掉。他站在那里，抬着胳膊，面部因疼痛而扭曲，柔软的腹部已经出现了咬痕。

他说："你要明白，如果我们证明了他说的都是真的，这就是一场具有重大历史意义的医学发现。对我个人来说也会是重要的人生转折。"

后来，我们了解到有文件证实的世界上最长寿的人是珍妮·卡尔芒，一位法国女性，享年122岁。她喝波特酒，每周都吃将近一千克的巧克力，直到117岁才戒掉了烟。

但是还有其他人曾声称自己更长寿。据说，老托马斯·帕尔活到了152岁，他每天都吃散发着腐臭味的奶酪、坚硬的粗纤维面包，喝牛奶，并辅以适量的酒和乳清。穷困潦倒的约克郡人亨利·詹金斯大约活到了169岁。李清云1933年去世时，不是197岁就是256岁。在他生命的前40年里，他只喝米酒，吃枸杞和草药。他身高2.1米，留着长长的指甲，肤色健康红润。130 岁那年，一位 500 岁高龄的隐士向他传授了呼吸法。他活过了 23 任妻子，最后死在了第 24 任妻子的怀中。

翠蓝加·斯瓦米是瓦拉纳西[*]的云游尊者，他活到了 280 岁，一说 358 岁。他可以在空中飘浮，也可以在水下呼吸。他曾一连斋戒数月，最后连饮几桶酸稠的牛奶结束斋戒。他终生赤裸着身体。些传闻愈演愈烈，但最后都化为了谜团。无论是玛土撒拉[†]、雅列[‡]、诺亚、亚当还是其他人，尽皆如此。波斯的沙赫[§]扎哈克活了 1 000 岁，苏美尔[¶]的国王活了上千岁，相传其中一任国王恩曼卢那的统治长达 43 200 年。

他们长寿的秘诀是什么？李清云一直遵循四条法则：心如水，坐如龟，行如雀，睡如狗。我知道有人成功利用具有长存性质的物质达到长寿，例如翡翠、赤铁矿、黄金和朱砂。他们的逻辑是，如果你摄入这些物质，就可以吸纳它们长存的特质。此外，还曾经流行过很多延年益寿的方法：食用易于消化的蛋白质、控制卡路里的摄入量、吃生食、锻炼大脑、遵守冲绳饮食法[**]、保持积极的心态、食用鹿茸等等。对达成永生来讲这些方法都没有错。老水手认识一个叫利比森的男子，他的长寿方法是喝钟表里可饮用的金液，这可能的确起了一些作用，不过已经无法证实，因为他最后被拖拽到宗教裁判所活活烧死了。

---

* 瓦拉纳西（Varanasi）：一译贝拿勒斯，是印度北方邦城市，印度教圣地。——译者注

† 玛土撒拉（Methuselah）：《圣经》中的人物，活了 969 岁。——编者注

‡ 雅列（Jared）：《圣经》中的人物，活了 962 岁。——编者注

§ 沙赫（Shah）：波斯语，是对皇帝和君主的称呼。——编者注

¶ 苏美尔（Sumer）：古地区名，位于今天伊拉克东南部两河流域下流。——编者注

** 冲绳饮食法（Okinawa diet）：日本冲绳的居民非常长寿，于是研究人员归纳整合了他们的饮食模式，提出了“冲绳饮食法”。——编者注

现在再来说老水手本人，他多年来被咸湿的海风锤炼，被热带毒辣的阳光照射，在我看来已拥有了“金刚不坏之身”，同时还像一根皮鞭一样有韧性。

活了 560 岁意味着什么呢？如果我可以活这么久，我会见证什么？那时会不会出现合理的土地分配制度？每位女性平均诞下 2.1 个婴儿？加油站是否会被太阳能充电站取代？我曾经是一个带着宣传材料到处游走的人，自欺欺人地相信公益组织的力量，我在纽约游荡，劝说人们拔掉所有不用的插销，鼓励人们思考城市里的洪水隐患，这些行为没有让我感到欢欣鼓舞。不会出现太阳能充电站的，会出现的反而是极端天气和高温。华盛顿特区会长出牛油果树，波士顿会长出寄生藤，连格陵兰岛都会开起葡萄酒厂。那时基韦斯特已经被海洋淹没，新奥尔良、迈阿密和曼哈顿下城区也无一幸免。再也不会有塑料袋，再也不会有社交媒体，再也不会有电灯泡、便宜的内衣和准确的天气预报了。没有人会记得怎么制作沥青、强力胶、防晒霜或是可的松*。我们再也无法飞翔。世界将回归过去的样子，可能是很多很多年前的样子，但从另一个角度想，世界其实又完全不一样了。

老水手为了做早餐，在后院充作厨房的棚子里煎了甜味车前草。没有咖啡，但是他给我们提供了浓稠丝滑的饮品“魄茶”。他说这种饮料的劲儿比咖啡还足。阿扎尔用一个锡质杯子尝了几口后便宣称自己已经容光焕发。我也喝了，只抿了一小口，然后感觉有一个天使冲着我的脸打了个喷嚏。我们两个都对此感到困惑不解。

---

* 可的松（Cortisone）：肾上腺皮质激素类药物，具有抗敏消炎作用。——译者注

阿扎尔问："你还记不记得口香糖发明时的事？"

老水手说："刚开始推出的口香糖只有丁香味的，之后又有了肉桂味的。香料的味道！但是你要明白口香糖的发明对我们的重要意义。我们那时在环游世界，一半人都死于突厥人之手，他们都是为了抢夺香料。今天已经没人记得，口香糖最初是放在浅色信封里的，合上信封时会发出'咔嗒'一声，你可以用一个镍币买到它，换算成现在的钱大概是 50 美元吧。你可以嚼着它四处溜达，这时你会觉得自己简直是亚丁[*]的国王。"

我重复道："亚丁的国王。"

"那时辣椒非常便宜，他们把辣椒直接装进纸包里送人！"

他说话时的手势非常有力量。他使劲扭动着头，踩着后脚跟跳来跳去。他的手掌巨大，牙齿像老旧的象牙，笑的时候脸上的皮肤皱起来，活像一只棒球手套。从某些角度仍旧能依稀看出他曾经英俊的模样。

阿扎尔把摄像机放在桌子上对着他，然后问道："如果你可以带一样东西回到 16 世纪，你会选择什么？你会带治疗疟疾的药吗？"

老水手说："我的疟疾持续了 100 年，贯穿了整个 17 世纪。让我告诉你我会选择什么吧。我会带棉质的 T 恤衫，它像风一样轻柔，价格也只和一条面包不相上下。当年我驻扎在圣奥古斯丁[†]的马里恩堡，就在英属佛罗里达[‡]的东岸。那时我们穿着羊毛做的制服，足有 9 千克

* 亚丁（Aden）：也门的一座城市，拥有 2 000 多年的历史。——编者注

† 圣奥古斯丁（Saint Augustine）：佛罗里达州东北部的城市。——译者注

‡ 佛罗里达曾是西班牙人的殖民地。1763 年，西班牙人将佛罗里达交给英国人统治。1845 年佛罗里达加入美联邦，成为美国的第 27 个州。——编者注

重，甚至可能将近14千克重。而且那是夏天，连堡垒的贝壳灰岩墙体一摸都是烫手的，集市中的印第安人也热得什么都不穿，全身上下只有一条坠着珠子的缠腰布，你会忍不住感慨，就是这么热。当然那时还有很多蚊子，可以在20分钟内把一个粉嘟嘟的英国男孩叮得皮肤僵硬。所以我很庆幸现在发明了棉质T恤衫，我也很庆幸现在蚊子已经快消失了，不管它们去了哪里。”

我问：“你选择只带一件T恤衫回去吗？那么多东西，你只选择T恤衫？”他纠正道：“是一件轻薄的棉质T恤衫。”

阿扎尔拽了拽自己的衬衫领子：“但是你看，这件T恤衫其实是美利奴羊毛的。这是一种轻盈的混合材质。它能吸汗，而且自带的抗菌特性可以除臭，还不容易起褶皱。在大热天穿棉质衣服还是非常难受的。”

老水手说：“那我就带美利奴羊毛T恤衫吧，或者胶底鞋，或者来复枪和充足的子弹，或者一箱干胡椒。我可以在21世纪的商店里买齐这些东西，然后带回去，用它们换大片的土地。我将成为国王。对了，还要带上青霉素，因为有一次我在密西西比河边被一只巨型的发光蚂蚁咬到了。那只蚂蚁得有龙虾那么大，我的脚感染了，印第安人不得不帮我把它砍掉，但最后他们用一种药又让我的脚长了出来，所以其实我并不需要青霉素，只不过它可以减轻我的痛楚，但没有也无妨。”

阿扎尔又吃了一些车前草。老水手像他自己说的那样，什么也没有吃。我特别想再喝些魄茶，但我已经开始感到紧张不安、步履不稳了。

阿扎尔说：“你给我讲的这些事情，简直会让一个质疑者精神振奋。”

1560

某日清晨，一名基督教徒泛着一叶印第安式独木舟顺江而下，来到我们这里。这个人名叫迭戈·派斯·德*·索特洛。他的躯干长度是腿长的两倍，胡子则一直垂到地面上。他瘦骨嶙峋的，看上去既没有一副好皮囊，又没有一副热心肠。在洛佩兹·巴拉带领的前往“肉桂之乡”的探险队中，他是最终的两个幸存者之一。自从他被丹尼尔·笛福遗弃在森林中后，便一直在其中游荡。

从那时起他便对这件事怀恨在心，所以他来到市长府邸，谴责丹尼尔·笛福背叛基督教信仰的种种罪行。他声称曾亲眼见到丹尼尔·笛福在最近的一次探险中食用发酵的面包†；声称丹尼尔·笛福不仅擅自改动了圣约翰的赞美诗，还坚称自己的改动使这首赞美诗更加完美；他还揭露了丹尼尔·笛福曾使用印第安根茎进行占卜、做预知未来的梦，还施了法术，让自己被砍掉的左脚重新长出；丹尼尔·笛福还向魔鬼祈祷，乞求佩德罗·阿维拉丧失智慧，甚至谋杀了探险队的总领队洛佩兹·巴拉。索特洛的话也佐证了丹尼尔·笛福自称有100岁的说法，而后者的身体之所以至今仍然健壮，正是因为他与魔鬼缔结了协议。索特洛还说丹尼尔·笛福曾被人看到正在阅读一本深入解读基督教信

* 德：西班牙语的姓名中，名与姓之间的“德”是贵族的标志。——译者注

† 在基督教信仰中，酵母总是与罪恶挂钩。——编者注

仰中有关灵魂*的书，而他作为一个愚昧无知的人、一个士兵，根本不应该碰书。

迭戈·派斯·德·索特洛进行长篇大论时，我止不住地放声大笑。市长也哈哈大笑，不过他只是跟着我笑。索特洛所陈述的行为都是对教规律法的亵渎，但由于圣伊内斯并未设有教廷审判所，对丹尼尔·笛福的裁决权便落在了市长手中，他可以决定是否应以维护上帝之名判丹尼尔·笛福死刑，或是将后者送至别处进行审判。待迭戈·派斯·德·索特洛走后，市长下令将丹尼尔·笛福从妓院带走，锁进街边的警卫室。过后市长向我解释，丹尼尔·笛福并不是一名真正的基督教徒，而是一个遵循基督教教义生活的犹太人。市长说犹太教的异端邪说，又称摩西†邪说，是最强有力的邪说，因此一部分基督教徒坚信犹太人不可能忏悔并改信基督教、成为真正的基督教徒，正如鱼永远也无法变成猴子。市长之所以为我详细地讲解这些，是因为他坚信自己身负向我传播基督教精神的责任。

市长追求淡泊宁静的生活，因此这些纠纷使他痛苦异常。他将头埋入双手之中，叹了口气。尽管他认为凡敬爱上帝者均为基督教徒，但以教法的标准来看这远远不够。他喝了点儿葡萄酒，沉浸在痛苦之中，出门径直走到猪圈中祈祷。

皮拉奥文化中有形容事物颜色的词汇，但没有形容颜色本身的词

* 基督教信仰与灵魂：基督教主张人没有不死的灵魂，如“他的气一断，就归回尘土；他所打算的，当日就消灭了”（《诗篇》146:4）；“如果人有个不死的灵魂，复活就变成多此一举了”（《约翰福音》11:11–25）。——译者注

† 摩西（Moses）：公元前13世纪的犹太人民族领袖。史学界认为他是犹太教的创始者。——译者注

汇。这种文化中也没有数字的概念。如果我想形容10头牛，我会形容牛群的大小，而不会说到数字。在皮拉奥文化中，物体不能超越当前的位置而存在，时间也不能超越当前的时刻而延续。因此在皮拉奥部落里表述“我将做这件事”、“我要做那件事”、“下周我要杀掉你”、“明天我要付你钱”都是不合适的。但是基督教徒看待时间维度的方式是不同的，生命不仅存在于现在，亦存在于将来。这是我从基督教徒那里学来的事情之一：时间规划。

现在我面临着一个问题，需要依靠制订计划来解决。如果没有丹尼尔·笛福，我将无法回到安那齐托城。他是唯一知道路线的人，连迭戈·派斯·德·索特洛都没有去过那里。

我对市长说：“您也听到他是怎么形容‘黄金国’的了。”

他说：“我听他讲过那些故事了。”

“但他所言句句属实。的确存在能让断肢重新长出来的药。富人会割掉穷人的四肢来炖辣汤，然后用这种药使穷人的手脚再次长出，这样便不会损失劳动力。富人还要利用这些劳动力为他们崇敬的神明修建庙宇呢。”

“这就是他的罪证之一。如果他的脚是被印第安巫术催长出来的，而印第安人又不信仰上帝，那我们如何能证明他断脚重生一事源自上帝的旨意？这一定是他和魔鬼缔结了契约，或者这就是魔鬼做出来的事。”

我未能劝服市长。在我构思出新计划之前，必须阻止市长采取任何行动。我将一种草药碾碎添入他的葡萄酒中，这样他的脑子会越发昏沉，双腿会僵硬得像石头。我知道他绝对无法尝出这种草药的味道，最终他也的确没有察觉，因为这种植物在说西班牙语的地区是不存在的。

我开始为市长准备餐点，他仍在猪圈里。我站在厨房小棚的阴影中向他望去。此时空气透射出木瓜果肉的颜色，大海则闪动着蓝花楹的光泽。不久，市长就开始步履蹒跚、胡言乱语了。他的头发纠缠在一起，舌头像鳗鱼一样在口中翻卷着。他的头发一边卷曲一边发出了动听的嗞嗞声，发色越来越浅，直到变成了成熟蛋黄果的颜色。他往自己身上泼水，然后走到水中，直至水位没过膝盖，接着像睡着了一样向前倒去。这只是因为他陷入了深度睡眠，实际上并无大碍。

然后我走到了警卫室。一个士兵正从布袋子中掏出野生菠萝吃，还把籽随意吐在地上。他是这里唯一的执勤士兵。我告诉他我必须要见丹尼尔·笛福，我没有告诉他原因，他也没有问。我们相视而立，我身穿棉布裙子，他身穿束腰外套、紧身裤，系着一根皮带。世界是那么安静，仿佛可以听到月亮在空中旋转移动的声音。我的美貌如火把一样闪耀，又像使人迷醉的草药。于是，他为我打开了门锁。

我进门后看到丹尼尔·笛福坐在牢房的地板上。他举起一只手向我打招呼，显然对我的到来并不吃惊。

我开口说："你曾去过安那齐托城。"

他用皮拉奥语回答我。

"用西班牙语告诉我。"

他笑着说："我去过那里，是和高卢的阿玛迪斯*一起去的。"

我本想向他解释，我希望将基督教徒引入安那齐托城；但实际上，即便我不费口舌，他也会同意我的请求。他最想做的事就是回到那座城市，夺走那里所有的财宝。他告诉我，有一个女人在西班牙等着他，但因为他是一个信奉基督教的犹太人，所以他永远都不能回到那里，他唯一的出路就是成为一位富豪，那样他就可以买下加勒比海上的一座小岛送给她。那个女人名叫安娜·格洛丽亚。他在现实中仅与她有过一面之缘，但此后她经常出现在他的梦中。

我说："但是迭戈·派斯·德·索特洛揭露了你的罪行。他不仅指控你信奉摩西的异端邪说，还谴责了你的很多邪恶思想。"

他听罢沉思了半晌。森林里传来了尖利的叫声，在皮拉奥文化中，这是人们开始跳舞、吃甘薯、躺在地上的信号。但是对说西班牙语的人来说，这个声音没有任何意义。

他开口说："这倒是有趣。我毫不讶异，毕竟是我把他留在了森林里等死，但我当时确实认为不管怎样他都必死无疑了。"

"市长还听说了关于你的脚的故事。"

"啊哈！"

他总是忍不住想讲那只脚的故事，现在他又开始讲了起来。

"我的脚被一只巨型的蓝色丛林蚁咬过之后就开始腐烂。洛佩·德·古斯曼不得不帮我砍掉它。只有真朋友才下得去手啊。"

* 《高卢的阿玛迪斯》是中世纪一部著名的骑士小说，主人公阿玛迪斯是当时游侠、骑士的典范。——译者注

他边讲边笑了出来：“我当时劝他把我的另一只脚也砍掉。那时我可激动了！我不停地重复着：‘把两只脚都砍掉吧！还有两只手！留着它们只会惹麻烦。’洛佩·德·古斯曼和其他几个人不得不张口咬我，直到我终于安静下来。不过脚被砍掉也没什么事，因为印第安人有一种能让断肢重生的药，就像我一直所讲的那样。”

他还说，那种药能使水变为橙色、天空变为紫色。它能让树干上长满人脸。它还会让时间沿着错误的方向行进，或者说它能让时间沿着几个不同的方向行进——不仅向过去回溯，还会在平行的方向前进，所以他也无法说出过去究竟发生了什么，或是有什么事情是只在未来才会发生的。

我说：“基督教徒都相信你的故事，但问题在于，他们坚信这种药出自魔鬼之手。”

我请他务必向市长讲述安那齐托城的事情。他不能从皮拉奥文化的视角讲这个故事，而必须从西班牙语文化的视角讲述，就像我讲述自己的故事时那样。在西班牙语中，那个地方名叫“黄金国”。他必须坚称那里的房子都用金子铺顶；当地人碾碎珍珠，混入烘焙的面包中；还有一个国王，每天清晨沐浴之前都要将金粉涂遍全身。他必须声明自己是唯一知道怎样回到那座城市中的人。只有这么做，他才能让自己从此前的种种指控中脱身。“黄金国”中的遍地黄金比他冒犯基督教教义的罪行重要得多。

罪行可以用金钱弥补。

他说：“这个我知道。那座城市可以实现我们发财致富的愿望，其中的妓女们也会把自己的牙齿染黑。”

“是的，安那齐托城的妓女会染黑自己的牙齿。但当你用西班牙语讲述时，‘黄金国’里的女人都应该拥有洁白的牙齿，每个人都是处女。一定要记住这一点，基督教徒有处女情结。”

他向后靠去，盯着天花板，看上去非常放松，毫不恐惧，像基督教徒一样展望着未来。他怎么会是犹太人呢？

他说：“我打算告诉市长，迭戈·派斯·德·索特洛是为了将这一切掩藏起来，或者说他是为了独自霸占所有财产，才对我进行指控的。而我原本打算保护他，因为他是我的朋友、伙伴，但现在我被上帝之爱感动，打算揭穿他的真实嘴脸。”

“非常好。”

“不过安那齐托城的居民吃什么来着？再提醒我一下。就是那种有老鼠肉馅的面团。”

“扎扎饼。”

“非常美味。”

“在西班牙语文化中，这是给濒临饿死的人吃的食物，这一点就不要对市长说了，以免他认为安那齐托城是个贫穷的城市。但是要告诉他这座城市没有城墙，也请他原谅迭戈·派斯·德·索特洛，他只是一个和其他所有人一样不完美、有罪孽的人。市长喜欢同情和怜悯他人。”

2200

老丹尼尔对我很友善　他负责照看我　某一天　他提出要和我合作完成一件事。我便问他要做什么。他说　你跟我来就知道了　如果你现在不用忙别的事情　你能不能来帮我一个忙。我说　我们现在困在同一条船上　不管怎样都免不了一起行动。他说　虽然是这样　但我的意思是我们可以正式结成伙伴　而不仅仅是同一艘船上的船员。我说　好吧。他说　你帮我找到安娜·格洛丽亚吧　半路上我们可以在安那齐托城把财宝挖出来　我把财宝留在那儿就是为了在未来的某一天再把它们挖出来。我重复了一遍　安那齐托城的财宝。他说　是的　我们把财宝挖出来　你就变成一个富人了　你的问题也会随之解决。我说　那好吧　听起来真的挺好的。他说　你肯定喜欢。我说　对　我会很喜欢这个想法的　听起来真是个不错的主意。他说　好吧　那我们就达成协议了。我说成交。我们就是这样简单地达成协议的。很明显我根本帮不上他的忙　因为我根本不知道安娜·格洛丽亚的样子。但是他并不在乎这件事　因为他只想让我感到自己被接纳。

之后我看到了纽约的摩天大楼　比波士顿的要高大许多。我是在城市里长大的男孩　但是纽约这座城市很不一样。这里的建筑非常庞大　垃圾和污物被包裹起来　和船只一起挤满了整座海港。纽约有和波士顿一样的海堤　但在这里就连海堤后面的楼房底部也浸泡在水

里 甚至还有一些楼断裂了 摔成了几瓣。这座城市绵延了几千米 非常壮观 但是已经不再辉煌。我不敢上岸 因为人们都说纽约人是非常恶毒的盗贼。于是我留在船上和老丹尼尔玩小游戏 他总是赢 但是他从来不会拿走我的钱。

我非常担忧地扭头向后看去 那些倾塌毁坏的建筑让我内心发狂。我不禁开始思考到底发生了什么 我们为什么丧失了建造城市的能力。我让老丹尼尔给我讲过去的故事 在这个世界倾塌之前的事。我说 给我讲讲纽约吧 它曾经是座多么伟大的平原城市。他说 好吧 当时有一场名叫德韦恩的龙卷风来袭 于是海水水位上涨 多地暴发干旱 人口密集 还有许多其他因素叠加在一起 每个纽约人都在忍饥挨饿 真是难以置信。我对他说 你没听懂我的意思 我不是要听这种故事 我想听你讲曾经那些幸福的日子 每个人都像国王一样享受着空调 法拉利 电灯 冰激凌 牙膏 足球和流媒体的时光。他说 好吧 那我想想 比如他们通过管道在地下建造像火车一样开动的地铁 这个工程相当壮观。我说 有趣 地铁上有空调吗。他说 装空调了。我说 真神奇。他说 是的 车厢里总是装满了成千上万的人 地铁带领他们向末日飞驰。我说 请别提末日这个词。他说 好吧 那好吧 在末日来临前纽约真是一片非常广袤的土地 但是之后哪里都长不出植物来了 这是人类对自然的胜利 我都不知道纽约是怎么花了那么长时间才走到这一步的。我说 求求你了 别再提末日这个词 但是算了吧 关于纽约就讲到这里吧 现在给我讲一个美丽的地方吧。他狡黠地一笑说 那我给你讲讲有草地的小岛 那里有牧场 还有鱼 黑莓 蓝莓 参天绿树 那里是世界上自然景

致最美的地方之一　那种美丽真是难以描述。我说　好吧　但我心知他在骗我。他说　哈　其实我说的这个地方正是纽约　然后他笑了起来　接着说　当时这里还没有建起城市　只有印第安人居住　所以我才知道当时这里的样子　但是我要承认　我没有亲眼见过地铁。我说　那给我讲讲印第安人吧。他的神色突然变得严肃　然后说　我不能谈论印第安人　承认这件事很悲伤　因为他们是最早一批迎来自己末日的人。

经过这么多年　老丹尼尔的身体已经非常僵硬了　有时他甚至不能弯下腰来　只能保持直立　整个人看起来就像一台铰链生锈的机器。但他还清楚地知道怎样驾驶船只　他对一切有关船只　航行和风向的事都了如指掌。我们沿着海岸线继续进发　更准确地说是海风带着我们向南航行　老丹尼尔对我们吼道　拉那个　修这个　收这张帆　把船再开快点儿　把那个举起来。他不是这艘船的船长　但的确连船长也听他的。无论条件是否允许　大部分时间我们都会沿运河前进　而不会直接在海上航行　因为这个季节有大风暴　其实无论什么季节　天气都非常糟糕。大部分时间运河和海上的情况是一样的　因为海水已经漫上陆地　造成了一片混乱。大多数海岸上都是被淹没的房屋建筑　城镇的那种混乱程度根本无以言表。

现在我来讲讲这艘船上的其他人。我们这艘小游艇上一共有 8 个人　这艘船因为年久失修而显得脏兮兮的。无论你在睡觉或只是翻了个身　都会有另一个人在你旁边打鼾　磨牙　大吼大叫　或是隔着栏杆朝海里小便。没有一个人像我一样毫无出海经验　但是也没有人达到老丹尼尔的那种专业程度。船上的人有阿明　科比　卡尔和米

塔 还有一个人的名字我记不起来了 但你会发现这并不重要。船长拥有这条船 但他是个彻头彻尾的白痴 只会谈论在阳光下生长的金子和塑料。还是老丹尼尔为他解释了金子是怎么在地下生长的 所以光照的变化才会对它造成影响。卡尔在他父亲破产之前读过几年书 他说老丹尼尔是对的 所以现在我们都知道船长是个白痴了。卡尔和我们一起玩小游戏 他是一个块头很大的男人 认为自己精通所有领域的知识 虽然老丹尼尔在玩小游戏时碾压他就像战胜我那样轻而易举。有一次老丹尼尔说 我也并不总是这么幸运 有一次我赌博时输掉了整座小岛 就是巴哈马地区的淡盐岛。

而说到我自己 我总是一刻不停地想着姑娘 辗转反侧 难以入眠。有时我们能在运河边看到姑娘们拎着水壶 晃动臀部 她们会指着我们放声大笑。某天晚上我上了岸 偷偷摸摸地向前走。有几间小棚屋中透出摇曳的火光 我却一个姑娘也没有看见 可能她们都只是睡着了。但是那时我的内心已经充斥着欲望 还被一个农夫看到了 他以为我在撒尿。我真是条可怜虫。之后我哭着跑开了 我在受到惊吓后的恍惚中的确看到了很多大房子里电灯像月亮一样发出光芒真是太不可思议了。我心里想着 等到我富有了 就不会再有人敢来欺负我了 只有我欺负他们的份儿。

很快运河上就弥漫起了烟雾。我们找到了一条通向大海的河道 于是顺着它偷偷溜了出去 这之后在船上的每一天都没有什么变化 海岸海浪 空气中咸湿的味道都是那么单调无聊。仅凭从井底窥看 我怎么可能知道这个世界的全貌呢。我们吃的是难以下咽的玉米浓粥。老丹尼尔说 以前鱼的数量很多 你甚至可以用手抓鱼 或者

用钩子把鱼钓起来　根本用不着吃玉米浓粥。我从来没有见过老丹尼尔进食　他只在一点儿水里加入蜂蜜和糖　这就是他所吃的全部。我猜这可能正是他永生的秘诀。他说　哦　不是的　是因为我过去摄入过益生菌　你听说过这种东西吗。我说　我没听过。他说　益生菌就是一种以细菌为食的生物　它们生存在你的腹部　但是它们不会伤害你　只会袭击病菌并且繁殖自己。我说　听起来挺有趣的　可你怎么往腹中放益生菌呢。他说　方法有很多　比如吃掉一只被遗忘在雨中的旧鞋子　就是那种有味道的旧鞋子。我说　哦　你是说你会把它炒熟吗。他说　不是的　那样益生菌就被杀死了。

有时候老丹尼尔觉得我太过严肃　就会开我的玩笑。例如我有一个老旧的塑料女性雕塑　老丹尼尔说　这是给女孩子的玩具。他管它叫芭比娃娃　但这不是娃娃　这是做礼拜时用的雕像　是圣母马利亚。她的臀部的确被刻意做得更丰满了　胸部也更加圆润　这我承认　但这是我在遇到危险时用来祈祷的雕像。

接着映入我们眼帘的是诺福克海港[*]　我们在汉普顿锚地[†]。我们一船人里　只有老丹尼尔来过这么靠南的地方。但是现在我们看到了可怕的景象　大海中央的海浪被劈成了两半。连我都知道这不是正常现象。我尖叫着说　这是什么是怪物吗　是一条巨型鱿鱼吗。老丹尼尔说　是珊瑚　真想不到原来是珊瑚。之后他开始冷静地大声喊出指令　但是我们不太能理解　因为他给出的指令非常专业。他被汉普顿

---

* 诺福克海港（Norfolk）：美国弗吉尼亚州重要海港。——编者注

† 汉普顿锚地（Hampton Roads）：位于美国弗吉尼亚州，是当今世界上最大的海军基地。——译者注

锚地的珊瑚震惊了 于是他又喊出了更多其他的指令。他说 向右转 我求求你们向右转。

但那并不是珊瑚 因为之后我听说世界上所有的珊瑚都已经消失了。那只是一座沉没的桥梁 虽然它和珊瑚造成的后果也差不多。我们的船擦着桥开了过去 但桥还是把我们的船撕开了一个洞 导致船像石头一样沉入了海洋深处。我在水中扑腾起来 我是一个游泳健将 因为在波士顿海港有时我需要潜入水中进行救援。老丹尼尔躺在水面上 哭喊着 为什么又沉船 为什么又沉船 他还呼喊着我 有时喊我约拿有时喊我以实玛利*。我现在发现所有人都溺水了。老丹尼尔对我说 年轻人 不要担心 上帝不会杀了我的 他总是保护我免于死亡 因为对他来说我还有用武之地 我是他的玩具 你过来和我一起 这样他也会保护你的。看起来他已经忘记了益生菌的事 现在保佑他活下来的东西变成了上帝。我说 老丹尼尔 你真是疯了 你说什么胡话 其他那些溺水的人不是也和你在一起吗。我呛了几口水 咳嗽了起来 但是突然起风了 我正在水面上挣扎的时候 一截树干漂了过来 我们连忙把它拽了过来 抱着它好让自己浮在水面上。我因为害怕而痛哭起来 老丹尼尔说 永远不要害怕 不要哭泣。他躺在浮木上流着口水咳嗽着说 真是太不可思议了。他说 你们这些人总是在哭泣 但是以前的人从来不哭。他说他要再想想人学会哭泣之前的事。他再次感叹道 真是太不可思议了 我竟然亲眼见证了这个世界的循环往复。

---

* 约拿（Jonah）和以实马利（Ishmael）都是《圣经》中的先知。—— 译者注

1750

我睡得昏天黑地，像从海难中死里逃生的船员终于躺在沙滩上时那样放松地大睡了一场。第二天早上，当我在“巴比伦”种植园的这座豪宅中醒来时，已经记不得前一天晚上是用哪个名字做的自我介绍了，但是府邸中有一个名叫波洛纽斯的奴隶，他把茶端进我房间时尊称我为“格林主人”。我在心里默默地说，哦对，就是这个名字。波洛纽斯离开后，我就重新启用了约翰·格林这个名字。我越想越觉得这件事情很好笑，以至于把茶都泼了出来。我是“英格兰一个富有代理商的次子”，想到这里我又笑了，再次把茶泼了出来。

这段记忆遗失的经历本应让我对现在所处的危险境地有所警觉，因为如果他们发现我的真实身份其实是一个享有自由身的、名叫萨姆的黑白混血儿，我铁定会遭受严厉的惩罚，甚至会悲惨地沦为奴隶，但是我毫无畏惧，因为我年轻，充满活力，像新英格兰*春天里蓬勃生长的绿色野草，我只关心以白人的身份生活是多么滋润、被当作白人对待是多么美妙。于是，我一下楼就径直去找高尔斯华绥先生，看看他是否正好需要雇用一个我这样的人，因为我非常喜欢“巴比伦”，我发现昨晚自己抽烟的样子和仪态举止就非常有古巴比伦人的风范。他说，亲爱的孩子，

* 新英格兰（New England）：指美国大陆东北角，濒临大西洋、毗邻加拿大的区域。这里是英国殖民者最早开发的美洲地区，所以被称作“新英格兰”。——编者注

你来得正好，我们可怜的会计罗林斯先生被一道雷击中了，如今只剩一堆骨灰。

就这样，毫无贸易知识和经验的我成了会计。每年我都有50英镑的收入，拥有完全属于自己的住所——所谓住所，其实只是位于沼泽边缘的两个房间，充满了瘴气。丹尼尔医生也被雇用了，成了所谓的医师，他对自己工作的了解程度和我相比也不过是五十步笑百步。换句话说，那天早上高尔斯华绥先生同时雇用了两个新人——两个骗子，但是他已经开始四处宣扬自己雇到了两个好员工，终于可以把种植园发展起来了。他开心极了，任由香气指引他前去吃晚餐。所有人都沉浸在兴奋中，没有人想到应该向我解释一下会计的工作内容是什么，所以直到现在，我还是说不出会计需要做什么，我仍旧像平时一样做事——无所事事，安安静静地度过每一天。

可是这个丹尼尔医生究竟是谁，是什么来历？他总是戴着一顶棉质睡帽，他说这顶帽子可以帮助他抵御地面散发的湿气。他称自己像美洲大陆一样古老而多变。他还说自己是一个伟大的探险家，曾经去过一次"黄金国"，还去过"让人叹为观止的南方大陆"，那里的土地会自行下沉，男人倒立着行走，女人怀孕时如果腹部的皮肤非常光滑，就会生下没有眼睛的侏儒。他说的话我一个字都不信，但这些疯言疯语里也确实蕴含着真理的精髓。当我问及他为何来到这里时，他的回答令人十分信服：为了在糖料种植园的繁荣大潮中分一杯羹。

但是他还说，你需要细心观察这是哪种繁荣：

"一个拥有大规模种植园的人死于黄热病后（丹尼尔发现这位园主的医师并没有帮他治病，觉得很有趣），留给几个儿子的唯一遗产就是一大笔债务，因为他趁着信贷热潮贷款买了大量的土地。但他们所处的窘境只是暂时的，因为今日的落魄小伙儿很有可能明日就变成行业巨头，而今日的捕鼠人很有可能明日就会在国会中占据一席之地。我自己就曾经乘坐着一艘从布里斯托尔*向南航行的商船前往牙买加，但一次风暴导致我们意外偏离了航线，我们的船在巴哈马附近的海上沉没了，我被冲到了拿索†的海岸上。我上一次到这里还是1492年‡，那次出航，我们的目的地是契丹§，我跟随克里斯托弗·哥伦布船长在这里停留，补充饮用淡水，抓乌龟充饥。这一次在这里，我用所有的钱买了一套衣服：一件荷叶边的衬衫，一件蓝色绒面呢子大衣——有猩红色的袖口并饰以金色纽扣，一条宽松的裤子，以及一顶黑色的宽檐帽。这套衣服倒很适合入殓时穿，但我买下它是因为我需要扮演一个贵族，以便筹到足够的贷款购买几名奴隶和几亩土地。我还随身带着一张信用凭证，是同行的船员用晦涩的芬兰文写的。你觉得这样一张信用凭证还不足为信吗？但我最担心的还是仪态，因为所谓的绅士是这样一种人，就算他在别人的鞋上撒尿，招待他的这个人仍然觉得是自己激怒了他。年轻人，相信我，我也曾举止优雅地坐在亚瑟王的宫廷之上，所以说，虽然我对文绉绉地遣词造句没有那么熟悉，但是让我在别人的鞋子上撒尿，还是没有什么问题的。”

---

* 布里斯托尔（Bristol）：英国西南部城市。——译者注

† 拿索（Nassau）：巴哈马群岛的首都。——译者注

‡ 1492年10月12日凌晨，受西班牙女王派遣远航的克里斯托弗·哥伦布终于发现了新大陆，他在巴哈马群岛中部的圣萨尔瓦多岛（今华特林岛）登陆。——译者注

§ 这里指中国。在哥伦布出海航行时，“契丹”是欧亚大陆对中国的代称。——编者注

他终于结束了这段充满狂想的宣言。现在的他看起来穷得叮当响，于是我问他有没有什么计划。他说，当然有了，我已经失去了一切，或者应该说我从未拥有过它们，在不同的种植园间盘桓，过着纸醉金迷的日子，我很快就忘记了自己的目的。我说，那真遗憾。他点头赞同，然后笑着说，我是一个医生，但是我对学习如何当一名医生没有半点儿兴趣，如果我暴露了身份，就会被施以绞刑！即使说这些话的时候他仍情绪高涨，似乎确信最后一切都会走上正途。

我和丹尼尔医生经常彼此陪伴着度过午后时光，他还给我讲了许多其他的事，例如他曾经受到过西班牙教廷的迫害；著名海盗“黑眼”的故事；他经历过很多次沉船，我记得大概有 5 到 10 次。每天他都会讲新的沉船事故，所以听起来沉船似乎占据了他生命中的绝大部分时光。对我来说，听这些故事就是娱乐，我很少信以为真，反而沉浸在年轻人的想法和空虚之中，但是高尔斯华绥先生就像没有眼睑的河豚一样全神贯注地听着。很快，其中一个故事就给丹尼尔医生的生活带来了巨变：他得到了管理种植园的工作。

温柔的女性读者可能对西印度群岛*的种植园自有一番想象——摇摆的绿色藤条、奴隶们黑黝黝的面庞、烧水壶中冒出的滚滚热气。“巴比伦”的确就是这样，当然也不完全如此。高尔斯华绥先生将种植园建在淡盐岛上是命运使然。但就像有些人预测的那样，这里的土地含盐量非常高，和它的名字完全不符，奴隶在这种土地上种出大量作物的可能性，不比助理牧师成功哄骗恶魔跳小步舞的可能性大多少。而

* 西印度群岛：北美洲岛群，位于大西洋及其属海墨西哥湾、加勒比海之间。——编者注

且现在还有另一个既重要又严峻的问题——岛上生长的甘蔗，数量并不足够当时这里泛滥成灾的黑鼠食用。甘蔗营养不良，黑鼠活蹦乱跳，导致这里呈现出一片萧条的景象。远道而来的访客看到此情此景，多半会认为高尔斯华绥先生根本就没有种植甘蔗，而只是在给黑鼠种饲料，及时供应它们吃喝，还完成得特别有效率。

有一天，我、丹尼尔医生和高尔斯华绥先生一起参加宴会。那天早上高尔斯华绥先生刚对着奴隶和监工发表了一通关于老鼠的演讲，劝告所有人齐心协力，这样我们才有可能从老鼠带来的梦魇中解脱出来。他还说，为了合作我们应该建立一种新的、和谐的手足情谊。丹尼尔医生趁势讲了一个奇妙的故事。他介绍了一位他认识的女王——美洲女王。根据他的描述，女王住在孟菲斯，也可能是叫安那齐托城，或者马诺阿。他承认自己永远记不住这些城市的名字。这座城市位于森林之中，非常靠近赤道，是地球上最靠近太阳的地方，因此那里堪称极热之地，可以与之匹敌的也只有人迹罕至的撒哈拉了，当然还有阿拉伯沙漠。那里出产世界上最名贵的珠宝和矿石，因为充足的光照能孕育这些宝石。一天，这位名叫马利亚·夏珂的女王命令人们制作一件可以显示她权威的大斗篷，一件完全用老鼠皮制作的斗篷（这些是他边讲边想起来的细节），因为老鼠是皮拉奥部族印第安人的主要食物来源。

高尔斯华绥先生全神贯注地听着这个故事，偶尔把酒杯置于唇边品尝红葡萄酒，并用那双活像葡萄干的眼睛看着在座所有人，然后宣告他有了一个伟大的构想。说罢他便起身往图书室走去，未料双腿不听使唤，导致他脑袋着地摔在了坚硬的地板上。看到这一幕我大声笑了出来，丹尼尔医生神色沮丧，高尔斯华绥先生自己则没有任何反应。冲撞让他暂时失去了知觉，但很快他就醒过来了，至于他是在努力回忆那个伟大的想法，还是在被摔出大脑的旧想法过去的领地上重新凝结新想法，哪怕我们不厌其烦地猜测，也无从得知。不过，他现在绽放着微笑，伸展着双臂，用非常平易近人的口吻说："我的想法是这样的，既然上帝赠予你老鼠，那就把鼠皮好好利用起来。"

就这样，我们的任务和目标立刻转变了，开始对老鼠进行大规模屠杀，虽然我们此前也在残杀老鼠，但现在奴隶们又多了一个任务：加工处理和鞣制鼠皮。在我看来这是一个非常英明的决断，这些老鼠的繁殖能力比我们强，倘若我们不能击退这些常年盘踞在此的长胡子害人精，不如索性利用它们可观的数量，把它们直接转化为收入。虽然大家都知道，制作皮革过程中产生的浓烈味道会扩散到淡盐岛上的每一个角落，不过这种气味的毒性只有原先制糖过程中散发气体毒性的四分之一。这一情况让高尔斯华绥先生的情绪更加高涨了，他说以后再也不会鞭笞奴隶了，从今往后"巴比伦"种植园将在他的带领下迎来黄金时代，到时候为了完成加工鼠皮大业奴隶将和主人团结起来，亲如兄弟。这里会成为地球上的一处世外桃源，或者说是老鼠的"天堂"。

我的职务让我无法参与到这个浪潮中，只好在游廊上休息，有时和丹尼尔医生一起，有时形单影只。我睡得很踏实，因为辛勤劳动所引发的疲劳是无法和无所事事所造成的疲惫相提并论的。我有时喝茶，有时燃烧会散发恶臭的东西以驱赶蚊蚋和黑蝇。我咀嚼未经加工的鸦片，获得了同之前一样的快感，直到大汗淋漓也停不下来。根本无人来过问我的工作进展。我对此感到自豪，仿佛自己正在非常努力地工作，并且最终获得了成功。

亲爱的读者，这就是种植园的生活。投下阴影的游廊，享用不尽的朗姆酒，雨季到来时随处可见的蚊子、棉花树和漫长的午后，令人全身发抖的高烧，碧蓝的海水，三月份清透的夜晚漫步在百花丛中。

只要你是一个白人，就能过上这种还不算糟的生活。

2500

我的父亲买下丹尼尔·笛福后不久，便宣布了圣路易斯新现代化改革的五年规划。为此他颁布了新的法令，为了展现自己的政治抱负，他还通过总统法令宣布，从此之后我们的国家将更名为“新美利坚合众国”。他说在他的统治下国家已经基本解决了温饱问题，现在要更进一步，带领国家进入黄金时代。他开始征收新的税种，重新启用一种古老的、以重量为衡量标准的征税方式，还全盘接管了芝麻油的压榨工程，以便按人口比例分配食油。为了使新政策合理化，他释放了丹尼尔·笛福，并任命后者为新现代化部的副秘书长，因为他相信丹尼尔·笛福的头脑中贮存着关于历史的一切信息。当然，我父亲是政府每个部门的正秘书长。

有的时候，我父亲的内心充斥着澎湃的好奇心，甚至会学习一点儿新知识，虽然他只会读几页经济学书籍；有时他还会邀请富有的世袭贵族朋友来到府邸共同探讨经济发展的良机、财政收入增长的动态、资本增长，以及全球市场贸易限制的放宽。

他说：“我们将会统一整个大陆，会通过经济发展实现这一点。”

某天晚上，他在舞厅的墙上挂了一张巨大的合众国地图，指着它说：“这就是我们的目标。”但是这个目标并不确切，因为陆地的边界与样态早和地图上的大不相同了。比如，原先路易斯安那州的所在地曾有一处三角湾，而从前的佛罗里达州和巴哈马如今都已被海水淹没，许多大西洋的沿海城市都未能幸免。这些资料只是我们从旅行者手中收集而来的。

我完全反对父亲的观点，例如该由中央统一管理各州，但我并没有自找麻烦地向他表达看法，因为他从来不会听取我的建议。唯一与我真心相待的人是爱德华·哈洛韦恩*，他是我们府邸的小丑，也是我最要好的朋友。我们站在杂乱喧闹的舞厅中，周围都是高声叫喊的官员和秘书长。当我们向那幅古老的地图望去时，只能感受到一种深沉的怀念，而那并不能帮助我们理解如今国家的领土形态和政治局势。况且，绘制地图的技艺早已失传了。

我说："感觉就像一眼看到了自己的渺小，密苏里只是整片大陆上的一个边缘地区。不知道在加利福尼亚之类的地方发生了什么？"

爱德华·哈洛韦恩回答："丹尼尔·笛福说，那里已经变为荒漠了。他还说认识一个名叫阿四的男巫师，可以把梦境变为呢绒布料。所以，其实他说的话也不能全信。"

我们只熟悉邻居的领土形态——河对岸的密西西比民主邦联†。我们简称它密民邦。它的领土涵盖伊利诺伊、肯塔基和田纳西的一部分，北边是一片荒芜的土地，再往北则是几个富庶小国的聚集地，尤其是明尼苏达，它曾是统治我们的殖民地领主国，我们罗列特家族的祖先曾经为了自由而向其宣战。密西西比民主邦联南部是杳无人迹的炎热荒野，西部是美洲大荒漠，那里有几座毫无生机的幽灵小镇，以及零星分布着的流浪者群体。我时常想起这片荒漠，感觉自己极为嫉妒那些流浪者的自由。他们数量不多，而且不受国家的管控，他们睡在帐篷里，采食野枣

---

* 哈洛韦恩（Halloween）：意为"万圣节"。——编者注

† 邦联是由若干独立国家组成的松散国家联盟。——编者注

果腹，喝骆驼奶解渴，对着无垠的蓝天敬拜耶稣。他们痛恨我们，因为我们食用谷物。

我说："我们应该一路逃到内布拉斯加广阔的沙丘之中。我们应该告诉府邸中所有的人，这片荒漠将很快吞噬我们国家领土的南端。"

爱德华·哈洛韦恩回答："啊，但是相传沙漠里的居民会把女人赶在前面走，就像赶骆驼那样。对我们这种'不合时宜的女权主义者'来说，沙漠可没比城市好到哪儿去。"

爱德华·哈洛韦恩是一个宦官，所以他会对"不合时宜的女权主义"产生某种共鸣。他获准按自己喜欢的方式生活。有时他以男人的姿态出现，穿斜纹粗棉布衣服，头上包着红色的扎染印花大手帕，活像总统的警卫人员；有时他以女人的姿态出现，穿紧身皮质短裤，在胸部围上一圈黑色的布。但是他无法从事传统职业，所以最终别无选择，只得成为小丑。其实他生来就是一个诗人、一个天才。虽然童年贫困潦倒，他却奇迹般地自己学会了阅读，之后又以打腹稿的方式写出了一篇按照字母顺序排列章节的小说——虽然他不曾真正动笔将它写下。每次喝多了甘薯酒，他便开始背诵文章。随着他日渐沉迷于甘薯酒，这种情况出现的次数也越来越多，如同大部分诗人都会在酒醉时迸发强烈灵感一样。我猜这是身体灼热至顶峰时才能掌握的一种绝技，但我却无法感同身受。

我说："有时我会觉得自己更像一个无政府女权主义者，尤其是当该死的安东尼·科尔韦特压在我身上哼哼唧唧的时候。有时我甚至渴望看到整个国家垮塌下来。"

他凝视着我，眼里混合着迷恋和同情，虽然这可能只是我自己的臆想。我很难读出他的情绪，因为他的脸被涂成了白色，而且那顶紫色帽子的帽檐也被拉到了他眉毛的位置。

他说："你父亲不过是一个被历史控制的人偶罢了。憎恨他没有什么用处，有时都不能称他为人类。他仅仅是持续了几百年的专制统治的化身，是集权体系的化身，是权杖和王冠的化身。"

"但他终归是个受益者，而我呢？罢了，我不恨他。我也不知道我对他究竟怀有什么感情。我最渴望的就是能充满活力地活一回，但每当我的心情好转时，就不得不在该死的安东尼·科尔韦特面前脱掉裙子。"

他接过话茬儿："而我也要一直扮演小丑，虽然我痛恨扮演小丑。"

"要想过得舒服，最好一无所思。这样一来，羞辱将止步于言行，不会真正伤害到你。"

"亲爱的朋友，思考才是拯救我们的东西。我们是这片土地上唯一拥有最入时的装扮和最先进的思想的人。"

这时走来了一个奴隶，端着盛罂粟花酒的银色容器，我嗅了嗅酒的味道。舞厅里声音震耳欲聋。我说："哈洛韦恩先生，要是没有你，我可怎么办呢？"

"你会陷入疯魔，将这座宫殿付之一炬。不过说不定这对大家来讲都是最好的结果。"

新现代化改革遇到的最大阻碍在于新美利坚合众国的国民都极度迷信。他们很难接受新颖的、超前于时代的技术和思想。例如每当出现月食，他们便会站在街上大喊，声援月亮，对着天空投掷石块，点燃篝火，以防月亮被黑暗完全吞没；当有人去世时，他们会在逝者的口中塞满沙子；他们相信雷是与恶魔签下契约的人释放出来的有魔法的风，因此每一粒在暴风雨中丢失的谷物，都会被一个乘着飞车的男子据为己有，而这个男子来自一个叫作马诺阿的国度；他们还相信，所有在每个月最后一周染上的疾病都是致命的。

我的父亲对这些出现在他国度里的蒙昧想法无可忍受。他说："我们是世俗的美国人，不该迷信这些。"有一次，我非常偶然地目睹了父亲的愤怒狂吼，发怒的对象是府邸里一个叫作多明戈的奴隶，这个奴隶祈求耶稣让厨师给他燕麦片当早餐，就是富人享用的那种早餐。我的父亲说耶稣不过是个被埋在了卷心菜地里的魔术师，他一直忘我地谈论着耶稣，全然不顾当天的日程安排。但是我们谁都不能保证马诺阿是一个完全虚构的地方，而且即便我对那些奴隶女孩说"哪怕不幸在每个月的最后一周得了病也不要放弃希望"，那时患者的死亡率仍然会相对高一些。

为了根除迷信，重振圣路易斯的精神，我父亲开展了一场宣传活动，不过他更主要的目的是向民众介绍可以消除贫困的经济改革法。因为正是贫穷使人民变得愚钝，最终导向了无知。他采取的第一个重要行动是建立一家生产驼绒的工厂。丹尼尔·笛福曾解释过，在其他干旱的国家中，驼绒在制造业中有着重要地位。我父亲想进行大规模生产，并将驼绒销售给河对岸那个憎恶骆驼的邦联。他发狂般地沉醉于这个想法，以至于立马调动了丹尼尔·笛福的职位，任命他为驼绒制造部及新现代化政策部的副秘书长。

由于干旱导致了棉花作物频繁歉收，所以一开始我也觉得驼绒是一种很好的替代品。骆驼和罂粟花、麻麻豆极为相似，在干旱中反而会更加壮大。骆驼可以畅饮阳光、呼吸沙土，闭眼后还能透过眼皮看到外面的景象。它们可以一整天持续吸收热量，等到晚上温度渐渐下降时，它们便像煤炭燃烧一样放出白天贮藏的热量。圣路易斯的每位居民都对它们很熟悉，因此可以想见，生产驼绒的过程将会很顺利。每个人都喝骆驼奶，穷苦的人每逢欢庆时还会食用骆驼肉。他们根据法语中的“chameau”（骆驼）一词，创造了“shamo”这个词语。我父亲对此很欣赏，因为在美利坚合众国时期这种根据法语自创词汇的传统就出现了。

爱德华·哈洛韦恩说：“问题在于劳工。你父亲说生产驼绒会创造就业机会，但整个国家只有一个人没有工作。那个人是谁呢？就是你啊，我的女权主义者朋友。”

“你说得对。穷人早已身兼数职，没有精力再去做其他事情了。父亲的这个决定非但不会增加就业率，反而会制造混乱。”

“啊，这倒提醒了我。我想到了一个新理论，快问问我是什么。”

“你让我问你什么？”

“我的理论！”

“哦，对，是我没反应过来。那我要请教一下，哈洛韦恩博士，您可否阐述您的新理论呢？”

他答道：“我的新理论是关于混乱和疯狂的。”他边说边扬起下颌，将双手握在背后，活像个正在背诗的小孩子。

“这两种状态都属于失衡，但疯狂是对精神的折磨，而混乱是对世界的折磨。你可能会说：‘我是一个人类，我的职责就是让混乱的东西变得有序。’但这么说其实是不对的。混乱是人之为人的特性，不分男女。在井然有序的世界中制造混乱是人类的命运，也是人类存在的目的。混乱是一种后果，疯狂是驱动它的不竭力量，或者说是它的诱因。我们之中最疯狂的人将会带来最‘耀眼’的混乱。”

他的这段表述有一种深刻有力的寓意，我听得相当投入。他通过自己的方式说明了罗列特总统大规模推行的新现代化宣传活动可以被看作一种传播混乱的行为，而最后事实证明果然如此。

此时的我和丹尼尔·笛福还不熟悉。按照逻辑，我推断他也是一个疯狂的人，对此我有充足的证据，因为他总是在讲很多疯狂的事情，毫无逻辑，叙述混乱，无休无止。后来我才得知，他只是在进行真实的陈述，并通过讲述这些故事让自己获利。我是在某个达官显贵云集的晚宴上发现这一点的。和往常一样，这种场合充斥着假笑和陈词滥调，我父亲忍无可忍，便叫来丹尼尔·笛福给大家讲故事。

丹尼尔·笛福说："那我就讲讲刘易斯与克拉克远征*的故事吧。那次远征与这里很有渊源，因为当时他们就是从圣路易斯启程的。那时的圣路易斯是陆地尽头的最后一处开化地，再往前就是荒蛮之境了，成群的野骆驼一直绵延到视野尽头。如今中心广场所在的地方曾种过不少腰果树。此外，还有巨大的土堆，也就是卡霍基亚遗址†。我跟着远征队一路走到了群山之间，在那里，总领队克拉克少尉被埋伏的印第安人杀害了，于是我取道向南。雨一直不停地下，因此每次想要睡觉时，我都得蜷缩在长长的塑料膜下面。"

我知道圣路易斯帝国没有骆驼，于是向爱德华·哈洛韦恩挑了挑

---

* 刘易斯与克拉克远征（1804—1806）：美国国内首次横越大陆西抵太平洋沿岸的往返考察活动。领队为美国陆军上尉梅里韦瑟·刘易斯和少尉威廉·克拉克。——译者注

† 卡霍基亚遗址：位于美国伊利诺伊州科林斯威尔附近，是古印第安人的遗址。——编者注

眉毛。他正大汗淋漓地享用着极度辛辣却十分美味的食物，那是他最爱吃的东西：辣姜牛肉配玉米面包和黄麻叶、青色香蕉肉泥拌猪肉，还有弹性十足的奶油冻。他朝我咧嘴笑了起来。

但是随后我突然感觉到丹尼尔·笛福也在看我，并向我投射出他的标志性微笑。所有人的目光都聚焦在他身上，我觉得他好像眨了眨眼。这是什么意思？他的餐盘光亮整洁，空无一物，正如我们留心观察到的，他什么都没有吃。过了很久我才了解，原来他从不像我们那样进食。

他接着讲道："之后我来到了一个地方，热水从地下涌出来，所有东西似乎都散发着硫黄味。那是属于我一个人的地狱。离开那里之后我去了拉斯维加斯，在四周荒凉的沙漠和半沙漠地带中，那里是唯一有泉水的绿洲。当地有很多妓院和赌场。最后我想方设法回到了河边，就是那条被印第安人命名为皮拉奥河的河，我坐在一个旧浴缸里，划着桨漂过了整条河，最终抵达了新奥尔良城，正好赶上了选举日。在那里，我和一位名叫爱伦·坡*的作家一起喝到酩酊大醉。"

他的故事讲到这里就结束了，但他的笑容在我的脑海中挥之不去。晚饭之后我找到机会和他见面。我问他："你相信你所讲的故事吗？"

"我当然有那么一点点的夸张，为了取悦你父亲。"

"我觉得不止一点点吧？但你为什么要这么做？你已经不是奴隶了啊。"

"但我至今仍被禁足在这座城市中。我需要通过讨取别人的欢心，

* 埃德加·爱伦·坡（Edgar Allan Poe）：19 世纪美国著名作家、诗人、编辑与文学评论家，被誉为侦探小说的鼻祖。作品风格怪异离奇，充满恐怖气氛。——编者注

让自己变得不可替代，这样他就不会再压迫我，或是将我贬为奴隶了。不过这倒也没什么，我已经稍微摸清这里的门路了。”

我说：“有趣，你说的这些和我现在的处境并没有什么区别。看似自由，实被奴役。既然如此，不如和我说实话吧。你是从哪里冒出来的？你又为什么会在沙漠中徘徊？”

“我来讲给你听。很久以前我被驱逐出了欧洲，当时犹太人的存在是不合法的，而我生来就是犹太人。但我没能带走心爱的女人，后来我听说她被同胞卖作妓女，便一直在寻找她。这就是我的全部故事，一个永不言弃的爱情故事。”

我陷入了深深的思考。猫咪克里斯托弗·斯马特把头凑过来，抵着我的腿。我说：“但是我的身上也发生了这样的事。我的父亲像售卖妓女一样将我卖掉。你知道吗？四个月后我就要和该死的安东尼·科尔韦特结婚了。”

“是的，我有所耳闻。就像你刚才所言，看似自由，实被奴役。”

“我感到非常愤怒。我觉得我一辈子都不会原谅父亲了。”

“但是谁知道呢？毕竟一生很漫长。”

“有些人的确会比其他人长寿。为什么他们说你已经活了上千年？”

“这没什么不可思议的，我只是享受到了现代医学的恩惠。”

一阵欢乐的大吼声突然打断了我们安静的谈话，我们四下张望，看到我父亲站在一地碎玻璃中大笑。他身着黄色腈纶羊毛衫，头戴黑曜石和金子制成的王冠，举着带玛瑙花纹的大水罐痛饮甘薯酒，整个人处于极度兴奋之中。

如果人是有裂痕的窗户，那混乱便是从这裂痕中逃到外界的。如果这人正好是一个国王或总统，那么于他而言，这就是乐事无疑了。

2016

用过早餐，老水手跑到了充作厨房的棚子后面，在脚手架上倒悬起来。为了把自己牢牢固定在脚手架的木质框架上，他还穿上了特制的靴子。他这样做是为了伸展脊柱，以防胸腔和盆骨连在一起难以分开。阿扎尔则在充作浴室的整洁的小棚子里洗澡，小棚子就在这艘船后舱门几米开外的地方。

我对老水手开口说道："您在回信中提到，需要我们帮忙挖什么东西。"

"忘了那件事吧。"他指向浴室棚子，"你那个朋友，你对他了解多少？"

"阿扎尔吗？我和他相当熟，我们从18岁起就认识了。我应该找机会向他表达一下，他对我来说是个多么重要的朋友。"

"但'阿扎尔'是哪里的名字？"

"是波斯人的名字吧，或者是伊朗人的？不对，可能还是波斯人的。"

老水手的脸突然涨得通红，压低声音重复道："波斯人。"

我急忙更正："那可能是个伊朗名字？他是个有波斯血统的犹太人。"

"犹太人！我自己就是个犹太人。那就没事了。我还以为他是突厥人呢。"

“他不是突厥人，不过我也不太确定。您所谓的突厥人指的是什么人？”

“这个词没有明确的定义。突厥人是我们的敌人，因此凡是和我们作对的人都被划为突厥人，但说不定他们其中也有撒拉森人[*]，或是马拉巴尔人[†]。说实话我也搞不清他们究竟是从哪里来的。他们信仰伊斯兰教，现在肯定还在某个地方生存着。”

“我不知道现在土耳其人[‡]还是不是我们的敌人，我对政治知之甚少。您指的是奥斯曼土耳其人吗？”

老水手说：“我来给你讲讲我在阿拉伯国家做奴隶时的事吧。那里到处都是骆驼，人们喝的也都是骆驼奶。当然还有突厥人！我给你讲一件关于他们的事。他们有一道油酥美食叫作羊角面包，就是现在你们所知道的法式黄油新月面包，但是我现在倒挂着，没有办法给你细讲。”

门外是21世纪的世界。我喝着泡沫塑料杯里的浓缩咖啡，内心充满了负罪感。我查了一下邮件，我之前明明发誓不会去查邮件的。随后我又查了一下手机里的天气预报软件发布的关于气候变化的最新消息。《在一个变暖的世界里》《哪里可以种植酿酒葡萄》等标题悉数映入眼帘，有一条消息很显眼：北极永久冻土消融已露端倪，应为全球变暖所致。

虽然整个世界正在走向灭亡，但我还是从车里取出了鞋，穿上它去

---

* 撒拉森人（Saracens）：叙利亚和沙特阿拉伯之间的游牧民族，广义上指阿拉伯人。——译者注

† 马拉巴尔地区位于印度西南部，马拉巴尔人指此地的居民。——编者注

‡ 英文中的“Turks”一词，既指突厥人，也指土耳其人。——编者注

跑步。街道狭窄逼仄，司机横冲直撞，奇异的热带植物丛生，颜色柔和的房屋旁那些充满田园韵味的游廊笼罩在阴影里，军舰鸟*就像钉在夏日蓝天上的窗花一样。很快我便觉得舒服多了，头脑清晰，精神愉悦。我感觉我们拍的纪录片会大获成功，我们会一战成名。这样应该就可以减轻环境破坏带来的悲伤了吧？至少这会对我们两个人奏效。

等到我回家的时候，整个岛屿已经开始苏醒了。成群结队的游客带着一脸吃惊的表情走在街上。酒吧已经开门营业，路边的小贩会将你的名字写在贝壳上，但只有韩国游客会对此感兴趣。现在，卖贝壳的小贩正对他们努力比画着，表达自己的意思。

在老水手的船正前方的那条街上，一名头戴塑料假发的矮胖男子一边举着一只红色的一次性塑料杯喝水，一边打电话。

只听他说："宝贝，我也没有办法。我还得在克利夫兰†待一天。"

他身穿薰衣草色的运动衣，下身穿着泳裤，假发上的发丝滑落下来，遮住了他的右耳。他把手机举远之后，讲究地将发丝拨开。

他转向我说："你应该很感兴趣我在和谁打电话吧？"

"没有。"

"是我太太。"

"那当然了。"

他没再开口，只是举起杯子喝水，满意地环顾四周，陶醉于自己高明的演技。之后他从口袋里掏出一只皱巴巴的麦当劳纸袋，举起来

* 军舰鸟：一种有外露喉囊的大型海鸟。——编者注

† 克利夫兰（Cleveland）：美国俄亥俄州城市。——编者注

示意我看仔细了。

他说："我敢跟你打赌，我可以精准地把它扔进那个垃圾箱。"

他指着不远处的一个垃圾箱，离我们大约三米远。

"我出150美元，赌你扔不进去。"

这个回答让他很不安，其实我自己也吃了一惊。他说："要不改成20美元吧？"

"成交。"

最后他还是没能投进去，但他掏出钱包把赌金给了我。

我被他信守诺言的姿态触动了，于是说："再试一次吧。说不定可以赚回来呢，最不济也就是再损失20美元。"

"不行。我很容易在同一个地方跌倒两次。"

"那就这样吧，这次我押20美元，赌我自己能投进去。"

"成交。"

垃圾箱看起来特别近，我几乎一伸手就可以把纸袋扔进去了。于是这次他还是输了，他又把赌金如约给了我。

他说："我叫汤姆·拉斯。"

"是吗？听起来好像某本小说中的人物，是不是那个穿着灰色法兰绒外套的人*？"

"这是我旅行时用的化名。"

"听起来像是编造的。汤姆·拉斯先生，那你从事什么工作呢？"

---

* 汤姆·拉斯是斯隆·威尔逊的小说《穿灰色法兰绒外套的男人》中主人公的名字。汤姆是一家大公司的职员，有一个看似幸福的家庭，却在生活的重压下回忆起了自己"二战"时的露水情缘。——编者注

“我在圣彼得斯堡[*]有一家广告公司。”

“在俄罗斯啊[†]！”

“不，在佛罗里达州的派内拉斯郡。我还有一艘船。坦帕湾[‡]可是旅行者的天堂。”

阿扎尔问老水手是否认识克里斯托弗·哥伦布，我觉得他是有意设套。这就像问一个正在华盛顿特区旅游的人是否见过总统本人，回答“没有”实属正常，但如果对方说“见过”，那就准是精神有问题了。

老水手的回答是：“我当然认识他啦。我和他一起乘‘坏坏的玛丽号’[§]出航——我们管那艘船叫‘坏坏的玛丽号’。当我们驶入珊瑚礁海域发现了庐卡雅群岛[¶]时，我就站在甲板上。那是一个美丽宜人的早上，在热带地区，太阳刚刚升起。我刚才说我站在甲板上，其实准确地说是全船人都站在甲板上。前一天晚上我们是在甲板上睡觉的。那时的情境和现在大为不同。例如当时我们拒绝使用叉子，因为这是对上帝的一种亵渎。宗教裁判所谴责这种行为，因为如果上帝真的想让我们用叉子，为什么还要赐予我们十根手指呢？”

阿扎尔朝我眨了眨眼，但我没什么可说的，只剩下老水手一个人

---

* 圣彼得斯堡：美国佛罗里达州西部城市。——译者注

† 圣彼得斯堡的英文名称“St. Petersburg”与俄罗斯城市圣彼得堡的英文名称一样。——编者注

‡ 坦帕湾（Tampa Bay）：美国佛罗里达州西部的海湾。——译者注

§ 这里指“圣马利亚号”航船。它是哥伦布首航美洲时出航的旗舰。——编者注

¶ 庐卡雅群岛（Lucayan Archipelago）：大西洋西侧的群岛，由巴哈马及属于英国海外领土的特克斯和凯科斯群岛组成。1492 年，克里斯托弗·哥伦布首航美洲，最先到达的就是该群岛中的华特林岛，当时哥伦布将华特林岛命名为“圣萨尔瓦多”。——译者注

滔滔不绝地讲着。

“其实他的名字不是哥伦布。我还应该解释一下为什么我最初会决定和他一起出海航行，这是个疯狂的决定。事情是这样的，当时我刚从加那利群岛*回来，之前的那场航行，每一天都异常困难，风向对我们非常不利，在一个火烧云漫天的傍晚，接连有三名船员在去船边小解时被海蛇吞食了。我返回特里亚纳†之后，便暗下决心此生再不出海。我想以改信基督教的犹太人身份重启一段新的人生：虔诚信教、解甲归田；不再喝加那利酒、不再赌博、不再泡妓院。当时我信心十足，坚信自己会浪子回头、洗心革面。我和一个船员约定小酌一杯以庆贺自己下定了决心。结果我们像小牛犊吃奶那样把酒喝得一滴不剩，之后我便不省人事，只记得一些零碎片段：快速闪过的颜色，漫画似的脸，可以讨价还价的感情，一个牙齿整齐、胸部丰满的妓女，难以抑制的、不断袭来的呕吐感。一周之后我心知必须从这种境况中逃离，必须逃到世界的尽头，所以我开始寻找出海的船只。”

“于是你就去新世界‡喽？”我说，努力让自己的语气听起来鼓舞人心。

“并没有什么新世界，到处都是大海。印度就在地平线的西侧，塞维利亚和中国的海域之间只有一片陆地，就是安提利亚§，在这片陆地上

---

* 加那利群岛（Canary Islands）：位于非洲西北海域的岛屿群。——译者注

† 特里亚纳（Triana）：西班牙塞维利亚的一个街区。——译者注

‡ 新世界（New World）：指西半球，尤指美洲及其周边岛屿。这种说法出现于16世纪早期。——译者注

§ 安提利亚（Antillia）：中世纪晚期欧洲人虚构出来的幽灵群岛。它位于西班牙以西，地处西非的加那利群岛及亚洲中间，曾有人绘出虚构的地图标识它的位置。——译者注

有七位国王，分别住在七座金色的城市里。我亲眼看到了他们，所以才敢这么说。泛着光的海岸线、高耸的峭壁、光秃秃的树木……谁能给我解释一下为什么安提利亚消失了？谁能解释一下为什么这些大陆会浮出海面？它们本身已经那么古老了，如今还承载着这么多人。”

阿扎尔说：“向着不知终点的方向起航去寻找陆地，肯定和在月球上走路感觉差不多。”

“这就好像我们脚下连月球都没有，但还是一直走了下去。”

我和阿扎尔一道出去散了个步，我们想就所有事谈一谈。

我问：“他是不是又提到那个女人了？那个安娜·格洛丽亚？”

“他知道她肯定就在某个地方。他非常肯定。”

“他似乎对任何事都很肯定，做任何选择都很高兴。”

“寻找爱情的老人，长达500年的孤独，这并不是我想表达的故事。对于一部电影来说，这样的主题太过单调了，而且根本无法从中提炼出可信的隐喻。”

“你觉得他是从哪里来的？我猜他大概来自印第安纳波利斯 * 之类的地方。我的叔祖父住在圣路易斯，本来婚姻幸福美满，结果他绘制出了自己的生理节律表 †，按照表格的指示，他抛弃了自己的家庭。现在他住在旧金山，每天都吃一整头大蒜。”

但是阿扎尔一个字都没听进去，他说：“你要记住，我的立场是相

---

* 印第安纳波利斯（Indianapolis）：美国印第安纳州首府。——译者注

† 生理节律是一种涉及人体、情感及智力的概念，认为人体受生理节律曲线影响，可以根据这种曲线规划生活。有些人认为它是一种伪科学。——编者注

信他。”

“你相信他的话？”

“每个字都相信。”

隔壁门前的枣椰树上，两只鹦鹉正尖声争执着，但当我们从树下走过时，它们突然噤声了，呆呆地低头瞅着我们，模样可爱极了。

我说：“你能不能现实一点儿？哪怕就一分钟也行。”

“我才不要。”

“只要一分钟，你好好听我说。这么做不是为了我，而是为了我们的电影。你不觉得我们最好该用一种温和的方式来质疑吗？重点是温和，我们应该表现得慷慨高尚一点儿，但这并不意味着对别人的话照单全收。”

阿扎尔说：“我之前就和你讲过红茶菌带给我的顿悟了，今后我也将一直信奉这种观点。我们从小就被教导要对一切持怀疑态度，我们总是对任何事投以质疑的眼神、虚伪的笑容，哪怕面对奇迹也报以白眼，但我不是这种人，我再也不会是这种人了。我更愿意一边喝着茶，一边感叹生活的不可思议。”

“但是你也承认了，这些故事的可信度并不高。”

“我才不关心他到底是不是鲁滨逊·克鲁索*呢。”

“他说他是丹尼尔·笛福。”

“我们一定要使自己摆脱质疑一切的心态，这才是最重要的。就算我们最后拍出了一部烂片，那又怎样呢？你突然对我们影片的质量有要

---

* 鲁滨逊·克鲁索：丹尼尔·笛福的小说《鲁滨逊漂流记》的主人公。——编者注

求了吗？说不定我们也可以纠正一下对所谓‘好品味’的评判标准。”

我们回去之后，我的脑海中突然产生了罪恶的念头。阿扎尔在一旁架设摄像机时，我就在桌子旁安安静静地坐着。

他问老水手：“你知道摄像机是什么吧？你不担心吗？”

我说：“他当然知道摄像机是什么了！”

老水手看着摄像机，一脸警惕地说：“至少我知道最重要的一点——这种东西没什么可怕的。我知道它本质上是被磁力或别的什么东西驱动的。”

但是他好像很快就把眼前的摄像机忘得一干二净，讲起了另一趟非凡的旅程。

“你们肯定对我杀了斐迪南·麦哲伦*这件事很好奇。可以这么说，我是在麦克坦岛†岸边，举起护胸铁甲把他砸死的。”

阿扎尔没有看我，只是诚恳地点着头。

我试着模仿老水手那种满不在乎的口吻：“漫漫人生中，总有免不了要杀人的时候。我自己就杀过几个人。”

老水手向后靠去，双手交叠在腹部：“我杀过的人不计其数，大部分是突厥人。那真是数不过来啊。”

我说：“我在牙买加当奴隶时曾经毒杀了我的主人。不过现在再承认这些已经无关紧要了。”

---

* 斐迪南·麦哲伦（Ferdinan Magelan）：葡萄牙探险家，他所率领的船队首次完成了环球航行。——编者注

† 麦克坦岛（Mactan）：菲律宾岛屿。1521 年，葡萄牙探险家斐迪南·麦哲伦在该岛的部落战争中被杀。——译者注

阿扎尔朝我做了个恶心的表情。

老水手说："我杀了总领队贡萨落·德·加斯特利亚那。"

"发现吐露心声的感觉有多美妙了吧？我在澳大利亚杀了战俘集中营的看守。"

阿扎尔急忙帮我向老水手辩解："他从来没杀过人，他是开玩笑的。"

老水手疑惑地问："他是在开玩笑吗？"

"他从来没在牙买加当过奴隶。"

"哦，我明白了——哈哈哈！我该笑，对吗？"

阿扎尔说："他的笑话烂透了，没有笑点。"

"好吧，不管怎么说，你不用为此而有压力。杀人并不是什么愉悦的体验。当然你会越杀越顺手，任何事都是熟能生巧的。至于麦哲伦，他是个暴君，我们是抽签决定由谁来干掉他的。"

阿扎尔边调试摄像机边看取景框，说："好吧。现在你再讲一遍那段有关哥伦布的话吧，这样我们就能把它加进电影里了。"

我的手机开始嗡嗡作响，我使劲攥着它直到振动停止。刚才出去散步完全破坏了我的兴致。外面随处可见装满了一次性用品的巨大垃圾袋，没有一块太阳能板——这可是佛罗里达，这里的日照足够给所有正濒临破产的工厂提供一年365天的太阳能。

我问："你怎么看待我们的消费文化呢？"

老水手笑了起来，开口时却说："不好意思，我好像没有理解你的问题。"

阿扎尔说："没什么，别理他。给我们讲讲哥伦布的事吧。"

"他患有弱视。"

“不能这么拍，”我说，“阿扎尔，你听我说。如果他真的有五六百岁或者年纪更大，就能帮助我们正确地理解所有事物。”我又转向了老水手，“比如塑料。”

“塑料的发明可真是奇迹。”

“我说的是那种一次性塑料包装，你用完之后便会随手把它们扔掉，比如杂货店里的塑料袋——把蓝莓装在塑料盒里，又把盒子装在塑料袋里。”

“好吧。”

“蓝莓又是从哪里来的呢？水果之所以被称作水果，是因为它们有季节性！可我们现在一年四季都在吃蓝莓，难道我们是国王？”

老水手重复着：“国王？”

“我想说的是规模经济之类的事。”

“你指什么？”

“比起拯救地球，毁掉地球显然更加轻松！”

阿扎尔说：“你听我说，现在慢下来，深吸一口气。没有人打算毁掉这个世界，只是有谁不喜欢每天都吃上几颗蓝莓呢？”

我对老水手说：“你年轻的时候，人类还没有发明塑料，也没有垃圾填埋场，冬天更吃不到蓝莓。”

他说：“但当时街上有污水，会溅你一身。”

“可代价是海平面的上升！现在全球都在变暖！”

“对，我相信你的话。不过能把垃圾扔出去，感觉真是太美妙了。现代的公共卫生系统真是奇迹。你只要把垃圾放在路边，它们就会被妥善处理了。这不正是进步的体现吗？你真应该闻闻过去城市里的味道。”

这时鹦鹉的叫声又传了过来。阳光灼灼，世界依旧美丽，我的精神有些恍惚了。

我说：“我一直尽力不让自己那么阴郁，结果我突然又像平常一样聊起了垃圾、塑料这些东西。”

阿扎尔在我身旁坐下，把手放在我肩上，用极其柔和的语气对我说：“你把采访搞砸了吧？”

我本想说：“我觉得……”但我觉得什么呢？我觉得自己与这个世界格格不入，并为此痛苦不已。我希望生活在另一个时代、另一个地方，那里的人、车辆和垃圾都比现在少，同时我还能洗热水澡、乘飞机出行，用泡沫聚苯乙烯杯子喝咖啡。我其实是矛盾的。我知道就算我生在了另一个时代，那里还是会存在其他的问题让我感到痛苦。问题的关键其实在我自己。

阿扎尔说：“我真的觉得你已经做得很好了，环境污染死灰复燃只是暂时的事，问题不严重。几个月前还到处都是垃圾呢，记得吗？”

我垂头丧气的样子就像抗抑郁症药品广告里的卡通小人。我从来没吃过抗抑郁药，但是我已经对治疗焦虑症的药物上瘾了。如果止痛药也能很容易地搞到，估计我早就对止痛药上瘾了。我对坏消息也上瘾，说不定也对愤世嫉俗和忧郁上瘾！有时我甚至担心自己的舌头会在夜里膨胀起来，让我窒息。

我说：“不过今天的天气真是美妙。”

“就是要这么乐观。”

1560

我和市长在府邸后院里的一把小长椅上坐着。棕榈树在闷热、灰尘弥漫的空气中摇摆着，牛车驶过的声音充斥着整条街道。市长向我诉说着他有多么悲凉凄惨、罪孽深重。他说他唯一的愿望就是好好生活、敬奉上帝，但他却做不到。他听到了恶魔的低语，然后一次又一次地犯下罪孽。他虽然忏悔了，但之后仍会不断犯下新的罪孽。他告诉我，今天清晨他是在猪圈的淤泥和尘土中醒来的。其实这件事我已经知道了。他不记得自己做过什么，尤其担忧他会在不自知的情况下犯下深重的罪孽。他说他醒来时，喃喃自语着“求主垂怜”，但是这有什么用呢？他的双眼噙着泪水，头发贴在圆圆的头顶，脸颊则像猴子火红的屁股。他问我是否觉得他的罪孽已经深重到了无法救赎的地步。他还问我，是否如诸多异端邪说所述，每一个灵魂都早已注定了是该上天堂还是该下地狱，而我们所做的一切不过是在不停印证早已注定的、无力改变的命运？他最后说想要自杀，但这有违上帝的旨义，所以他希望能得到教皇的豁免，准许他了结自己的生命。

这就是基督教徒的问题，他们被上帝“迫害”，正如他们的动物被他们“迫害”。我非常感激他此番陈述并不需要我做出回应。我也感到欣慰，我还没有成为一个彻底的基督教徒，所以尚不会受到这种精神上的“迫害”。从这一点来说，生活在皮拉奥部族还是相对轻松的，虽然一旦上帝知道了它的存在，它也难逃被“迫害”的命运。

当日头高起，充分照出世界的颜色时，丹尼尔·笛福在两名士兵的押解下来到了这里。他戴着托雷多帽，随行的还有一名公证人，这种场合总是需要一名公证人。

丹尼尔·笛福乞求市长的原谅。他解释道，他本人的困惑和疏忽给大家造成了深刻的误会。他本应一抵达这里就立刻前来解释有关洛佩兹·巴拉探险队的事情，但是他在森林里发疯了，忘记了自己的使命。

市长对他表现出来的礼貌很感欣慰，并表示很抱歉让他受到了粗暴的对待。市长觉得，能够倾听他人袒露心声是一种恩惠，因为这有助于他成为引导别人忏悔罪行的中介，而现在就是这样。成为听众或中介，他就能在天堂的“行为账册”中多得一分吗？从而印证人类悲惨的命运可以被改变？他们再次互相致歉。可惜在皮拉奥语中，并没有表达“我很抱歉”的语句。

市长说：“我的朋友，现在给我讲讲洛佩兹·巴拉的探险队吧。”

于是丹尼尔·笛福讲起了他的故事。这一队人马从基多*出发，但还没抵达低地森林，队伍中就有人叛变了。当然，他本人和迭戈·派斯·德·索特洛都不是叛军的成员。在叛乱中，佩德罗·阿维拉杀死了探险队总领队迭戈·洛佩兹·巴拉。

市长说：“这件事发生在你们刚刚离开基多之后？”

“是在出发后的两周之内发生的。但我们很快便将叛乱抛在脑后，因为我们雇用的印第安搬运工全死在了山里，无一幸免。死的人太多，

* 基多（Quito）：厄瓜多尔首都。11世纪由印第安人修建，15世纪末成为印加帝国的都城。——编者注

我们没时间将他们的枷锁一个个打开卸下，就直接砍下了他们的头，将枷锁拿下来。”

由于没有了搬运工，他们不得不扔掉了一些行李。最终他们决定扔掉食物，因为觉得可以在丛林中狩猎，没想到丛林中的生物机敏过人，因此他们很快就没有食物储备了。即使是圣诞大餐，他们也只煮了马鞍上的皮子和自己的皮带，做成一碗稀薄的“粥”。而在圣雷纳德节当日，他们炒了自己的腰带和鞋底。

“正在这时，埃斯特班·赞卡斯想出了一个绝妙的点子，从马匹身上取血，倒进头盔里煮着喝。我们一度觉得靠这个法子就能存活下来。这真是绝处逢生！但是我们对如何烹煮马血产生了分歧。有人坚称马血与某种草药搭配最为合适，还有人说马血应与某种植物根茎搭配。他们永远各执己见，互不妥协。那时还没有人因饥饿而死。我们离开基多后，已经有三四名基督教徒死去了，但他们的死因都很平常：被丛林灼热的空气烫成一摊肉饼。当然，可怜的迭戈·洛佩兹·巴拉是被人谋杀的。但现在人们因为食物丧命，在对烹饪方法的不休争执中，有人被杀死。另一些人的死因想必您也猜到了：因为误食了自己添加在马血中用以佐味的有毒草药和根茎。”

他一直滔滔不绝地讲着，我却难以集中注意力。正午时分，太阳发出巨大的噪声，导致我难以听清任何声音。我看到河中有一只秃鹫正在撕扯一条死去鳄鱼的腹部。它们一起在水面上漂着，鳄鱼背部朝下，秃鹫在它胸口站着，保持平衡。

我提出请求：“你们不介意我抽烟草吧？”作为一个情妇，我本不该提出这种请求，但我实在按捺不住了。在我成为基督教徒之前，我从来没有感到过不耐烦。

市长说："你最好不要抽烟草。虽然你可以按照自己的意愿行事，但是我建议你不要抽。"

丹尼尔·笛福接着先前的话题继续说道："然后丛林中的情况变得很糟糕。箭像雨水般从各个方向射来，有的人甚至还没有移动一步就死在了原地，有的人挣扎了一会儿才死去，他们都是在痛苦的哀号中死去的，因为箭头上涂着毒药。"

如果此前发生的事情可以用"糟糕"来形容，那接下来发生的事情恐怕就只能用"更糟糕"来形容了。一行人试图划着偷来的独木舟沿里约马河顺流而下，他们用坚韧的藤蔓把救生筏绑在了一起。结果独木舟翻沉了，救生筏也被急流冲得粉碎，一下子又损失了二十多个人。听起来已经够糟糕了吧？但是第二天发生的事情使得情况更加急转直下。死神在他们身旁逡巡，戏谑地笑，大声地嚷，不时用骨节突出的手指指着他们。罗德里戈·德·萨拉曼卡和胡安·卡瓦哈被龙叼走了，之后一个叫阿洛伊修斯·费德曼的德国人一脚踏进了河里，被食人鱼啃得尸骨无存。再之后的某天早上，他们去找威尼斯人贾科莫·菲奥伦蒂诺，结果发现他已经在自己的盔甲里化为一堆白骨。不幸降临的时候他甚至都没来得及叫出声来。

市长问："他没有哼一声吗？真了不起，这么能忍耐。"

之后上帝从天堂抛下了一块石头，砸死了弗朗西斯科·莫拉莱斯。又有一天，一个人正在煮一块散发香气的木头，谈论着他将用此行分得的财宝去买三头羊，突然他露出一阵恶心的表情，像吃到了什么难吃的东西，然后便像圆鼓鼓的植物种荚一样爆裂了，喷出了一堆黑色孢子。

我也开始敲边鼓，装出一副对那片森林很熟悉的样子，虽然实际上我对它一无所知：“有时的确会出现这种情况——实际上经常出现。森林是个邪恶的地方。你不想给市长讲讲你告诉过我的那些事吗？城市、国王还有珍珠。”

丹尼尔·笛福点点头说：“我正要说到这些呢。”

他说话的时候非常放松，慢条斯理的。没有人能看出来，他的生死其实就取决于他接下来所说的这番话。他问市长，人们对愉快事情的记忆总是比对痛苦之事的记忆要来得清晰，这一点是不是很有意思？

丹尼尔·笛福说：“我们经历了太多的流血和杀戮。但是今天早上醒来时，我想到那片森林，回忆起的反而是它的香气，以及咖啡豆的味道。”

市长跟上了他的思路，赞同地说当自己回忆起萨拉曼卡*那段不堪的时光时反而会心生欢喜。

丹尼尔·笛福说：“很久很久以前，那时我还在非洲的海岸。我被当作奴隶售卖，在拉巴特的一位富商家里做了四年长工。如今再回忆那段时光，我想起的只有茶、鹰嘴豆，以及一月里那明亮又温暖的阳光。”

市长说：“请继续讲你的故事吧。那个叛变的佩德罗·阿维拉最后怎么样了？”

“佩德罗·阿维拉最后发疯了，下体像魔杖一样竖起。他就那样穿过了丛林，之后就被印第安人杀死了。”

我说：“真是令人印象深刻。那‘黄金国’呢？”

市长对我说，打断别人是不礼貌的行为。作为回应，我解开自己

---

* 萨拉曼卡（Salamanca）：位于西班牙西部，是著名的历史古城。——编者注

的裙子，让他窥视上帝赐予我的美好肉体。我像美洲鬣蜥那样笑了起来，他却避开了目光。

看来市长下了决心，他转头对丹尼尔·笛福说：“我会坦诚对待你的，因为我相信你对我吐露的也都是实情。有人指控了你。我必须决定是亲自惩罚你、释放你，还是将你送去服刑。你应该知道这一点吧？”

“我知道。”

“首先，你被指控食用发酵的面包。”

“我倒是想呢，但是我根本吃不上面包。”

“其次，你还被指控篡改了圣约翰的赞美诗。”

“当时的情况是何塞·卡萨诺瓦被蛇咬了，躺在地上快死了。他开始吟诵赞美诗。我没有按顺序重复他所念的祷词，因为我记得的顺序不是他念的那样。迭戈·派斯·德·索特洛非常愤怒。”

“你念的是什么？”

“根据我的回忆，我念的是‘哦，上帝，不要让我中年去世’。”

我们三个人陷入了沉默。小鸟也不再鸣叫。上帝无声。

之后市长叹了口气，用更轻柔的声音说：“你还被指控信奉摩西邪说。”

“我比整个圣伊内斯，甚至整个世界上任何一个人当基督教徒的时间都要长久。我从没回过西班牙，但探险队员们知道我已经改信了基督教，知道我正是因为这个才在第一时间加入了他们。他们觉得我会是一个很有用的翻译官——他们觉得可能会遇到说圣地*语言的印第

* 圣地（Holy Land）：指约旦河与地中海之间，以及约旦河以东的区域。——编者注

安人。”

“那你会说圣地的语言吗？”

“我不会。”

市长大笑起来，我则一声不吭，只盯着沼泽里的涉禽。除了上帝，再无神明。上帝是唯一真正的神，是圣父、圣灵、圣子三位一体的神。除了该发生的，什么也不会发生。世界的存在自有因由，我们必须时时保持思索，找出这个因由。改变主意，不让安那齐托城毁灭还来得及，我现在必须采取行动，但我什么都没有做。这并不是我个人的决定，而是上帝的意志，它和整个世界一样广大，包含了所有会发生的事情和所有不会发生的事情。

丹尼尔·笛福用和善的口吻讲述着探险队的命运。他说，这些事总是不断重复着：财宝、血腥、叛乱。他讲起了麦哲伦和他的环球航行。他还给市长讲了古巴的珍珠、秘鲁的红宝石、苏门答腊的金子、“契丹”的丝绸。

我说：“到此为止吧。现在不妨给市长讲讲‘黄金国’的事。”

他说了一个皮拉奥短语，却没有翻译，我也用皮拉奥语回应。他哈哈大笑起来，市长也跟着大笑起来，我们三人笑作一团，但没有人搞清楚到底发生了什么。

丹尼尔·笛福说：“我告诉每个人我杀了斐迪南·麦哲伦，其实是我的朋友乔治·拉迈尔兹下的手。但是我有预感，我很快就会把这事忘掉，然后在未来的某一天从心底相信这个罪行是我犯下的。到时候，我需要为这个罪行忏悔吗？”

现在他的思绪的确又回到了过去。他说迭戈·派斯·德·索特洛在佩德罗·阿维拉被杀后抢了他的头盔。索特洛想戴上这个头盔，因为他觉得它被施以了魔法，戴上之后就连上帝都不会知道他在想什么了。在死了那么多人后，也只有这个头盔能保护幸存者了。某天早上他们把迭戈·派斯·德·索特洛抛弃在了森林里，这也是为什么之后他会那么生气。其实这是场意外，是灾难把他们分开了。那些人遭遇了豹子的袭击，然后又遇到了蛇。有的被印第安人抓住了，有的被能发出甜美女声的魔鬼植物吸引，然后化作一摊液体。其他人都死了，丹尼尔·笛福只失去了一只脚，他们被俘虏了，被拖出了森林，到了“黄金国”。

市长突然悲痛地说：“但是你的脚——你让我怎么回避这项指控？这可是印第安人的邪术啊。”

丹尼尔·笛福说：“这是上帝的旨意。上帝认为我的脚应该重新长出来，这样我才能回到这里，给你们讲‘黄金国’的事情，这样我们才能组织一支新的探险队前往那里，把上帝的福音传播给皮拉奥人。为此上帝才让我活了下来。看看你的周围吧：我在这里，马利亚也在这里，她可以担任翻译官，因为我对她所说的语言只了解一点儿皮毛。而你，则有权力发起一场新的探险。”

市长点了点头。空气里有微弱的声音。大海的声音就像一群妓女在吃早餐时的轻言软语。

“那给我讲讲那座城市吧。”

丹尼尔·笛福开口道：“那是一座白色的城市，名叫‘黄金国’。那里的房顶以金子铺就，人们把珍珠磨成粉末，吸进鼻腔。”

2200

老丹尼尔说　人们为了得到珍珠甘愿遭受折磨　那些珍珠原本没有价值　没有任何益处　珍珠粉甚至都无法用来给面包调味。我问他　为什么聊起了珍珠。但他没有听到我的话。他说　不管怎么样　你都没法在房顶上铺金子　因为实在太沉了　为什么就没有人意识到这一点呢。

他一刻不停地说着　永远也停不下来　以至我都不知道他在说些什么　甚至可能连他自己也不知道。这时我们仍旧浮在海面上。我们已经连续好几个小时抱着树干泡在汉普顿锚地冰冷的海水中了。我心里想哦　好吧　就让我这么睡着然后淹死吧　无所谓了　但是后来一艘从海面上经过的渔船救下了我们。当时船上有四五个也可能是六个渔民　我记不清了　我在水里泡了太久　脑子不清楚　身体也很疲惫。海里没有那么多鱼　但是他们抓到了鱿鱼和水母。你可以不称他们为捕鱼人　而是叫他们捕鱿鱼人和捕水母人。我们上船时他们正在腌制鱿鱼。老丹尼尔对那些捕鱿鱼人说自己永远不会死。他们说　哦。

他继续说　我永远都不会死　我不明白为什么上帝选择给予我永恒的生命　这可能真是最让人烦恼的事情了　我是一个先知。他看到这些人正在做的事后　又情不自禁地说　鱿鱼不是适合用来腌渍的食材。我们从他们的库房里拿了一些鱿鱼充饥　然后发现老丹尼尔说得对　如果你没有尝过腌渍鱿鱼　那最好不要尝。

老丹尼尔说诺福克海港在被海水淹没之前曾经是一座很好的海港。

因此我们顺着切萨皮克湾向北去了巴尔的摩。老丹尼尔说 巴尔的摩是一座非常棒的城市 注意 现在你就要看到这个世界了。其中一个捕鱿鱼人说 巴尔的摩曾拥有将近200万的人口 城中日日酒宴 到处都是盗贼 妓女 疟疾 还有炒猪肉。过去他们常说 你在巴尔的摩随时可能会被任何一个居民打劫 甚至是被老太太或小孩子打劫。海港和水手街区中都点着火把 但是如果走上山丘 你可以看到皎洁明亮的电子月光。我们没有去参观城市的那个部分 因为那里的警卫和高墙把我们这些穷人拒之门外。

我看到这座城市 感到很兴奋。这里最近正在和弗吉尼亚打仗 但是这里的财宝多得超乎想象。但凡世上有的东西都会在巴尔的摩出售。这里有牙刷 钢锯 护膝 靴子 自行车 手表 甚至有手机 所有东西都很昂贵 但种类比波士顿多多了。这里有太阳能净水器 还有防晒霜 他们说你可以把它涂在脸上防止晒伤。美丽的女子随处可见 马和马车横冲直撞 人声鼎沸 充满活力。老丹尼尔说 说不定我们可以在这里给你找一个新的芭比娃娃。他知道我在海难中丢失了我的神像。

我们还看到了猪 这些猪和我在家乡见过的都不一样 波士顿的猪都是全身光滑的黑猪。这些巴尔的摩猪又肥又粉嫩 皮肤晒得红红的眼睛像人类一样 还可以自己往身上涂防晒霜。老丹尼尔问我 我给你讲过猪厕的事情吗 哦 不对 我是给另一个人讲的。我问他 女巫把人变成猪的故事可信吗 如果是真的 那她是怎么做到的。我看着这些猪的眼睛 非常担心 因为我确信这些猪曾经是人。老丹尼尔给了我肯定的回答 说 是的 你的忧虑是对的 可能有五分之二的猪都是直接从人变过来的 而非天生是猪 因为我曾经亲眼见过这种不可思议的变化过程。我感叹道 哇 那到底是怎么变的呢。他说 我也不知道 但我有一个叫阿四的朋友可以告诉你是怎么回事。

现在我只想不停地痛饮玉米威士忌 直到遗忘人生的所有悲苦。我还想和巴尔的摩的所有女孩厮混在一起 立刻忘记我所有的烦恼 比如沉船。老丹尼尔说他已经都忘记了 他唯一希望的就是找到安娜·格洛丽亚 并最终安定下来。但是我说 老丹尼尔 她在哪里呢 你知道她在哪里吗。他说 哦 我觉得她在佛罗里达 但是我们要检查每一座被淹没的海岸城市。他对我说 一个人可以一无所有 但必须拥有真爱 即使这种真爱多半是幻想出来的 毕竟爱本身就是一种幻想。我说 玉米威士忌就是给男人喝的 要不要和我共饮。我这么说只是因为我身上没钱 所有钱都在他身上 他把钱放在沉船时他捞上来的包里了。我实际上是想让他给我买一些玉米威士忌喝。但现在他主动提议了。如果不喝玉米威士忌 我甚至都感觉不到我在自己的生活中了。

我们一起去了人鱼酒吧 我喝了威士忌 他喝了水 但是水却比威士忌贵。他说 这里的水质量非常好。酒吧里非常闷热 墙上安着一些古老的电器 甚至还有一台大电视机 上面贴着颜料画 被装成了一台高清多媒体网络电视的样子。我汗流浃背 想着 哇 电视 这些装饰肯定完全还原了它从前的样子。我想问老丹尼尔关于电视的事 但是他更想谈论其他事。他告诉我 他亲眼见过脸长在肩膀下面的人。他又给我讲了沉没的雷姆利亚大陆* 在

---

* 雷姆利亚大陆(Lemuria)：传说中位于印度洋海域的大陆，至今仍无法证明其是否存在。——编者注

那里人通过产卵繁衍后代。然后他给我讲了一座建在月亮上的城市波托西*。他给我讲了许多不可思议的故事 很快我便沉醉于玉米威士忌 沉醉于古老的故事 那时的世界和现在迥然不同 每个人都是波托西或雷姆利亚大陆的国王 拥有自己的空调 太阳能板等等。他给我讲了蓝莓的故事。我吃过蓝莓吗 当然没有。他说 蓝莓是熊的专属食物。我说 那给我讲讲熊吧。他说 熊是一种庞大的生物 现在应该还幸存下来了一些 它们像狗一样 但是个头和马一样大 还长着巨齿。我说 啊。他说 永远不要害怕 熊只吃蓝莓 它们的牙齿更像是一种装饰。然后他陷入了沉思 说 我记得蓝莓也是国王的专属食物。

我盯着电视机 脑子里萦绕着我所有的渴望。我对自己说 詹姆没关系 一切都会回来的 电视还可以重新打开 没问题 只要你坚定不移地想着这个愿望 但是电视最终没有被打开。

接着我还是屈从于悲伤的情绪 不停地灌玉米威士忌 第二天早上我醒来时 发现自己躺在泥地里。老丹尼尔也是在这里找到我的。我没有和任何一个姑娘鬼混。他说 咱们先去给你洗洗身子吧。我说 好吧。他找到了包裹在蜡纸里的胶状食物防腐剂 我把脸上的泥巴刮掉 用防腐剂清洗了我的脸。我深感懊悔 而且头疼欲裂 但即使这样我也不想错失良机 于是我问他 我们能不能去一家 24 小时营业的妓院。他叹了一口气 看起来非常疲惫 然后说 你看看自己的口袋。我看了看 发现里面装着钱。我问他这是什么 为什么我的

* 波托西（Potosí）：位于玻利维亚南部，是世界上海拔最高的城市。——译者注

口袋里会有钱。他说 是你玩小游戏时从一个家伙手里赢来的 但是现在你不记得了。我说 对 我不记得了。他说 你不应该喝威士忌 你会被毁掉的。我说 是的 我想过这一点 但如果不是喝了威士忌 我恐怕就感受不到巴尔的摩的美妙之处了 因为我的灵魂有一点儿问题。他说 你的灵魂一点儿问题也没有。我说 我有问题 我是一个分裂的人。他说 好吧 你爱说什么就说什么吧 但是要集中注意力 记住你是我的帮手 我们在一起寻找安娜·格洛丽亚 还有安那齐托城的财宝。我说 我帮不上那么多忙。他说 也是。但是现在我突然开始感到担忧。我说 请不要把我赶走 我会孤独而死的。他说 我不会赶你走 但是一个帮手若没有被他帮助的人陪伴就会孤独而死 这是一件多么可笑的事。我说 听起来是挺可笑的 但它同样也是放之四海皆准的真理。他哈哈大笑 说 非常好 真是聪明的孩子。我说 谢谢。他说 我们是个有趣的组合 我是疯狂的床单骑士丹基诃特 而你是我忠诚的随从潘扎*。我说 对。他说 这是一种文学表达 是一种幻想。我说 哦 好吧。

现在下雨了 雨水清澈透明 冲洗了我身上的污迹 我变得干净了 我口袋里有钱 这是耶稣赐予我的。

老丹尼尔走到海边 想找一艘船。我告诉他下午再和他会合

---

* 丹基诃特与潘扎：这里化用了《堂吉诃德》一书中主人公堂吉诃德与其随从潘丘的名字。“堂”（Don）与“丹”（Dan，“丹尼尔”的昵称）发音相似，因此老水手以堂吉诃德自比。在《堂吉诃德》中，主人公有个绰号叫“愁颜骑士”（Knight of the Rueful Countenance），老水手常拿这个绰号打趣，称自己为“疯狂的床单骑士”（Knight of the Fretful Counterpane）、“可怕的钟脸骑士”（Knight of the Fearful Clockface）等，这些称号都与“愁颜骑士”发音相似。——编者注

后　便一路冲到了 24 小时营业的妓院。我感觉好多了。我为能见识更大的世界而兴奋。我才看到世界的一小部分　就已经对它着魔了。

有很多昆虫开始咬人了　虽然现在是旱季　但是我很快就发烧了。这对我来说是一种新型病症引起的发烧　在波士顿我没有过这种病症。之后我便记不得是温暖的空气还是昆虫导致我发烧的。我觉得应该是昆虫　因为我是在手　脖子　脸　脚踝　嘴唇　膝盖　足部　腋窝　耳朵被咬了很多次之后　才确切感到一阵虚弱的。我本来应该带一条长裤　但是因为天气热　我受不了穿长裤　于是就穿了短裤　才发生了这样的事。我从妓院离开时感到身心满足　于是坐在地上颤抖了起来　老丹尼尔找到了我。他说　啊　发烧了　你知不知道我曾经当过医师。我重复了一遍　你当过医师啊。他说　那我告诉你该做点儿什么吧　我会给你买一根黄瓜　你抓住它　这样它会把“烧”从你的体内导出。他真的买来了一根黄瓜　我抓住了它　然后的确一度感觉好多了。老丹尼尔说　接下来的治疗方法是给你服用一些消炎药　但是要小心　可能你吃完就直接晕过去了。他给了我两粒装在塑料袋里的白色的药　太不可思议了　这种塑料袋完全是透明的　而且几乎崭新　如果在波士顿的打捞市场上出售　肯定价格不菲。他说　留着这个塑料袋吧　现在它归你了。

老丹尼尔带着我们登上了一艘游艇。这艘游艇比原先的那艘船大　因为它属于一个富婆。游艇的船长对它倍加小心。他要向佛罗里达航行　去接雇主的几名家人　谁知道他们在佛罗里达干什么呢。这艘船基本是空的　只有几名船员　船长也很高兴能多几个帮手。老丹尼尔说　别误会　我可帮不上忙　我已经老了。船长说　老爷爷　我们很荣幸能载您一程 因为您非常有智慧。老丹尼尔指着我说 这是我的帮手 如果我不让他帮我的忙 他就会死去。我努力挤出最真诚的微笑 但看起来反而更像一个没用的帮手。船长说 很高兴认识你。

我再次发起烧来 退烧 发烧 再退烧 就像在做规律的锻炼。船长给我们讲了佛罗里达的历史和现状。他解释说那里是个独立的国家。佛罗里达起先是独立的 后来内战爆发 它不得不归入联邦之中。后来它又开始争取独立 如此循环往复了几次。因此对佛罗里达的居民来说 就是一场内战接着另一场 但是他们一直坚持不懈 为独立而奋斗。最后联邦松口说 让他们走吧 现在佛罗里达完全独立了 就像我们在遥远西部的邻居加利福尼亚共和国那样。我问 那他们为什么想要独立呢。船长说 我不知道 可能是因为碳排放税吧 但是天啊 它独立之后却走下坡路了。他说 佛罗里达人在法律 政府等问题上不太精明 他们存在贪污腐败。

老丹尼尔陷入了沉思 他在和自己说话 他默念着 佛罗里达 她一定在佛罗里达。我问他 你在说什么。他说 是安娜·格洛丽亚 她在佛罗里达 我知道的 我已经搞错很多次了 但是我现在确信这次她在佛罗里达 我非常肯定。我说 别担心 我会帮助你找到她。他说 有一次我在巴哈马遇到一个人 我还以为是她 但其实是另一位女士。我说 哦。他还说 我再也不会重蹈覆辙了 我实在太思念她了 已经过去700年了 700年来我一直在寻找她 真是太久了。

我从来没有遇到过来自佛罗里达的人 那里离我太远了 就像天边的月亮或是波托西和雷姆利亚大陆。我从来没遇到过来自加利福尼

亚共和国的人 但其实我也没怎么遇到过其他人。不管怎么说 无论政府 国家 还是联邦都并不重要 因为现在已经不是政府统治的时代了 相反我们更看重个人的自由和独立。毕竟是政府导致了我们的贫穷 因为它将所有财富都给了富人阶层。我能理解为什么佛罗里达要独立了。

所有这些谈话都给了我灵感 我问船长 先生 独立是否意味着不用交碳排放税。他说独立之后一个人可以随心所欲。这就是我希望听到的答案。因此我偷偷地行动了 没有让任何人察觉就完成了自己的独立。现在我在船上成立了“詹姆独立州”。我想通过自己的方式表达这个世界 再也不能逼迫我做这做那了 因为我既贫穷又悲伤还嗜玉米威士忌如命。

1750

平静的生活持续了一段时间，应该说持续了相当长的一段时间，我在恍惚中度过了雨季：天刚破晓就起床，早餐享用蔬菜和黄油烤奶酪，有时还会吃番石榴；剩下的时间就四处随意漫步，或者读一读诸如《鲁滨逊漂流记》一类的书籍（相传这本书的作者就是丹尼尔医生，虽然他说这本书是另一位名叫丹尼尔·笛福的人写的）、在豪华的宅院里寻欢作乐；朦胧的夜色或浓雾中影子摇摇晃晃地向我靠近；漆黑的夜幕降临时我就睡去，再次醒来又是一个凉爽的早晨。我唯一要做的事就是堆放老鼠皮。几个月倏忽而过，月光之下，并无新事，我甚至都感觉不到自己仍活着。我是会计约翰·格林。不过坦白讲，我很乐意做这份工作。

亲爱的读者们，我是一个惧怕尝试的人吗？可能的确如此，因为我不够敏感，意识不到还有其他活法，所以过去我一直沉浸在这种充满挫败感的生活状态中。从我记事起，父亲就对我充满了憎恨，但他一定也爱着我身上若隐若现的、母亲留下的痕迹。自那时起，就算我一无所知，我也知道人生的转折点的确是由令人震惊的矛盾构成的。

我的工作的确并不复杂，我需要做的就是扮成一位绅士，况且其他人也完全不会去注意我。对丹尼尔医生来说，“假扮”这件事是最劳神费力的。他是一名医师，这可能是他自封的称号，也可能是外人奉上的，不管怎样，为了不让谎言被戳破，他必须履行医师的职责。好在有一个叫阿四的人帮助他。阿四是一名奴隶，也是一名医师，他与非洲最黑暗的恶魔和鬼神缔结了契约，知识储备异常丰富，当然他最大的特点是脾气暴躁。丹尼尔医生说他们是旧相识，曾在炎热的非洲海岸上相遇。当时我不相信他的话，但是过了这么多年，我逐渐相信这些应该都是真实发生过的事情。

我和这位奴隶医师的相识源于我自己的一场病。这场病就像晴天霹雳一样毫无征兆，现在回想起来就如昨日之事。（但昨天其实是 1800 年 3 月 4 日，难以置信，竟然过去了这么多年！）那一天我花了很长时间思索空气流动这个问题，因为我的住所位于沼泽之中，每天都承受着难以想象的酷热，身处其中，我就像甜面包发酵时不停冒出来的泡泡一样。我实在是忍不住了，想打开东侧墙上的那几扇窗户。脑海中出现这个念头时我的眼睛都红了，汗水顺着眉头淌下来。我因为吸食了鸦片而反应迟钝，再加上酷热难耐、每晚在高尔斯华绥先生的带领下放纵生活，所有的这一切导致我很快丧失了理智，我抄起了一把斧子。每天有好几个小时，我都会拿着这把斧子在墙上砍出几个洞。之后丹尼尔医生向我解释，炎热就像葡萄酒，会让人血液沸腾，兴奋的高涨和理智的渐失，通常都会导致人类精神错乱。

再次清醒时，我已经躺在丹尼尔医生房间的地板上了，被一张湿漉漉的毯子紧紧包裹起来。我感到非常凉爽。这时阿四来看望我，他的肤色就像投在墙壁上的影子一样黢黑。他在我身旁放置了一个橡胶吸盘，还往我的头发里揉了一些粉末，目的是为了把潜入我体内的恶魔驱逐出来。这很快就起作用了，不知是因为我的体内真的潜伏着恶魔，还是阿四给我的药物本身就和那些胡乱调节体液*的东西一样邪恶。

我睁开了眼："嗨，朋友们。"

阿四回应道："嗨。"

丹尼尔医生说："你喝了我祖父的威士忌后，昏迷了很久。"

阿四又说了点儿什么，然后端着一只古老的粥碗吃起了早餐（是车前草糊）。他戴着一条用牙齿串成的项链，大部分是鲨鱼齿或狗牙，也有人类的牙齿，但他解释说那是猴子的牙。这些都昭示了他是一名巫师。他在这种情形下立刻分辨出了我的真实身份——我属于有色人种。我觉得丹尼尔医生从来没有察觉到这一点，估计他直到现在也不知道。

在"巴比伦"种植园中，按照惯例开出药方的人是阿四，将粉末、奶油和搽剂混合在一起的人是阿四，将断骨重新接回的人还是阿四。他是奥比巫术†专家，在奴隶中广受敬重，他们不仅会找他咨询身体和精神上的问题，也会向他咨询其他方面的疑惑，例如夫妻之间的问题。阿四不仅向奴隶传授经验，还为高尔斯华绥先生和太太出谋划策。高尔斯华绥太太是个迷人而优雅的女人（关于她我之后会详细叙述）。但是丹尼尔医生为了假装成真正的医师，必须亲手给病人涂抹粉末、奶油和搽剂。而阿四每次都在提供给白人的药剂里掺杂大量的刺激性成分，在治好他们疾病的同时还会引发疼痛。拿不到任何工资的阿四就通过这种方式获得心理平衡。

* 古希腊人认为人类的身体中有四种体液，它们在人体中的不同比例决定了每个人不同的气质。——编者注

† 奥比巫术：起源于非洲的一种巫术，流行于西印度群岛的一些地区。——编者注

阿四已经成了丹尼尔医生的合法财产，后者在与高尔斯华绥先生打牌时赢下了阿四。丹尼尔医生的牌运一向很糟，所以我很怀疑这件事的真实性。他在打牌时赢过自己主人的概率，可不比一只兔子在一碗玉米粥里写出自己名字的概率高。但是高尔斯华绥先生已经对阿四心生厌倦了，阿四曾经数次出逃，被抓回来后还要由高尔斯华绥先生出资，把他安置在作坊里。除此之外，阿四还犯过其他罪行，例如把自己的衣服点着、在牛圈里制造难以形容的恶作剧、在前一任会计的门口放了一颗魔法蛋，更重要的是在犯下这些罪行后，他对自己遭受到的鞭笞之刑毫不在意。我觉得就是出于这些原因，高尔斯华绥先生才想故意输牌，摆脱这个麻烦人。

这就是丹尼尔医生、阿四和我的现状——我们三个人彼此熟悉，混在一起：阿四负责混合药剂；我在游廊上晒太阳嚼鸦片，每天晚上和高尔斯华绥先生共进晚餐，但每晚的欢宴都让我感觉异常沉重；丹尼尔医生在自己的房间里捣鼓仪器。仪器是那个愚昧的前任医师留给他的，这个可怜人在回房时被奴隶杀死了。他留给丹尼尔医生的仪器包括截肢用的锯子、剥头皮用的机器、通直肠机、僵化舌头机、制造栓剂用的小巧可爱的黄铜模具、锯齿锋利的环锯术*仪器，以及一套漂亮崭新的灌肠器。丹尼尔医生不知道怎么使用这些上好的仪器，但是他对此既不担心，也不在乎，例如他会拎起一只刮胡子时用的水盆说“这是什么呀，我知道了，是迭戈·索特罗的魔法头盔”，一边把它戴在自己头上。

* 环锯术：在头骨上钻孔的手术，用来医治癫痫、精神病和头痛症状。——译者注

如果不是某天丹尼尔医生的想象力突然爆发，一切都会这样平稳顺畅地发展下去。这件事发生的那一天，他被叫到了相邻岛屿上的“梅勒妮”种植园，去给种植园主的妻子治病。我猜这是因为他们自己的医师被下了毒，或者只是由于身体衰弱不能再履行医师的职责了。很多欧洲人在这种天气下都会日渐衰弱。我陪同丹尼尔医生一道前往，但是阿四不能随行，因为他要去参加我们种植园中一个奴隶的火化仪式，这个奴隶是被老鼠咬了之后痛苦而死的。所以我目睹了丹尼尔医生的惊慌失措。其实他只需要稍加揣测，动动脑子，仍像演员一样扮演医师这个角色就行了，但是不知怎么，他点着了种植园主妻子的衣服，还美其名曰杀死动物传染病的必要手段。在此之后他又用烟、麻絮、硫黄、香木熏遍了她的卧室。为了显得更加可信，这个了不起的赌徒给种植园主的妻子服用了易挥发的盐、金鸡纳树皮，还让她拿着一根黄瓜——据他所说黄瓜的冰凉可以驱赶她体内的热气。最后他还叮嘱一个来自弗吉尼亚的女仆，让她将烟草油和硝石香膏涂抹在女主人的臀部上。

现在丹尼尔医生已经沉浸在自己的想象力中，用这些奇奇怪怪的药去唤醒失去知觉的种植园主妻子。我们的下一个任务是去厨房找食物。这里要开宴会，正在准备丰盛的美食，烤炉的热气笼罩着我们，弄得我们满身大汗。这时丹尼尔医生瞥到了一个女人，之后他一直坚称她就是他这么多年环游世界在追寻的那个人，就是他心爱的安娜·格洛丽亚。他第一次见到她是在塞维利亚，当时她在那里卖鱼。那一年他正在热那亚人克里斯托弗·哥伦布*的带领下航行，看到安娜·格洛丽亚时立刻抛锚停船。他再次见到她是在俄罗挪克†的丛林中，然后是在伦敦，现在他们在巴哈马的小岛上重逢了。

他说她从外表看来已经更加衰老（她应该已经两百多岁了），发色更深了，肤色也因为当奴隶时经受的风吹日晒而更加黝黑。但丹尼尔医生深知这就是他心爱的女人。他此前从未和我们谈及安娜·格洛丽亚，但他说心里没有一天不惦念着她。他说他们第一次见面，他越过塞维利亚的海水望向她时，就暗自发誓一定要娶她为妻 。这已是许多年前的事了，但他至今仍铭记着这个誓言。

读者们，我怎么能理解这样的事呢？即便如今我已经步入了垂暮之年，回首往事，回顾那些在金色年华里闪耀着光辉记忆，也仍然无法理解他说的话。

他向她走近，牵起她的手，她抽回手，他开口道："是你啊。"她黛眉微蹙，说："当然是我了，您是哪位，赫里福郡勋爵吗？"他说："唉，我当然不是勋爵了。"她说："很抱歉，我刚想起来，您是那个地方官吧？您穿着裤子，我认不出来了。"他急忙否认："不不不。"同时心里感到很痛苦。他说："我在塞维利亚见过你，和你说了话，当时你在做什么，是在卖鱼吧？"

这个漂亮的女人抬起头看着他，就像在看一只撬不开的蛤蜊："卖鱼？我是在卖鱼吗？"

---

* 克里斯托弗·哥伦布出生于中世纪的热那亚共和国（今意大利西北部）。——译者注

† 俄罗挪克（Oroonoque）：《鲁滨逊漂流记》中的地名。鲁滨逊在俄罗挪克河河口的孤岛上奋勇求生，二十八年后终于被海盗船救起。——译者注

丹尼尔医生又问她："还有那次在伦敦，那次是你吧？你当时在伦敦做什么呢？"

"如果您看到的真的是我……"说到这里她偷偷地瞥了瞥房间里的其他女人，然后说，"那还是不要谈论当时我在做什么了吧。反正是您把我丢在那儿的。"

丹尼尔医生非常窘迫，我觉得他的心脏都快要爆炸了。他只好解释自己当时身无分文，因为他刚从新门监狱*逃出来，而在此之前他是一个海盗，没被吊死就算走运了。

很明显，这个女人对他一无所知，但是她一直在努力装出了解他的样子。她说："很好，水手，很好，那你今天想做什么？你会立刻把我救出去吗？你会带我逃离这个地方吗？"

我们现在明白了，她是想得到承诺，她的处境并不比奴隶好（虽然从法律上讲她不是奴隶），如果丹尼尔医生想让她从这种处境里解脱出来，就必须买下她。而他现在就决心要这么做。

之后他挥舞着拳头告诉我："就是她。我之前认错过人，但是这一次我非常肯定。我一定会倾尽一生救出她，还她自由身。"

* 新门监狱：位于伦敦新门街的监狱，建于 12 世纪，1904 年被拆除。——编者注

2500

在新现代化运动的前期，在一切最终以无可挽回的姿态倾颓之前，曾有过短暂的平静。这是暴风雨前的宁静。除了几个可以明显感知到的变化，我自己的生活步调并没有被打乱。天刚亮我就起床，那时气温才刚刚回升。我坐在房顶上尚且凉爽的空气中享用早餐。我的早餐是冷玉米粥，佐以杧果、一点儿瑜伽霜，再加一杯热咖啡。用过早餐后我便开始拼命学习。趁着大脑还未僵化，我开始读用现代英语写就的历史书，之后我的家教会讲授数学逻辑和其他一些课程。这些安排都源于我内心那种“不合时宜的女权主义”。但是，这些课程最大的作用反而是助长了我不满的情绪，因为我们图书馆里缺书漏册的现象非常严重。整个图书馆只有 900 册藏书，虽然我们将这些书安置在府邸最高层，旁边还摆了一个装着除湿剂的巨大木桶，但不知为何，藏书越来越不完整了。终于有一天我感到非常失望，大声吼道：“赫梯*到底是什么?!腌鱼是什么?!过去那些启发心智的书呢！”这让我永远无法建立一个完整的知识体系。

等到中午我已经相当疲惫了。有时候我会喝一点儿带泡沫的骆驼奶、吃一点儿水果让自己恢复精神。有时我会昏睡一个小时，不过这倒不会耽误事，因为下午我一般也没有什么安排。我就像被囚禁在瓶

* 赫梯（Hittite）：位于小亚细亚地区的古国。——译者注

子里的蝎子。每天到了这个时候，我就会开始肆无忌惮地发疯：我对自己说，应该出去散散步，但是我决定不了该穿什么鞋、什么衣服；我也会让自己继续读书，但是读不进去，我的思想像大理石碎块一样分散；有时我会直接赤身裸体地坐在地上，只穿一只靴子；有时我会喝罂粟花汁，让自己冷静下来。我没有实际的社会地位，未来唯一的出路就是当一个妻子、一个母亲，虽然私下里，我每个月都服用堕胎药以防自己怀孕。这种药是爱德华·哈洛韦恩从一个奴隶魔术师那里弄来的。它严重违法，但是我不在乎。这只是我另一个“不合时宜的女权主义”的举动。

到了晚上我们可以在花园里愉悦地享用红枣酒，但之后就需要和世袭参议员或从密西西比民主邦联前来访问的高官一起参加官方晚宴。这些不断重复的礼节让我备感痛苦，尽管这比和该死的安东尼·科尔韦特单独过夜好太多。他是一个只会寻欢作乐、一无是处的人，对什么都感到不满。他吃高粱糊，喝花生汤、泥水，还给自己的下属灌酒，之后他就爬到我身上来了。我们的婚礼按照传统定在了12月份。而丹尼尔·笛福出现的时，夏天已经到了尾声。

最初，新现代化运动带来的唯一变化就是爱德华·哈洛韦恩更清闲了。过去他忙于工作，为人们唱歌跳舞讲笑话，在狂欢宴会上演奏长笛，但现在我父亲觉得身为一个统治者和总统，过度耽溺于小丑的玩乐和自己高贵的身份不相符。因此，父亲选择整日与丹尼尔·笛福交流，虽然你也可以说他只是换了一种小丑。无论如何，爱德华·哈洛韦恩和我独处的时间增加了，我很高兴，但看到我是如何度日的，他很震惊，为我伤心。

他问我：“你是怎么忍受这种生活的？只要是人，总要找些事做。

不然你怎么度过悲伤的下午？如果让我过上几天这种无趣的生活，我肯定早就想揭竿而起，把这个国家卷入狂乱的灾难之中了。”

他私下制定了一项小丑法令，不允许我们二人无所事事。每天我们都至少要找一件事来做，因此我们第一次尝试在夜里偷偷溜出去，在城市里探险。我本来不应该离开府邸的，因为我很有可能在外面感染上狗疟疾，甚至被谋杀。此前我只坐在用马匹拉着的汽车里，透过窗户看过圣路易斯的贫民区。但是爱德华·哈洛韦恩的话是对的，有时就是需要摆脱那些烦心事。

我们先进行了一番乔装打扮。我摘掉了胳膊上的银质臂环，穿上了一条粉色棉布裙子，用油彩把眼睛画得更圆一些。爱德华·哈洛韦恩则穿着粗布裤子，赤裸上身，看起来像个在河边长大的男孩。我们顺着紧急逃生管道爬出去，之后一路穿过城市走到一家叫“周二不眠夜”的酒吧。这家店的地理位置非常好，紧邻位于东京区的国家彩票售卖所。我们和妓女、捕鼠人及仆人连续畅饮了好几个小时的香蕉啤酒。他们用陶土杯子盛酒，喝完后可以直接把杯子摔得粉碎，反正它们是一次性的。酒吧的地面用红土铺就，上面还散落着杯子的碎片。地上还有木炭坑，可以在这里烤骆驼肉和山羊肉，所有桌子都用棕榈树做成：将树干从中间劈开，平面朝上拴在一起。据说这是密西西比丛林中的流行做法，密西西比丛林风格非常受圣路易斯居民的欢迎。他们喝香蕉啤酒也是为了紧跟潮流，毕竟这种酒本身并不便宜，回味也并不甘甜。

爱德华·哈洛韦恩将自己的真实身份隐藏得很好，但我的口音却出卖了我，有几个人试着用现代英语和我沟通。他们知道我是一个富有的人。一个男人咧嘴笑着说：“如果你想穿名贵的鞋，没问题！你就适合它们!”但之后一个女人生气地大叫起来:“你能不能给我解释一下,为什么纵然有天才的科学家,却还是无法治愈被僵尸咬过的人?”

晚上这样出逃探险变成了我们的常态,至少持续了好几周,我通过这些探险对圣路易斯的了解,比过去不食人间烟火的26年中所获得的要多得多。我喜欢保持沉默、沉浸在幻想之中,希望这是我真正的生活:只有些许噪声、火把的光亮、轮转的星辰,再也没有社交晚宴、订婚、总统府邸紧张的气氛,也没有总统的远大抱负。空气中充斥着让人愉悦的自由气息,男人们在掷骰子,他们把夹子夹在胡子上以计算分数。有一个语无伦次的光头女子,还有一只做装饰用的老鼠,体内塞满了散发香味的浆果。有时甚至有来自河对岸密西西比民主邦联的人加入游戏,我从来没去过那个邦联。为了把头发做成各式高耸的造型,邦联的人会涂抹味道特殊的香蜡,通过这种味道就能辨别他们的身份。他们专程来参观妓院,因为密西西比民主邦联没有妓院。对此,我父亲给出的解释是密西西比民主邦联的总统极力反对私有企业,但这一点就见仁见智了。

爱德华·哈洛韦恩沉迷于香蕉啤酒、甘薯酒、棕榈酒和红枣酒,但最让他难以自拔的莫过于杂谷啤酒。这种酒只有极其贫穷的人才会喝,但在爱德华·哈洛韦恩眼中是上品,因为这种酒里有他童年的味道,那时他还没被叔叔送去净身,更没有成为小丑,为我的家族服务。最后他往往喝得烂醉如泥,我必须在他口中塞满可卡因叶子,不然他连走回家的力气都没有。这一点也加速了我们夜晚出逃行踪的暴露。有一天晚上他喝了太多酒,吃了太多可卡因叶子,已经神志不清,我们沿着逃生管道回家时,他开始抑制不住地接连唱起穷人的歌曲。总统府的警卫人员急忙冲下来，找到了我们。自此之后，父亲就专门派人在我的门口把守，防止我晚上再偷偷溜出去。

驼绒工厂的生意并没有大获成功，因为驼绒并不是一个新鲜事物。这个国家比较贫穷的内陆地区会生产少量驼绒，而往来于沙漠中的商人已经在市场上销售驼绒多年了。它一直被公认为穷人制衣的布料，可能是因为它有着大地的颜色，但是如果穷人有途径买到棉花，他们肯定不会选择穿驼绒的。这件事让父亲大感惊讶，但最后他觉得可以想办法把驼绒卖给密西西比民主邦联。事实证明他的决策是正确的，所以他下令国民长期生产低质量的驼绒。有一段时间他还关注起了规模更小的制度改革，比如建立新式堆肥洗手间、改革灌溉水的配给制度以及完善旨在解决乡村移民问题的贫瘠土壤配给制度。有时候你都会恍惚以为他是一个友善、乐观的君主了。

但有时他整个人都会陷入疯狂，正如爱德华·哈洛韦恩预言，混乱正从父亲体内源源不断地倾泻出来。例如某日他突然决定从驼绒工厂中调用几头骆驼，用来重新繁殖所有曾经数量很多，但现在濒临灭绝的有蹄动物。丹尼尔·笛福说，从理论上我们可以用骆驼繁殖出长颈鹿，因为二者亲缘关系较深，但我父亲似乎更想用骆驼繁殖出犀牛、袋鼠，甚至是大象。然后他又扩大了对象的范围。他说没有想不到，只有做不到。我们可以用乌鸦重新繁殖出所有种类的鸟，甚至是大海雀，我们还可以利用猫咪克里斯托弗·斯马特重新繁殖出大型陆地肉食动物，或者用河里的金鱼繁殖出怪物海鱼，这样就可以清理掉海洋中的所有水母，将海洋还原为纯净、泛光的美丽样子了。然后大海就可以为其他种类的海鱼提供栖息地，而其他种类的鱼也可以通过河里的金鱼培育出来。接着我们就可以开办鱼类加工厂了。

这种培育物种的构想在执行过程中变了味儿，而且本身就暗藏隐患，最终导致了两个后果：一是在已经启动的共生生物培育计划的执行过程中，有人成功培育出了专门产奶的骆驼。这种骆驼的体型过于肥硕，几乎连路都走不了，且没有野生骆驼的傲慢和坏脾气，双耳软塌塌的，每次能产出好几升奶，虽然奶的质量非常低劣。饲养员开玩笑说，这种奶只能卖给别人喝。他们从来都不想自己喝。

二是我父亲颁布了禁止食用骆驼肉的法令。这一法令激起了积淀已久的怨恨，许多违反这条禁令的人和总统警卫之间发生了冲突。丹尼尔·笛福劝说我父亲不要通过这种方式镇压人民，但是镇压人民是父亲身为总统的本能，而正是从爆发了这种冲突开始，我对圣路易斯的好感持续下降。我提到这些，只是想告诉你们，这是我第一次意识到蓄势已久、将要爆发的革命能量。

对我自己来说，谈论已经灭绝的动物时，我的内心充斥着对逝去时光的渴望。我开始在图书馆里没日没夜地搜寻关于大象和其他灭绝生物的信息，但它们的故事仅仅在书中偶有提及。于是我试着去请教丹尼尔·笛福，但他也已经记不清哪种动物是真实存在过的，哪种动物是神话臆想出来的了。动物的灭绝对他来说无足轻重，却让我时常陷入困惑。如果你无法分辨真实和虚构，那最终还剩下什么？我非常渴望找到一张清晰的驼鹿照片，但是一无所获。只有生在匮乏时代却拥有智慧的人才能体会这种无尽的悲哀：我们有描述事物的词汇，但事物本身已经不复存在了。大象、美人鱼、长颈鹿，已经消逝的词汇在我们的脑海中闪着微光。在爱德华·哈洛韦恩按字母顺序所写的小说中，有些段落使用的全是已经消逝的词汇：烤面包机、打地鼠、波音747、沥青、胶子[*]等等。有时候我们可以构想出某些事物的样子，但像胶子这种东西，我们甚至都不知该如何归类。

爱德华·哈洛韦恩说："虽然我们已经无法繁殖胶子，但至少我们把这个单词保留了下来。"

某天晚上，丹尼尔·笛福为了鼓励我们，也为了解释我们为什么不应该太快地哀悼这个贫瘠的时代，给我们讲了一个让人将信将疑的故事，并虚构了一个帝国从衰落到土崩瓦解的过程。

他讲道："那时还存在着美利坚合众国，每天表面上都是阳光灿烂，暗中却充斥着不法贸易。这个帝国的扩张速度过快，所以日益衰微。政府为了攫取石油，打算入侵科威特，却因此在海鸟粪[†]贸易中损失了大量金钱。他们还在安第斯山脉的银矿产业中大量投资，但是当时大家都心知肚明，他们应该投资本国的产业。之后他们又在光岛和常崎[‡]投下了原子弹！这些错误的决定拉着整个国家一步步堕向深渊。此外国家的人口数量过多，许多人在别人聊天时插不上话，吃饭时连一口面条都分不到。"

我父亲快速地走来走去，而我盯着起居室的虚空，思考着这些谎言。我不再相信丹尼尔·笛福讲这些故事只是单纯为了取悦我父亲，因为我父亲不在场时他也会讲类似的故事。

丹尼尔·笛福接着讲道："美国霸权沦陷的标志性事件发生在一天

---

* 胶子（Gluton）：传递夸克之间强相互作用的粒子。——译者注

† 海鸟粪（Guano）：又称鸟粪石，是海鸟、蝙蝠或海豹排泄物与动植物残体混杂而成的一种细颗粒混合物。它可用作肥料，在历史上也曾用于战争火药的生产。——译者注

‡ 原文为"Hiroshiva and Namasaki"，指广岛（Hiroshima）和长崎（Nagasaki）。——编者注

早上，一群科曼奇族[*]的恐怖分子劫持了一艘太空飞船，迫使它飞向了西尔斯大厦[†]。他们仅用一管200克的牙膏就完成了这次劫持，此后就颁布了禁止携带牙膏乘坐星际飞船的法令。”

我父亲对爱德华·哈洛韦恩说：“把这些都记下来。”

爱德华·哈洛韦恩点点头，从口袋里掏出了一张棕色的纸片。

“我们要开办牙膏工厂，开始研究将牙膏用作战争武器的可能性。”

丹尼尔·笛福仍然选择居住在骆驼围栏中，拒绝了住在更舒适地方的安排。现在我们晚上不能探索城市了，于是转而去看望丹尼尔·笛福。这是从宫殿里牢笼般的生活中喘息脱身的方式，我的父亲也没有表示异议。他相信我们都可以从丹尼尔·笛福那里学到一些东西。

那是11月底的某个夜晚，温柔的夜风吹拂着我们，我们见到了男巫阿四，我们之前以为他只是丹尼尔·笛福编造出来的人物之一。他从蓝色的天边现身，突然又出现在河边。他的肤色深得就像影子，脖子上挂着一只破塑料桶，赤裸着上身，腰上系着一条丝带，下身穿着塑料条做成的裙子。他前来此处是为了和丹尼尔·笛福进行一桩神秘的交易。他看起来年纪也相当大了，比丹尼尔·笛福年纪还大，但他一开口，流淌出的现代英语，带着一种优美的口音。

丹尼尔·笛福说：“我给你们讲讲阿四吧。有一段时间我做旅鸽[‡]的生意。我卖鸽子肉，鸽子肉比较硬，价格便宜，而且鸽子到处都是，

---

* 科曼奇族（Comanche）：北美印第安人部族。——译者注

† 西尔斯大厦（Sears Tower）：曾是世界最高的建筑，位于美国芝加哥市中心。——译者注

‡ 旅鸽是一种中型鸽类，尾羽较长。曾有大量旅鸽生活在美国，但由于不断被猎杀，它们最终于1919年灭绝。——编者注

100 × 2500

当时至少有100兆只，飞起来甚至可以遮天蔽日，粪便就像融化的雪一样倾泻下来。之后阿四施法把它们都干掉了。他有自己的理由，所以我也没有反对他。”

这就是另一个天马行空的故事了，但我希望自己能够相信这个故事。婚礼日日迫近，现在我只能祈祷有什么魔法可以阻止这场婚礼了。现在距离婚礼已经不到三周：我们已经从河对岸弄来了上好的腰果酒，正在修建花园里的亭子，孔雀也被圈养了起来，这样它们高昂尖利的叫声和尾羽处的下流动作才不会惊扰到客人们。我说：“阿四，能否请你也在我身上施展一下魔法？你能否解除我和该死的安东尼·科尔韦特的婚约？”

爱德华·哈洛韦恩笑了起来，丹尼尔·笛福也笑了。阿四闭上了双眼，伫立在骆驼围栏的阴影之中，静静地享受着微风吹拂，那里的空气能引发花粉过敏。我并不指望他听到了我的话，但他重复了我所说的名字：“该死的安东尼·科尔韦特。”

“他返祖现象严重——在长相方面。他在我面前炫耀那些妓女，他让朋友把其中一个咬出了血并以此为乐。我还觉得他强奸了他的厨师。”

丹尼尔·笛福说：“如果情况越来越糟，我相信阿四能给他下毒。”

爱德华·哈洛韦恩插话说：“不仅仅是参议员该死的安东尼·科尔韦特，而是整个系统、整个奉行专政的政府，阿四需要给全国下毒。”

丹尼尔·笛福笑着说：“这又不是他第一次干这种事了。”

说完他快速翻找着橱柜，那里只放了他寥寥几件私人物品。接着他掏出了一个装满硬币的小钱包：“好啦，阿四，我一直欠你这些。这花了我一些时间，不过最终还是找到了。”

阿四掂了掂钱包的重量。他说：“你留着吧。”“你确定吗？”阿四点了点头："我现在还能用它们做什么呢？"

丹尼尔·笛福犹豫地盯着钱包："它们对我也没什么用。"

爱德华·哈洛韦恩提醒道："你可以用它们来付过河的费用。你可以逃离这个正在堕落的国家。你怎么能说它们对你没用呢？"

"可我才刚到这里，"丹尼尔·笛福做了一个不屑的手势，同时向我投来一个不知有何重要意义的眼神，"我还想再多停留一段时间。"

这个季节的天气很凉爽，天色刚刚擦黑时，轮廓清晰的月亮就会衬托出四周浮云的形态。很快我们就被眼前的优美景色所感染，想把整个国家都沉到黑色的河水中去。丹尼尔·笛福挽起了我的胳膊，阿四唱起了凄美的曲子。我穿着一件驼绒运动衫保暖，这种材料比棉好太多，所以我丝毫没有想到这是穷人才穿的衣服。后来我回想当时的情形，总觉得我们就像四个外出漫步的普通人，当然我们并不是，因为我们其中一个是总统的女儿，一个是宦官、小丑兼诗人，另外两个是已经在这片土地上游荡了千年的人。

在我们脚下这条古老而宽阔的大河湍急的水流中，我们看到了旋转着的破烂尼龙和塑料垃圾。这种景象很常见。现在制作塑料的方法已经失传了，所以我们深知这些垃圾已经有很长的历史了，除非他们在北部又发现了新的塑料。我们目睹着这些垃圾在水流中打转，不由得陷入了思考。映入眼帘的还有码头上的火把、微风撩起的小水浪，虽然眼前是一片荒凉破败，但还是能从中发现美。

"这些上了年头的垃圾啊。"爱德华·哈洛韦恩说，"这就像是被历史唾弃了。"

丹尼尔·笛福像鬣狗一样笑了起来，我也跟着笑了，连阿四也露出了微笑，虽然只是嘴角轻轻上扬，笑容转瞬即逝。

2016

老水手想去小憩一下，让我们下午5点钟叫醒他。为了不让我们忘记，他还在自己的裤子上用别针别了一张便笺，上书：记得5点叫醒我。他写的字让人惊异：便笺上都是写得很大的大写字母，起落笔处画着装饰，每个字母的线条粗细错落。

此时才过两点，我和阿扎尔便结伴去了斯马瑟斯海滩*。走到半路，我们看到一个男子正在兜售他卡车上的椰子。我买了一个，就是为了看他像电影里表演的那样，用一把弯刀削开椰子壳。结果他只拿出了脏兮兮的、大概6毫米长的钻头，在椰子壳上钻了两个洞，然后递给我一根吸管。不过椰汁的味道的确很可口。

阿扎尔想方设法让我开心起来，他说："你想做什么，咱们就做什么。你还想去干点儿别的什么事吗？"

"海滩就已经很好了。"

"希望你能明白，我从不想轻视你的烦恼。"

"这我知道，你是一个好心人。我真该找个机会告诉你，你对我是多么重要。"

"的确如此。不过话说回来，当年你开始从事那份工作时，我真的为你感到骄傲！尽管它并不适合你，但你还是全力以赴。"

---

* 斯马瑟斯海滩（Smathers Beach）：美国佛罗里达州基韦斯特的公共海滩。——译者注

我听罢笑了起来，阿扎尔也跟着笑了。我感到一阵疲惫袭来。

他又补充道："当然了，你辞掉了它更是明智之举。不然你现在估计已经发疯了。"

海滩的风景很美，但此时我无心细细品咂。我坐在了一棵椰子树下，因为害怕灼人的阳光，身上也没带着"珊友好"牌防晒霜——我坚信防晒霜会致癌。我试图不服用抗焦虑药物，但是停药多日后，我有了一种毛骨悚然的奇怪的感觉。

阿扎尔在沙滩上躺下，打起盹儿来。我努力深呼吸。一个身上有海象文身的抽烟男子和他儿子一起从我眼前经过，他边走边给儿子上课。

"海水不仅可以治愈你，"他说，"还可以提供你生存所需的所有营养。"

我心想，又是一个白痴。但几分钟之后，他们走回来时，我看到男人已经牵起了小男孩的手。也许关于关爱和善良、偏见和忽视之类的事，我需要学习的还有很多，我一直在努力学习。

阿扎尔突然醒来，开始谈论老水手的事："你说他的记忆是虚假的吗？或者那只是选择性记忆？"

"只记得那些需要记住的事。"

"或者比这更好，他是在自主选择记忆：只记得希望记得的事。"

天空中飞着比刚才数量更多的军舰鸟。我曾经读到过，军舰鸟的左右脑可以交替工作，这让它们能够一边飞翔一边休息。

阿扎尔说："如果让我回忆几年前的某个秋天，我会想到雷鬼音乐*

* 雷鬼音乐（Raggae）：一种牙买加流行音乐。——编者注

和圆叶葡萄。这段记忆是真实的吗？我那时真的听了很多雷鬼音乐、吃了很多圆叶葡萄吗？抑或我只有那么一天吃了圆叶葡萄、听了雷鬼音乐，却把这当作我整个秋天一直在做的事？”

阿扎尔没有在海滩逗留很久。他兴致勃勃，想去看场电影或做点儿别的事情。他去了书店，寻找关于哥伦布、麦哲伦和库克船长*的书。

阿扎尔离开后，我蜷缩在那棵椰子树下，像一把破损的沙滩阳伞。天气极为炎热，我迫不及待地想下海游泳，但是心中升起的莫名自负感使我不想在走过沙滩时被路人从头到脚地打量。我不断对自己说，只要旁边那对夫妻走开，或者只要那边的人注意力一分散，我就立刻起身走向大海，这却导致我 20 分钟后才走到了海水边。我在水中蹲下，双眼露出水面，就像一只短吻鳄。我对自己说，我的状况毕竟还不算糟糕透顶。我不是内罗毕†忍饥挨饿的乞丐，也不是中美洲的缝衣工。

我泡在水中时，有两个女孩在那棵椰子树附近停下了。我突然开始思考自己的用词——“女孩”。她们和我年纪相仿，如果是在另一个时代，她们或许会被称作“年轻女人”，或者干脆就是“女人”。如果在更为久远的时代，她们到了现在这个年纪早就会被人称作“老处女”了。但在现在这个时代，她们仍然是女孩。其中一个人肤色较深，或许是西班牙裔；另一个女孩一头红发，肤白胜雪，虽然她戴着一顶巨大的草帽遮阳，但看起来皮肤似乎已经被晒伤了。

我不能一直泡在水里，所以最后还是走回了我放浴巾的地方，对两个女孩做了自我介绍。我天性害羞，总是以冷漠、专注自我掩饰这

---

* 库克船长（Captain Cook）：16 世纪英国皇家海军军官，著名航海家、探险家。——编者注

† 内罗毕（Nairobi）：肯尼亚首都。——译者注

一缺陷，但我还是强迫自己和她们说了话。

那个西班牙裔女孩说："大家都叫我阿蜂。"

"那你的真名是什么？"

她看起来有些困惑："你在开我的玩笑吗？"

"开你的玩笑？"

"我的真名就是阿蜂。"

"真是对不起。"

另一个女孩说："我叫琳娜——埃琳娜，但大家都叫我琳娜。"

她们带了一瓶伏特加和四罐无糖红牛，饮料装在一只粉色的"维多利亚的秘密"的购物袋里。她们把伏特加和红牛倒入装果冻的罐子里，混在一起喝。阿蜂问我："你想来点儿吗？"

"我最近正试着去过远离酒精的健康生活。"

阿蜂能够认同健康的生活方式。她像普通女性谈论自己新手机的性能那样，平静地告诉我她父亲是个吸毒者。她还告诉我琳娜的弟弟也吸毒，虽然一旁的琳娜似乎对她说出这件事来不太高兴。不过琳娜似乎对什么事情都有成见。她蜷起双腿，把裙摆拽到膝盖以下，试图将整个身体缩在草帽的圆形阴影之中。于是我提议她挪到椰子树的阴影中，但她用手指了指树上的椰子。这些椰子也是隐患，她担心它们会砸下来。

我问琳娜："你在读什么书？"

她将书递到我的眼前。那是一本边角已经磨损的廉价小说。

我惊呼："你竟然在海滩上读《项狄传》*！"

* 《项狄传》：英国作家劳伦斯·斯特恩写的小说，全名为"绅士特里斯舛·项狄的生平与见解"。全书共 9 卷，被认为是意识流小说的开山之作，比较难懂。——译者注

她看起来有点儿窘迫："我一直觉得应该找时间读一下。"

"这本书非常棒，两百多年前就使用了那么多现代主义的表现手法，比如书里那幅全黑的插图*。"

阿蜂偷偷瞥了我们一眼，然后移开了目光。琳娜点了点头，脸红了。我知道自己准是说了什么不合时宜的话。

阿蜂问："你刚好来这里度假吗？"

"我是和朋友一起来拍纪录片的。"

"拍纪录片？"

一只白鹭从天上滑翔而过，像飘在空中的塑料袋。我突然感受到琳娜从大草帽下投来的目光。我不希望给她们留下装模作样的愚蠢印象，不过我本身不就是这种人吗？

我承认："我们对电影拍摄一窍不通。我也不知道我们怎么会有信心，认为它可以被拍出来。我们的影片讲的是一个老头的故事，他住在杧果大道的一艘船上。"

阿蜂突然说："是老丹吧？丹尼尔·笛福。"

"你认识他？""我们当然认识他了。"

她们认识老水手，因为她们住在基韦斯特。她们在这里成长，这对我来说太不可思议了，感觉就像在拉斯维加斯或是迪士尼乐园中长大。

"你们怎么看待他？他说他已经500多岁了，可能都快600岁了。"

阿蜂说："是啊，他已经非常老了。"

琳娜接过话茬儿："约翰·巴克斯特的海洋馆里面有一张老丹的照

* 《项狄传》出版时使用了许多奇怪的版式设计，每当有书中角色死去时，就会出现纯黑的一页。——编者注

片，你最好去看一看。我记得那是南北战争刚结束时拍的，约翰·巴克斯特是这么说的。不过，那张照片显然是伪造的。”

“约翰·巴克斯特的海洋馆？”

“他在自己的房子里开了个海洋馆。”

之后她们两人便去游泳了。琳娜身材苗条，肤色苍白，非常美丽，当然两人都很美。穿着泳装的女孩！不管是被称作“女孩”、“女人”，还是“老处女”……这不重要。这是我活下去的动力之一，更是生活本身的美妙所在。

她们终于还是要走了。阿蜂要去工作，她是一家小木屋酒店的客房服务员。琳娜也要去工作，不过她始终不肯透露自己在哪里上班。她们每天下午都有这样短暂的休息时间，但也仅此而已。我不知道应该做点儿什么。阿蜂说如果我一直待在附近，说不定明天还能见面。琳娜对我笑了笑，然后煞有介事地收拾起东西。我注视着她们，直到她们消失在街角，我才离开。

我在书店找到了阿扎尔。我们喝了杯咖啡，然后一起走回了老水手的家，或者说是走回了他的船，该怎么称呼它并不重要。汤姆·拉斯又在我们的院子门口闲逛，向里面窥视，后来我们得知他就住在街对面的鹈鹕花园酒店。

我说：“汤姆，我们现在没有心情。我们都是很严肃的人，现在正在认真地探讨环境问题。”

“我的假发就是用回收的水瓶做的，是不是时髦极了？”

阿扎尔突然打断我：“等等，你是怎么认识汤姆·拉斯的？”

“那你又是怎么认识他的？”

汤姆·拉斯说："每个人都互相认识。"

阿扎尔解答了我的疑惑："他和我打赌他可以倒立10秒钟。"

汤姆·拉斯说："有一次我倒立得特别好，一动不动，像雕塑一样，连狗都跑来在我身上撒尿。"

"不过你今天早上就没这么走运了。"

我说："喂，汤姆，我们现在有点儿事要做，过一会儿再回来和你细说。"

"你是不是觉得我是个卑鄙小人？你觉得我成天在外游荡、喜欢对妻子撒谎？那根本就不是我妻子！那是我丈夫，他叫威廉。我爱他，但有时人也需要放松一下紧张的神经。"

我们花了点儿时间才叫醒老水手，但他终于起床后立刻就清醒了，精神振奋。他让我们架好摄像机，打算给我们讲一个关于人鱼的故事，让我们忘记其他事情带来的不愉快。

他说："我第一次见到人鱼是在1575年，在锡兰*的海岸边。当时我们想钓鱼做晚餐，却捉住了她。她的鼻子又小又扁平，长着圆圆的灰眼睛，头发像海带，有着灰色的皮肤和强有力的尾鳍，就像海豚的一样。说实话她长得相当难看，但连续几周她丰满的胸部都在我脑海中挥之不去。我们最终没有吃掉她，倒不是因为她看起来很像一个年轻的人类女孩；猴子也长得和人类的小孩很像，但在港口，我们还是经常吃猴子。我们没吃掉这条人鱼只是因为觉得她的肉会太过油腻，因

---

* 锡兰（Ceylon）：斯里兰卡的旧称。——编者注

为她长着海豚——或者说鲸鱼那样的尾鳍。”

阿扎尔不禁问道：“鲸鱼那样的？”

“或者是海豚那样的。不过，今天我要给你们讲的故事不是这个。那是在法罗群岛*的一艘渔船上，这件事应该发生在1770年前后。那一次和人鱼的相遇差点儿置我于死地。我们本来打算抓鳕鱼，当时鳕鱼是一种很流行的商品，结果却抓到了她。”

“等一下，”阿扎尔说，“你是说你只是没有吃掉锡兰的那条人鱼，还是说你至今从未吃过人鱼？”

“另外，如果不是因为过度捕捞，她们为什么会灭绝？很有可能是因为气候变化吧。”我说。

阿扎尔说：“在逐渐变暖的世界里，人鱼和雪人可都是濒危物种。”

老水手说：“我从来没有吃过人鱼。我应该详细说明一下，所谓‘人鱼’只是一种非常笼统的称呼。大海中的人鱼种类繁多，就像地球上的猴子、猿类和人类那样种类芜杂。有些人鱼的灰色皮肤非常柔软，就像我在锡兰遇到的那一条；有些人鱼的皮肤很坚硬，像鲨鱼皮；也有一些人鱼拥有五彩鱼鳞。有的鱼鳍长在双眼之间，有的长在头顶、脖子下方，一直延伸到后背下面；有的手指之间长了蹼；有的脖子很短，尾巴尖那儿还长了一双非常滑稽的脚。但是所有人鱼都有一个共同点：她们都拥有像荷兰奶娘，或是16岁的奶场女工那样丰满的胸部。我就是为了这个才一直追逐人鱼的。1770年那天我们捉到的人鱼美艳绝伦，比我见过的任何一条人鱼都要美丽。她有浓密的黑发、强壮的尾鳍和

* 法罗群岛（Faroe Islands）：丹麦的海外自治领地，位于挪威海和北大西洋中间。——译者注

焦糖色的皮肤；她的胸部太完美了，不禁让人觉得‘牡丹花下死，做鬼也风流’。她就是这么迷人。我们把这条人鱼放在一只接雨水的桶中，她就坐在那里看着我们。”

我又一次插嘴道：“你觉得人鱼就像狗吗？同为犬科，每种狗之间的差别却那么大，人鱼之间也是这样吗？”

“我正要说到这一点呢。为什么有些人鱼和人类如此相似，而有些却更像鱼类？到底是什么造成了人鱼之间如此巨大的差异？”

阿扎尔问：“那男性人鱼呢？”

“我们基本上从未抓到过男性人鱼。他们的生活习性肯定比较特别。”

“也就是说，你有时也能抓到他们，是不是？”

“别打断我，我要开始讲故事了。那天夜里我值第二班，对那条人鱼产生了一种狂热的渴求。当时我觉得自己正值壮年，刚刚300多岁，我决定不再过那种苦行僧的生活了，无滋无味的熬日子真是糟透了。我是否该为安娜·格洛丽亚守身如玉？我没法回避这个问题，也等不到天亮，于是从大副那里偷了几瓶加那利酒。你们一定要明白这条人鱼有多美。就算你们见过，见到的可能也只是泡在防腐剂里的畸形丑陋的人鱼，甚至是假人鱼。有一次在英国，我见到了一只相传是在支柱湾捕到的人鱼，其实那不是人鱼，只是把鲑鱼的尾巴缝到了一具剃光毛发的猴子躯干上，太恶心了！还有一次是在波士顿，他们展示了人鱼的骨架，但我心知那是苏门答腊岛的儒艮，海牛的一种。我之所以知道是因为有一次我的船在群岛失事，我靠儒艮奶支撑了几个月。我游到母儒艮身下，装成幼崽，吮吸儒艮奶。我说了这么多，就是为了强调‘人鱼’这个词既涵盖了海洋中最使人反感的生物，也包括了来自远古的最美丽迷人的女性，如果你有幸见过一条漂亮的人鱼，那你可能就能理解我在北海盈盈的晨光中，品咂着加那利酒，看到她用调皮又清纯的目光引诱我时的感受了。”

阿扎尔说：“我们可以想象。”

“我没法从她身边走开。我绕着木桶踱步，看得灵魂出窍，而且已经醉得不省人事。你知道，人们在看到秀色可餐的东西时内心总会升起一种甜蜜的欲望，但我也如同身在科泽科德*的妓院，感觉肺在燃烧，空气中弥漫着水手常中的诅咒。你知道吗？这条人鱼对我微笑了！她的胸部圆润而丰满！就像浮标一样浮出水面。之后她用长蹼的双手抓住我，吻了我。这个吻既意外又温暖，我立刻领会了她的暗示。我爬进了木桶，和她坐在一起。进桶之前我脱掉了衣服，这样我出来后就还能穿上干爽的衣服，不过这些都是无关紧要的细节。我依然记得那让人打激灵的寒冷，北方泛白的天空，以及人鱼身上散发的体温，她灵敏的双手，还有牙齿。本来我有些羞怯，但她清楚地知道自己想要什么。我猜她经常与强健的男性人鱼做爱。她用力咬我，我猜这是出于对我的爱，然后她又像人类一样大笑，还舔着从我脖颈流下的血。那感觉就像在遥远的海港度假，登陆之后你发现每个人都在欢庆，你不知道他们信的是哪个神明，也不在意，你只管穿上羽毛服饰，畅饮甘薯酒。

“我能回忆起来的下一个场景，就是其他几名船员往我的嗓子里灌朗姆酒，并拍打我的全身，好让我的血液流动起来。我浸在水里，就

* 科泽科德（Calicut）：印度西南部临海城市。——编者注

这么睡着了，等他们找到我的时候，我正悬在木桶的边缘，赤身裸体，寒气侵入骨髓，而那条人鱼像先前一样坐在桶中，一副百无聊赖的模样。我没有责怪她。随后我们又将她抛回大海，她游走了，似乎什么都没发生过。此后我有时会想起她，这些人鱼的离去真叫我悲伤，不过我觉得这也恰好解释了为何人鱼有那么多品种：就是因为发生了诸多像这样的偶然事故，大海中挤满了水手和人鱼的后代，也许有的人鱼只有十六分之一的人类血统，另一些人鱼则或多或少存在一些人类特征，人类和鱼类的外观组合在一起，造就了无数种可能性。世间第一条人鱼一定是水手和海豚某次激情碰撞的产物。”

阿扎尔边盯着摄像机的取景器边说：“没错，这样就说得通了。”

我提出质疑：“那一年你都300多岁了，还有精力爬进木桶和一个怪物翻云覆雨？”

“那可能是我把日子记错了。”

那天晚些时候，我和阿扎尔又一路走回了海滩。海滩上挤满了小孩。其实他们也没比我们小几岁，但是我感觉，我与他们之间已隔了一生光阴。

我说：“我在刚开始读研究生时，经常去一家名叫‘蒂姆和特里’的酒吧。那家酒吧后面有一个小庭院，你可以端着酒在院子里的钢丝桌旁坐下，树上垂下藤须，抬头是南方一轮巨大的明月。每次晚上从实验室出来，我们都会去那儿，即便我和他们没有成为真正的朋友，他们也是我实验中的伙伴，这给了我们一种归属感。”

阿扎尔说：“我从来就没有搞清楚你那时在学什么，就好像你一直想瞒着我似的。”

我们两人站在度瓦街尽头的码头上，周围是欢闹的人群。此时空气温热，微风拂面，天空呈现出西瓜味硬糖般的颜色。我虽然双脚踏在祖国的土地上，却感觉身在异乡。

我说："我当时学的是生态学和演化生物学，当然了，实际上我大部分时间思考的都是'灭绝'，我无法抛开这个念头。"

"理解。"

"我想说的是，那段时光其实并没有回忆中的那么快乐。那时我孤独，情绪低落，一个人都不认识。虽然我拥有快乐的回忆，但它们是虚假的，仿佛属于另一个人，那是我杜撰出来的关于我人生的故事。"

"又说回虚假记忆了。你拥有的回忆不是你真实经历的，但是对你举足轻重，这意味着什么？"

"这太悲哀了！这意味着我的大脑在试图安慰自己，这意味着生活的渺小和悲哀，就像你过生日时感到的那种凄凉。无事不悲凉。"

"是这样的，至少我理解你。"

"每件事都在弃我而去，读研究生，之后则是纽约生活。我痛恨大城市！它们对我的精神施暴。"

码头上还有很多人，有美国人、德国人、西班牙人，有中国旅行团、大学生，以及三个惊为天人的爱尔兰女孩。我告诫自己，不要消沉、不要消沉、不要消沉。我抬起头，望着粉红色的海水激荡，觉得目之所及，海面处处散发着光辉，地平线的那一边则被黑暗笼罩着。

阿扎尔说："我一直在嘲笑'质疑'，但我也不只是在开玩笑。不是所有人都像我们这样活着，你说是吗？"

"也许吧。"

“很好，那你怎么看丹尼尔·笛福的事？”

“他说他活了五六百岁，他说他是丹尼尔·笛福。”

“这是真的吗？”

“你说是，那就是吧。”

“这当然不是真的了！这会不会是一种隐喻呢？”

“有可能吧。”

“不过谁会在意呢？隐喻是什么？是能产生共鸣的象征符号。你能说出‘隐喻’在文学领域的书面定义吗？我们早就在口语中将它通俗化了。我们没有义务去引导观众深究其意。所以归根结底，我们该怎么看待丹尼尔·笛福呢？”

“一个住在船上的疯子？”

“不无可能，但抛开这些，最关键的一点是，他一个好人。”

我重复道：“他是一个好人。”

“没错，他是好人。如果咱们真的能拍出这部纪录片，观众一定会喜欢的，因为跟他待在一起感觉太好了。”

阿扎尔言之有理。这个想法让人惊讶，却又如此简单！

他说：“你会渐渐好起来的。你只是需要一点儿时间，就像扭伤的脚踝需要时间痊愈。”

“我知道。我明白你的意思。”

阿扎尔系紧皮带，将两手背在身后；我则闭上双眼，感受着拂面的轻风。

他又提议道：“我们先缓一缓，好好解构一下他刚才讲的那个小故事。因为如果你抛开其中的隐喻，像读证词一样去理解它，这只是一个和北极海域中的某只哺乳动物交欢的故事。我们肯定不能这样解读它。”

1560

丹尼尔·笛福已经说服市长组建一支新探险队前往“肉桂之乡”，而迭戈·派斯·德·索特洛甫一感到形势对自己不利，便趁着夜色逃走了。

市长出于自身的苦恼，一直对此行持保守态度。但是对财富的渴望驱使着他，能够借此机会向印第安人布道，这一点也让他兴奋不已。随着探险队逐渐成形，他的热情也越发高涨。他这样无私地侍奉上帝，会被批准进入天堂吗？他肯定能获得教会的赦免，那他是不是就该放下自杀的念头了？

市长说：“人类繁荣兴旺的秘诀就是审时度势并抓住机会。”

我劝说市长与我们一同前去探险，但他拒绝了。我劝说他这样就可以躲开猪圈了，但他认为丛林中也会有猪。这个想法不无道理。在皮拉奥语中，猪被称为 baaí 或 baahóisi；在西班牙语中，猪被称为 peccary。

总而言之，现在市长期待着自我救赎，而丹尼尔·笛福期待着与安娜·格洛丽亚重逢，只要他发了财，便会派人去找她，但我不知道自己希望通过此行得到什么。得知这次探险会顺利进行，我心中的不满和怨愤却逐渐消弭。复仇的欲望成了一个我只会讲给自己听的故事。

一切已准备得当，我们暂时无事可做，于是坐在浑浊的海边，听着汹涌的波涛声，嚼着甘蔗——基督教徒刚刚开始种植这种作物。我们还吃了椰子味的糖，以及堆积如山的腰果、花生和番石榴。我们期待着有朝一日能够迎来一个全然不同的世界，而生活在其中的我们也和如今大为不同。展望未来是基督教徒的生活方式。

市长负责安排带领我们西行前往巴拿马的船只（巴拿马是我们此行的第一站），他给当地的官员写了信。他还雇了一个名叫贡萨落·德·加斯特利亚那的海盗，让后者来当探险队的总领队，因为丹尼尔·笛福坚称自己年事已高，再也没有精力带领队伍了。除此之外，市长还从新格拉纳达的其他地区和各个岛屿招收了一批士兵和水手。有的人加入探险队是为了发大财，但大部分人都很贫穷，他们最奢望的东西用一只油布袋子就能装下。比如，他们希望找到几件金饰，这样便可以换得一块地、几只羊、一两头牛。其中一个人的愿望甚至更为卑微，他唯一想要的就是一双法国鞋子。

他们之中有一些是被神遗弃的混血儿；有些人则担心自己体内有恶魔。一个人告诉我，曾经有恶魔向他展示了一本用血写成的书，只要他在上面签名，便可以从苦力的枷锁中永远解脱出来。恶魔自会替他劈完柴火，还会帮他建起一座有石灰墙壁的房子。当时他没有在血书上签字，不过要是这次探险失败了，他可能就别无选择了。

另外一些人遭到了其他基督教徒的迫害，因为他们崇敬上帝的方式不同。有些人和丹尼尔·笛福一样，虽然改信了基督教，但由于生为犹太人被驱逐出了西班牙，注定终生要四处流浪。我也像是一名改信基督的教徒：当我说着西班牙语时，我觉得自己了解上帝；但当我入睡后，上帝对我来说不过是一只长着年轻女性面孔的猴子。有时上帝是个掉光了牙齿的皮拉奥男性，盗走了通往天堂的钥匙。他有个名叫希苏的儿子。他无力掌控森林中的任何事物。

我们见到了米格尔·奥雷哈，他是基督教徒中的异见者。虽然他压根不是犹太人，但也被西班牙政府驱逐出境了。米格尔·奥雷哈给人留下的印象颇深：他高大魁梧，脑袋像一大块石灰岩；他对钱财漠不关心，唯一的追求是向印第安人传播基督教。米格尔·奥雷哈人缘很好，很受周围人的尊敬，但是又有些难以捉摸，有时他会沉浸在只有神明和鬼怪的世界里。他告诉我们，过马路是一种罪过，因为这是一种坚定的个人意志的体现，构成了对上帝的冒犯。但同时他也相信人类可以达到完美的境界。他说人在此生就可以崇敬上帝、赞颂上帝，不必等到来世。

丹尼尔·笛福说："这种想法倒是很吸引我。我已经有点儿担心，我这辈子将永远看不到时间的尽头了。"

丹尼尔·笛福说他在梦中造访过安那齐托城。有时，他悬浮在空中，脚下是开阔的广场，看到一只充满热气的大酒囊飘在身旁，下面悬挂着一只摇摇晃晃的篮子。但我却不记得那里有什么飘浮在空中的酒囊。有时，他会看到几个体格健壮的人，穿着无袖紧身上衣和宽松的短裤，用一只橡胶球玩着什么游戏。他们时而跑来跑去，时而一跃而起，时而将橡胶球投入悬挂在高墙上的一个铁环中。但我对这个游戏也毫无印象。有时他会看到多年以后的安那齐托城，那时它已沦为沙漠边缘的一座破败之城，骆驼在街上游荡，它由一位名叫罗莱托[*]的

---

* 罗莱托（Roletto）：指前文提到的大密西西比民主联邦总统罗列特（Roulette）。——译者注

基督教徒皇帝统治着。皇帝有个名叫亚斯米娜[*]的女儿，而这里的人民生活在水深火热之中。

我在梦中也会回到这座城市，但我总会回到同一座房子中，重复着同样的话。我试图道歉，但是我只会用西班牙语致歉，因此没有人理解我在说什么。有时我会梦到其他城市。而因为我已经感染了基督教徒那种展望未来的“疾病”，有时我还会梦到只存在于未来世界中的城市。这些城市笼罩在一片灰色之中，望不到尽头，城市里唯一的活物是紫色的鸽子，但城中灯火辉煌、霓虹炫目，在光明和阴暗之间迅速切换，还有无处不在的难耐噪声。这里的居民已经忘记了如何去“看”。

我越来越难以区分白天和黑夜，也越来越难以确定自己是谁、想要什么。有时我甚至意识不到自己说的是皮拉奥语还是西班牙语。

我们给士兵讲述安那齐托城的故事，也就是我们口中那座名叫“黄金国”的城市。根据丹尼尔·笛福的描述，“黄金国”里有享用不尽的老鼠肉，居民可以穿上任何颜色的衣服，你能想象到的颜色自不必说，你无法想象的颜色也都能染出来。“黄金国”的居民还可以到动物园看卡拉瓦鸟，这是一种三米多高的鸟，会欣赏优美的歌曲。居民甚至可以模仿貘[†]的歌声，与这些巨鸟共同起舞。

我会给士兵讲故事，只因为这是我长久以来养成的习惯，事实上，我没有编造这些故事哄人的理由。在我的讲述中，“黄金国”中的居民

* 亚斯米娜（Yasmina）：指贾斯敏（Jasmine）。——译者注

† 貘：一种体形似猪的动物，会发出摇篮曲一样的叫声。——编者注

怀着极大的敬意埋葬逝者，将许多黄金物件和动物尸体一同下葬，这样就可以保证逝者在来世不再挨饿。父母不会让孩子看到自己，以免孩子对生活抱有错误观念。他们向山峰献祭，最重要的仪式是男孩的第一次理发。此外，男性需要用蛇皮绑起睾丸，并用一种特制的药膏揉搓，不然它们就会垂到膝盖那里，最后还会掉出来。

一旁听着的丹尼尔·笛福一边点头称是，一边爽朗地笑了起来。

“这是天气过热造成的现象。那里的天气受金星影响，而不是月亮。”

实际上，那座城市中从来没有出现过由黄金制成的物件，当然我永远都不可能承认这一点，况且就算我承认了，也不会有人相信。皮拉奥人也不会献祭，相反他们觉得献祭这种不可思议的事，也只有基督教徒会做。

这段时间我们除了等待，什么都做不了。金刚鹦鹉和猴子在枝头交流着，植物呈现出大地的颜色，而大地没有颜色。士兵一边揉着头发，一边在小镇上四处闲逛，他们喝葡萄酒，以追逐妓女为乐。有的人睡在妓院里，有的人睡在临时搭建的小屋内，还有的人睡在简陋的收容所中，甚至有的士兵醉酒后一头栽倒在街上睡着了。对他们来说，黑夜不过是一片黑暗的虚无，夜幕降临之后他们什么都不用做，但等到他们清晨醒来时，则会惊恐万分地眨着眼睛。

某天清晨，我们坐在街边，捧着一只装满腰果酒的葫芦。太阳在头顶炙烤着我们，刺目的阳光让人感到眩晕。

此时距离登船远航还有三周时间。

丹尼尔·笛福对我说：“在过去，航船跨过赤道的那个瞬间，你身上所有的虱子都会死掉，很不可思议吧？但现在情况不同了。过去的宇宙非常小，大气层井然有序，一层一层地嵌套起来，外面是星星，再向外是天空。但我已经不记得它们现在还是不是这个样子了。过去美洲并不存在*，但是现在我们都站在这片土地上。现在我们造出了大型帆船，在海上航行也变得像过马路那样简单，尽管米格尔·奥雷哈出海时还是遇到了一些困难。火绳枪是一种可怕的武器，而且随着改良会造成越发可怕的后果。我们的怀表小到可以装进衣服口袋，还有了可以用水冲洗的公共厕所，以及各式各样的曲轴、轮子组成的机器，可以在一小时内完成几百个人花上一周才能完成的工作。”

我们坐在街边，汗水从我们的脸上淌下来。正午炫目的阳光让我们几乎什么都看不见。

丹尼尔·笛福接着说：“终有一日我们会发明用火药驱动的飞船，甚至利用太阳散发的热量驱动零件，坐着帆船乘风破浪。我们还会发明在空中翱翔的船只，甚至可以飞入广袤无垠的宇宙，这种船只体积巨大，唯有大鹏可与之比肩。以后，瞬间把肉做熟也不再只是个梦想，也许一次爆炸就能实现。”

他还构想出了一种新型的攻城战术：进攻者从塔上一跃而下，落到巨大的橡皮球上反弹起来，飞过守城的堡垒。进攻者们手持风帆，然后一把将风帆扬到空中，这样跳下去时能够减缓下坠速度，可以缓缓降落。风帆在他们头顶猎猎作响，他们用弩箭和火绳枪射击敌人的头部。我提出了一个设想：守方此时可以往加农炮里塞碎石，将敌人的风帆打个粉碎。但是丹尼尔·笛福说他已经想到了一个应对方法——给每个

* 欧洲人起先并不知道美洲的存在，直到航海家哥伦布于 1492 年发现了它。——译者注

进攻者配备大量火药，这样如果他被敌人的炮弹击落，自己就会成为一个炸弹。在壮烈牺牲的那一瞬间，他身上火药的威力足以夷平整座城市。但实际上这种情况不会发生，毕竟，如果每个人都能变成人体炸弹，敌人就永远不敢开火了。

丹尼尔·笛福说："这是一个多么奇妙的想法啊。这种炸弹的发明充满了哲学思辨：由于这种武器太过可怕，所以它的存在本身反而会消除使用它的必要性。"

我说他思考的内容涉及万事万物，堪称当今时代伟大的战略家，但是他对自己的穿着打扮似乎毫无"战略规划"，比如他现在这件束腰大衣就穿反了。其他人很难犯下这种错误，因为束腰大衣的花边都缝在正面。

他说："啊哈，我明白你的意思了。你是说不仅要观大局，也要拘小节，日常生活中也都要讲究策略。但是现在让我们来想象一个时代，那时的人们都穿着质地非常柔软、设计极为简洁的上衣，正穿还是反穿都没有区别。"

我们四周的城市中，生活仍在有条不紊地继续着。苍蝇飞舞、尘土飘扬、肉食溢香、阳光温暖。雨水洒落下来，大地吐出新绿。

某日贡萨落·德·加斯特利亚那从岛上来到了这里。看到他的第一眼，我们就知道他是一个以中伤他人为乐的人。他霸占了妓院的一个房间，用套马的缰绳鞭笞一个印第安人。我们拜访他时，他向我们展示了墨西哥某一位王子的头骨，他在特诺奇提特兰沦陷时趁机杀死了这位王子。他知道丹尼尔·笛福是一个改信基督教的犹太人，对此深恶痛绝，因为他誓死不信犹太人可以被感化。他对我也充满仇恨，因为我是一个印第安人，而他毕生都致力于和印第安人打仗。

加斯特利亚那警告我们：“在胸口画十字、背上帝的祷告词来保护自己吧。对圣父、圣子、圣灵，世间唯一的上帝祷告，还有圣母马利亚，永远保持贞洁。”

丹尼尔·笛福用一如既往的温和语气说道：“好的。”

“三位一体的上帝和圣母会保佑你。贞洁的圣母马利亚，还有其他所有的神明和天使。”

基督教徒会用某些物品召唤神明，这让我渐渐感到担心，因为我知道这个墨西哥王子的头骨正是用来做这件事的。加斯特利亚那做出了一副被神明环绕的姿态，很明显他并不适合担任总领队一职，但是我们无力改变这一事实，毕竟他的职位是由圣多明各法庭的一纸文件决定的。这让人相当失望，但是丹尼尔·笛福不以为意。他说这种麻烦只有在我们这样的探险中才会遇到，因此这本身就是探险的一部分了。等到我们安全抵达森林，就可以推翻加斯特利亚那的领导了，在那个连上帝都看不到的地方，任命书不过是废纸一张。

2200

之后我们离开了巴尔的摩。整艘船加上我共有六个人。除了老丹尼尔和船长 还有一个叫约瑟夫的家伙 他很沉默 年龄更长 还有两个像我一样的年轻男子 他们叫卢比奥和桃子们。我问最后那个人 你的名字是桃子吗。他说 是桃子们。我又重复了一遍他的名字。他说我的名字是复数 不许笑。

我们起航的第一天早上 天气变化剧烈 我们冷得发抖 但是没过几天又热起来了。而我有的时候发烧 有的时候不发烧。感觉就像脑海中响起了铃声 然后又消退 但我的确在慢慢好起来。我们大部分时间都在内河航道 因为这是一段被保护起来的航道。我生病期间的工作是观察船外 寻找可能导致我们沉船的隐患 例如垃圾 破旧的车辆 水泥 漂流的淤泥。但是很快运河就堵起来了 我们不得不改道回到了海上。幸运的是在海上航行很容易 甚至可以说非常顺利。我很喜欢这种随波浪漂流的感觉。这对“詹姆独立州”来说是个不错的开端。有一天我开始想 如果我那天没有走到海岸边 我可能永远不会喝玉米威士忌 但我的灵魂会通过另一种方式得到治愈。可老丹尼尔对我们缓慢的航速很不耐烦。他向我们解释 在过去当他们还有火药船的时候 他们可以在海上乘风破浪快速前行。

之后我们来到了外滩群岛[*]。船长向我们宣布这里就是外滩群岛了。我四处张望 努力想看得清楚些 但是什么也没有看到 只有几座长满荒野植物的小岛和破碎的水泥。外滩群岛也已经破败不堪了。之后我们又在右舷方向看到了陆地 船长再一次开起了玩笑说 快看啊 那是威尔明顿[†]。我什么都没看见。之后老丹尼尔说 船长 我发现你对历史很有研究。船长承认了。老丹尼尔说 而我就是行走的历史。船长说 是的 这我知道 所以我想问问你 当你看到威尔明顿的废墟时 心里是什么感受。老丹尼尔说 我的感受与别人有点儿不同 因为我所记得的那些沿岸城市都被摧毁或者废弃了。船长想了想他的话。之后船长又问 现在这种被毁坏的城市是不是越来越常见了。老丹尼尔说 那当然了。

现在我想再试着让老丹尼尔讲讲印第安人的故事。我说 给我讲讲印第安人吧。他说 我可以给你讲讲皮拉奥人的女神马利亚 有一段时间我怀疑她其实就是安娜·格洛丽亚。我说 那你就讲讲她。他说 曾经出现过很多假的安娜·格洛丽亚 让我很担心我会不会有几次的确见到了她 但是没有认出她来。我说 好吧 但现在请给我讲讲皮拉奥人的马利亚。老丹尼尔说 不 我不能说 我唯一能说的是如果这里的所有人消失了 他们终有一天就会在那里出现。说罢他沉默了半晌。他又开口问道 你有没有听说过克里斯托弗·哥伦布。我说 当然。他说 那你知不知道曾经有一个举国同庆的节日叫哥伦布

* 外滩群岛（Outer Banks）：位于美国北卡罗来纳州东海岸的群岛。——编者注

† 威尔明顿（Wilmington）：美国北卡罗来纳州的港口城市。——编者注

日[*]。我说 真有趣 是为了庆祝他的生日吗。老丹尼尔说 是的 为了给那家伙切一块蛋糕。我说 哦 对 过生日当然要吃蛋糕。接着老丹尼尔说 之后这一天改成了原住民日 我们也叫它印第安人日。说罢他又不出声了 我和船长也不再说话 开始回忆往事。我们非常清楚 现在我们生活在一堆废墟中 这是一件很尴尬的事情。老丹尼尔曾经经历了辉煌的往昔 我怕他对我们嗤之以鼻。

我们这一路充斥着历史故事和轻柔的风 最后终于抵达了萨凡纳[†]港口 海堤已经不起什么作用了 半座城市浸泡在海水之中。船长说 这又是一座差点儿被 2130 年的龙卷风毁了的城市。老丹尼尔说 啊哈 这个地方倒是可以讲讲 我在这里被捕 差点儿被执行了死刑 因为当时我是大西洋上令人闻风丧胆的海盗“黑眼”。但我心不在焉。终于可以上岸 我太高兴了 差点儿自己跳进海里游了过去。我直接走进了我看到的第一家妓院 那是咪咪无休妓院。我同时找了两个女孩 甚至还和一位年龄相仿的男孩尝试了一次。这和一般人想象中那种温柔的体验不同。几小时后我终于走了出来 觉得自己恢复了活力。

如果说巴尔的摩是一个充满活力的异域城市 那么萨凡纳就是遥远的热带本身了。美丽的椰子树在海港步行道两旁和街道旁边摇摆。阳光灼灼 温热的风吹来了尿液 生姜 肥料和腐烂的蔬菜的气味。超市里堆着成箱的水果 包括牛心果 菠萝 番石榴 香蕉。我们在

---

* 哥伦布日（Columbus Day）：纪念哥伦布发现美洲的节日，1971 年以前为每年的 10 月 12 日，现改为每年 10 月的第二个星期一。——编者注

† 萨凡纳（Savannah）：美国佐治亚州港口城市。——编者注

波士顿的时候有时会吃香蕉　这种水果对我来说很昂贵　但是我们找不到可以替代它的水果。老丹尼尔说　再告诉我一下　现在的新鲜水果吃起来安全吗　我不记得了　因为每隔一个世纪情况都会变。我说　新鲜水果是安全的。他问我　你确定吗。我说　我很肯定。他说　那太好了　那你赶紧去尝一下这里的菠萝　佐治亚州的菠萝是最好吃的。我说　好的。他说　佐治亚州的特产就是菠萝。我尝了尝　然后说　真的　我从来没吃过这么美味的东西　真是好吃的水果。老丹尼尔劝我不要吃得那么急　不然待会儿太撑了　衣服上的扣子都会崩掉。

我们度过了非常美好的时光　甚至连老丹尼尔都被欢乐的气氛感染了　因为他现在想喝点儿可乐　此前他已经很多年没有碰过可乐了。我说　老爷爷　我给你买一杯吧　你喜欢哪种可乐　橘子味的　柠檬味的　棕榈果味的　生姜味的　要哪种有哪种。他说　那我要可乐果*味的吧　我就想喝可乐果味的。但店里没有。他说　没关系　那我喝柠檬味的。当时我们在帐篷超市里　可乐摆在货架上　但不是冰的　因为超市里没有空调或冰箱　但是老丹尼尔觉得可以接受　他本来就想喝常温的。我说　来一杯柠檬味可乐。店里的伙计说　这就来。我付了钱　是我请他。

老丹尼尔喝了起来　他抽动着鼻子　喷着气吐泡泡　这副样子太有趣了　连他自己都忍不住笑了起来。虽然只是可乐　但他很快就喝

* 可乐果：一种原产于非洲的作物，是可乐树所结的果实，内含咖啡因，是制作可乐的原料。这里可以理解为老水手想喝一杯真正的可乐，但店里没有。——编者注

醉了。他摇摇摆摆地走路　大笑着对我说　这感觉就和过去一样　那时我还是个流氓　暗杀了斐迪南·麦哲伦　这件事我和你讲过吗？我说　那给我讲讲吧。他说　这没有什么好讲的　麦哲伦是一个恶棍　我在麦克坦的海岸边用护胸铁甲揍了他。我说　哦。他说　所以他的死就记在了我的账上　但是没关系　反正我永远也不会死　所以我永远也不会堕入地狱。我说　这个故事有点儿意思　不过　护胸铁甲是什么东西　麦克坦又是什么意思。他说　护胸铁甲是一种盔甲　而麦克坦是一座岛的名字。我问他　那我们现在是要去那里吗。他说　不是　那里和这里有万水千山之隔。我说　那岂不是比加利福尼亚共和国更远。他说　对　在太平洋彼岸更远的地方。我说　这么说你曾经横渡了太平洋。他说　是的　很多次。我说　真是不可思议　那里比雷姆利亚大陆还远吗。他说　我也不太确定　距离应该差不多　但不同的是雷姆利亚大陆在水下。我重复道　在水下。他说　当然了　那是第一个被海水淹没的地方　远在迈阿密　新奥尔良和安提利亚之前。

我们伫立在那里　望着熙熙攘攘的人群　那里有水果商贩　还有水手。老丹尼尔不再边喝可乐边摇摇晃晃地大笑了。过了半晌他突然吼了起来。安娜·格洛丽亚　他喊着　安娜·格洛丽亚　你在哪里　快回到我身边　我是可怕的钟脸骑士丹基诃特啊。喊完他便摔倒了　然后笑了起来。我还是把他扶了起来　毕竟我是个帮手。我安慰他道　我们会找到她的　我这不是正在帮你吗。他说　是啊　哈哈　你是我的帮手。我说　我们会找到她的。他又提醒我　别忘了安那齐托城的宝藏　我们最终也会找到那些宝藏的。我说　这我也没忘

记 我还指望着靠这笔钱发财呢。他哈哈笑了出来。之后他的脸色变得严肃了 问我 你刚才听见我说的是“基诃特”而不是“吉诃德”了吗 这就是过去的发音 例如现在的“墨西哥”本应读作“墨士哥”。我说 哦。他说 你知道这个吗。我说我一无所知。

我们穿着靴子踩在粪肥上 头顶是灼热的阳光。我开始回想他给我讲过的所有事情。我说 你曾经横渡了太平洋吗。他说 是的 很多次了 我曾经环游世界 我也是第一批完成了环球旅行的人。我问他 那你会看不起我们吗。他问我 为什么要看不起你们。我说 因为我们没有空调 而且除了富人几乎没有人拥有汽车 没有尼龙搭扣 没有流媒体。他说 就是空调毁了这个世界。我问他为什么。他说 空调并不会减少热量 它只能把热气排出去 因此热气被排放到了其他地方 也就直接造成了气候变暖。我说 但是世界并没有被完全摧毁呀。他说 我想你说得对。我说 为什么我们不能拥有汽车呢 如果这个世界已经被完全毁灭了 那么我能理解 但是现在世界还有救 那我们也该有汽车。他说 哦 孩子 人类拥有汽车的历史只有那么短短一瞬 不能以偏概全。我说 只有短短一瞬。他说 大概几百年吧 这种发明无法持续使用下去 因为它是以牺牲未来为代价的 它只不过是不断叠加的谎言 未来的几代人手中已经什么都不剩了。我说 我想拥有一辆车 谁管未来会怎么样呢。他说 你没法永远拥有它 不过我现在享用着我的柠檬味可乐 所以我们还是换一个欢快一些的话题吧。我说 也是 对不起 我有点儿太悲观了 萨凡纳是世界的中心 我来到这里应该高兴才是。

一个在街头表演的老爷爷正唱着冬日的歌曲 他的歌声悲伤又孤

独。这是一首古老的歌曲　他为什么现在要唱这首歌呢。

我试着保持情绪高涨　但是我突然对万事万物都感到愤怒。我感到愤怒是因为我一无所有　我没有车　没有家庭　什么都没有。之后我决定　如果老丹尼尔真的喝柠檬味可乐喝醉了　那我也可以喝着我的玉米威士忌买醉。我买了一些威士忌　他们把酒装在椰子壳里递给我　我心想管他呢　未来和我无关。

老丹尼尔凝视着我　沉思着。他说　你现在能不能少喝一些玉米威士忌　好好享受在岸上的时光。我假装自己以为他是在开玩笑　哈哈笑了两声。我们聊了起来　他对我说　现在你扪心自问一下　你喜欢在巴尔的摩的泥巴里睡觉吗。我说　那其实没有我想象中的那么糟糕。他说　很好　那我提前告诉你　治疗 reseca 的最好方法其实是喝椰汁。我说　哦　是吗　不过 reseca 是什么。他说　啊哈　对不起　应该说 reseca 这个词原本的意思是干瘪　因为宿醉的时候你的大脑就是干瘪的　从而引起了头疼。我说　很有意思。他说　明天你也要记住这件事。

他对我大脑的判断是正确的。我本来想再去一趟咪咪无休妓院　醒来后却发现自己又倒在泥巴里了　这还不是我自己有意为之的。现在我已经破产了　喝酒花光了我所有的积蓄　也许有些钱是被偷走了。我的宿醉非常严重　老丹尼尔非常生我的气　但是也很同情我。他给我买了一个椰子　他是从一个看起来也醉得不轻的老头儿手里买下它的。老丹尼尔说　把你的大砍刀给我　我自己来切吧。他接过大砍刀就开始豪迈地挥舞　我觉得这看起来特别危险　但最后他还是成功地在椰子壳上砍出了一个洞。我喝着里面的椰汁　非常可口。之后老丹尼尔把椰子切成

130 × 2200

了两半。我吃着白色的椰肉　它们非常美味　富含卡路里　维生素　碳水化合物　但是像石头一样沉到了我的胃里　让我非常难受。老丹尼尔感到很抱歉　他道歉地说　看起来新鲜的水果在本世纪还是不安全的。我说　没关系　能把胃洗净也是非常好的　这样我就能排出毒素了。老丹尼尔说　太好了　我为你高兴。之后我便躺了下来　我听到约瑟夫在对老丹尼尔和船长说话　他说　我的朋友们　我说什么也不愿意重返青春　年轻太让人受罪了。他所说的毫无疑问是对的　因为现在我连五脏六腑都快吐出来了　卢比奥也正在宿醉中。卢比奥躺在甲板上睡觉　额头上青筋突起　鼓着一个蓝色的大包。我和他是港口上的两个年轻人　而另一个年轻人桃子们正在独自祷告　看起来一副快要哭出来的样子。

1750

这天清晨我 6 点便起床了。早餐喝了牛奶，然后跳了会儿舞，在我坐下来写这段话之前，我去花园里散了散步。现在我已经是一个老人了，因此非常需要晒太阳。于是我伫立在苹果树下，这时一团阴影遮住了清晨的阳光。这不是预示着风暴将至的乌云，而是一个庞大的鸟群—— 一群野生鸽子，又称长尾鸽。它们喧腾着从我头顶掠过，洒下的排泄物如同落雪纷纷。连续足有一个小时，我们在鸟群密布的天空下狂奔，一个男人宣称他一枪打死了 60 只鸽子。但是到了晚饭时间这些鸽子全都飞走了，所以我们还是只能吃羊肉。

还有一些人说鸽子的数量已经减少了不少，过去它们的迁徙能持续大半天，甚至有时会持续两天，鸽群遮天蔽日，不留一丝缝隙。我知道他们肯定夸张了，因为光是想想就觉得很荒唐，在如此广阔的世界里，这种和人一样具有神圣意味的生物数量竟会比现在还要多。可能它们并没有变少，只是在这里的数量减少了，而在其他地方的数量增加了。但是这天早上我突然意识到，鸽子数量的减少，这一现象并不仅仅关系到鸽子本身，也和观察它们的人类息息相关。人的好恶取决于他的世界观，以及他在世界中所处的地位，他会倾向于相信自己期待相信的，并抵制自己拒绝相信的。于是这天早上我看到的鸽群像是对我的一种警示，但是却没有像你们想象中的那样给我带来最应该带来的启发（它们并没有让我客观地思考真相，而不在其中掺杂个人好恶）；更确切地说是一种提醒，即：任何一件事的真相都必定因人而异，而这正是它会对此人产生重要性或非重要性的核心原因。因此，即使鸽子原先的数量并不可能比现在多，但如果一个人非要说现在鸽子的数量减少了，那也可以理解，因为他自认为这是真相。

我已经偏离了主题。我本来想描写的是 1750 年我在淡盐岛上的历险。但是我首先需要讲述当时对我来说尤为重要的两个问题：哪些是真实的？哪些是可信的？我是否相信这位讨人喜欢的老丹尼尔医生就像他自己宣称的那样，已经有 300 多岁了？我是否相信他和他口中的那位安娜·格洛丽亚在上个世纪就认识了？我当然不信，就像已经消失的巨大鸟群只是那些怀念消逝时光之人脑海中的幻想，这些故事其实也背负着丹尼尔医生内心深处最殷切的渴望。他的确相信自己是世界上年龄最大的人，而且他感觉自己一直以来孤独地游荡在这个世界上，所以他看到那个女人时的喜悦也是真实的。他相信她就是他命中注定的伴侣，无论她在真实世界中是何身份，对他来讲她都是命中注定的角色。

待我们从“梅勒妮”种植园回来后，丹尼尔医生已经下定决心帮那个女人赎身了，这种坚定的决心让她无比吃惊，又喜出望外。他意志坚定，决心攒下工资，他相信自己可以通过正常途径攒够钱。他再没有别的致富途径了，因为他拥有的唯一财富就是阿四，但他不可能把自己的朋友卖出去——不光是情感上的阻碍，还有一个不得不说的原因：阿四说服丹尼尔医生修改了遗嘱，这样一来，只要丹尼尔医生去世，阿四就可以重获自由了——鉴于阿四一直在帮他假扮医师，这无疑是一种公平的回报。之后阿四还威胁丹尼尔医生，只要后者敢动一丝一毫将自己卖出去的念头，阿四都将立刻杀死丹尼尔医生以重获自由。在这个奥比巫师的计谋和威胁下，丹尼尔医生立刻释放了他，使他摆脱了奴隶身份，尽管丹尼尔医生承认阿四要了个聪明的花招，但他很欣赏阿四，这丝毫没有影响他们之间的友谊。

这时又出现了另一种致富的可能性，我猜丹尼尔医生肯定难以抗拒，毕竟连我自己都动了心，抑制不住想借此机会多挣些钱。那件事发生在某天晚上，高尔斯华绥先生提议我们三个人在花园里抽雪茄，丹尼尔医生不顾一切地阻止雇主去花园里散步，说晚上植物吐出的不是氧气，而是氮，这也是为什么“夜晚的空气”[*]会成为一个指代“有害气体”的古老谚语流传至今。我对这种迷信将信将疑，我自己一直恪守着吃完饭一定要走动的原则，这样可以避免病菌进入我的头部，最终夺去我的生命，那些过量食用猪肉、牛肉、鸭肉、鹅肉的人就是这么死的。所以最终我们以二对一的票数决定去散步（在“淡盐岛老鼠共和国”,我们常采用投票表决的方式解决问题）。那次漫步非常愉快，虽然我被蚊子叮得惨不忍睹。但可能正是因为吸入了氮气，再加上走路锻炼，所有人都陷入了一种愉悦的恍惚之中。

我们回来后高尔斯华绥先生感到非常满足，于是主动提议，为我们展示他收藏的西班牙硬币。他把这些硬币放在自己的书房里，书房则在他卧室的隔壁，他的卧室有一道门，直通房子后方的走廊。我立刻想把这些硬币偷走，当时我无法和丹尼尔医生确认，但我确信他也是这么想的。之后高尔斯华绥先生把硬币放回了原处，用挂在脖子上

---

* “夜晚的空气”（night air）一词亦指有害的瘴气。——译者注

的一把钥匙锁上柜子，我们便下楼去厨房准备吃肉了，但那一刻，我已经觉得盗取他的硬币是一件不可避免的事了。所以我径直走向阿四（因为他是我们之中最聪明的人），请他好好琢磨一下这件事，想个法子盗走硬币。

我那位相思成疾的朋友丹尼尔医生，可能在看到这些硬币的时候就产生了一种迫切感——虽然不久之前他还对存钱一事颇具耐心，但看到硬币后，他突然宣布，自己可以靠赌博赢得想要的东西，他没有意识到这样做有多困难。我质疑他，告诉他只有两种赌博的方式：像过去很多个月中他所做的那样，以工资为赌注不走脑子地胡乱赌博；或者孤注一掷地借钱下注，这样利息增长的速度正如燃烧时灰烬增加的速度那么快，会导致你一无所有，除了欠下的债。他听完后按照自己的方式理解了一下，然后告诉我，如果他尽最大可能筹来了钱，并尽可能地增加赌注，那么根据“长期增长原理”，他赌博的收益毫无疑问会高于他的损失，因为他的损失是固定的，就像税率，收益则是这个公式中唯一有可能变动的项。

虽然我强烈地感觉到他的理论存在问题，但是我不知道怎样通过数学逻辑来推翻它，于是认为这是一个非常好的计划。后来，看到丹尼尔医生迟迟没有执行计划（在这件事上他就和很多哲学家一样光说不做），我内心冒出了一个大胆的想法，打算自己下手，借钱赌博，承担风险，帮我的朋友弄来他需要的那笔钱。

于是我开始向高尔斯华绥先生借钱，赌钱时喝着劣质酒，赌上我拥有的一切，并打算继续按照这个步调进行下去。亲爱的读者们，很快我就陷入了精神恍惚，最终步入一种绝望境地。例如，某天时近正午，我在种植园边缘的甘蔗地中醒来，身边是甘蔗茎的碎片。我的嘴唇流着血，手臂挫伤发青，就像抹上了焦油。我还以为自己是刚刚从午睡中醒来的，但很快便意识到我刚才和别人打了一架。高尔斯华绥先生躺在几米开外的地方（此时他还没有恢复意识），身上也有青肿，流着血。他穿着那段时间他常穿的衣服——像女士长袍一样垂下来的长衬衫，没有穿裤子——所以能看到他腿上东一块西一块的青肿、血痕以及被无数愤怒的老鼠撕咬后出现的溃疡和化脓。他没有丝毫生命迹象，除了每隔很长一段时间会放一个韵律错落有致的屁，我猜测这是他体内空气流通的唯一证明。

我把他叫醒，但是我们这两个不幸的人都想不起来刚才发生了什么，第一个念头是种植园的奴隶把我俩打了一顿。之后还多亏了阿四解释，才得知我们一起在赌桌上豪饮吵闹，然后一起出门，争吵了几句，几分钟内就把对方打得头破血流（虽然根据阿四的描述，在此之后我们痛哭着和好如初），接下来我们两人便在太阳的炙烤下双双昏睡过去，待我们睡死之后种植园的奴隶才敢过来痛打我们。

这件事让我陷入了罕见的低落情绪，甚至还感觉到了恐惧和忧郁。我坐在游廊上，咀嚼着鸦片，突然噎住，就像排水沟被树叶堵住。我给自己灌了很多酒精饮料，一桶酒，一大桶酒，接着是巨大的一桶酒，和高尔斯华绥先生像往常一样醉生梦死，但是我开始比从前更惧怕过度放纵的后果。在所有恶习中，我一直认为纵欲将置我于死地，因此我现在暗暗发誓要尽可能远离它，但又担心不出席晚宴会给高尔斯华绥先生落下口实，他会怀疑我，即使他一直努力让自己只看到别人身上最好的特性。所以我感到自己在两种邪恶之间摇摆不定，其中一边是欢宴过度、可耻地死去；另一边是被揭穿了有色人种的身份——要么因欺诈罪而死，要么更加可怕，作为奴隶活下来，在刚刚建立的鼠皮工厂里干活。

连续好几天我都避免与朋友们见面，但他们似乎并不在乎，因为丹尼尔医生还沉浸在英雄救美的幻想之中，沉迷于给奴隶讲述那些充满想象力的故事，阿四也忙得不可开交，他说某一夜他一口气游到了非洲，然后又游了回来。看起来只有我没能下定决心。我的脑海中有一个微弱的声音，是一种暴躁至极的自言自语，这个声音说，既然我无论做什么结果都是一无所获，那为什么不转而去享用一块小羊羔的肋骨肉、一盘切好的瓜、一个甜奶油冻呢？这些就足够了，不一定要真像赴宴一样，吃得那么奢侈。毕竟我还是个年轻人，恐惧不会持续太久，所以某一天，我将恐惧抛在脑后，直接去府邸里见高尔斯华绥先生了。我在走廊后面找到了他，那时他正坐着吹风，喝着刺果番荔枝汁，手里捧着一本《伦敦杂志》。看到我来，他便叫夸米娜去拿朗姆酒，没过多久丹尼尔医生也加入了我们，他一副衣衫褴褛、垂头丧气的模样，期待着酒中有益身心健康的香气能让他忘记痛苦，但最终他也只喝了不到一茶杯的量。看到他伤心的样子我也很难过，我用一种毫不掩饰的同情眼神盯着他，与此同时高尔斯华绥先生开始谈论老鼠皮。

今晚和其他的夜晚别无二致，唯一不同的是晚些时候高尔斯华绥先生从地窖的楼梯上滚落了下来，脑袋磕在石头上后便不省人事了。高尔斯华绥太太前来和我说话。我对这个女人略有所知，并且随着与她日益熟悉，我对她的仰慕也逐渐加深，她的美貌和优雅举止令我夜不能寐。当她邀请我去她的卧室，坦白自己正受着孤单和寂寞的折磨，而我可以对她为所欲为时，我应该怎么回应呢？读者们，现在摆在我面前的选择比任何一顿可耻的宴饮更让我害怕，因为我可以想象，一旦我的雇主对我的背叛行径有所察觉，他会采取什么行动。然而，虽然我的肚子里塞满了食物，甚至可能会忍不住把它们一股脑儿地吐在她雪白的胸脯上，但我还是无法拒绝她的请求。

138 × 1750

2500

实在让我意想不到的是，阿四在婚礼前两周就给该死的安东尼·科尔韦特下了毒，至少我的推断是这样。官方公布的死亡原因是心脏爆炸。事情发生的那个晚上，安东尼本来正坐在餐厅里，面前摆着高粱糊，周围是跳舞的妓女和寻欢作乐的朋友，但他突然向前倒下，一头栽进了自己的食物中。我没有证据证明这一切都是阿四所为，因为第二天清晨他就人间蒸发了，就像河面上的雾气消散在清晨的阳光里，但除此之外，还能有其他解释吗？

我深深地叹了一口气，感到如释重负，但奇怪的是在这个冬日将至的时节，似乎没有人注意到安东尼的死亡。那一年的南风不再吹动，西边的天空染上了迷人的粉色，而本应在11月降下的雨水，那一年也根本没有来。有时天空中会出现圆圆的白云，但神秘的飞行器会阻止它们升入更高的空中，因此它们堆积着，就像堆积在堤坝后的垃圾一样令人惊奇。

很快我就意识到有一件紧急的事情即将发生，我再度紧张起来。我们国家有储备粮，可以向密西西比民主邦联出口芝麻油，以交换小米和木薯，但是国内立刻出现了针对灌溉水的指责和抗议。我父亲一向遵循古老的协议镇压反抗，他将水流分配到总统和议员居住的洼地，这样一来就完全断绝了很多住在边缘地区的农民的水源。此举激起了愤怒的浪潮。1月份，有一个叫卡洛斯·佩迪格里的激进抗议者炸毁了几处土木工程，他触犯了法律，将多到无法计算总量的水引入了城市高地上的小农田。但是之后他便销声匿迹了，而他的同党则被残忍地处死。

我在充满回音的总统房间内想起了这件事。我无法将之从脑海中抹去，或者更确切地说是这件事一直萦绕在我的心头、我周围的空气中，甚至在我辗转反侧时它就藏在床底。这些盗水的人只是想提高自己的生活水平，引水也只是为了种植小米和高粱。这能算是犯罪吗？在凉爽的清晨，我吞下了玉米粥和水果，这是标准的富人早餐，同时我开始思考为何我注定要生在乌衣门第，就像骆驼注定要生在阳光之下，这样深入地思考令我颇有些食不知味，只能感受到牙齿之间的棘梨籽。

如今该死的安东尼·科尔韦特已经死去，成了历史，但是从另一方面来看，事情一成不变：我仍然是一个富人，奉行着我父亲镇压他人的传统，同时我也是被镇压的受害者之一，因为我是一个没有能力让事情往好的方向发展的女人，一个孤独的“不合时宜的女权主义者”，被喝酒的男人们挑来选去。总而言之，我仍然郁郁不乐，况且现在该死的安东尼·科尔韦特已经去世，我由此失去了一个谴责对象。

丹尼尔·笛福认识很多总统、国王和统治者，能和他一起坐在骆驼圈里，听他讲述那些子虚乌有的古老故事对现在的我来说真是莫大的安慰。只有在这里我才感到自己脱离了总统府邸这个鸽子笼，只有在这里我才不会被看作身份高贵、处于阶级顶端的人。在这里我只是一个单纯的读者，阅读古老的书籍，提出古怪的问题。

某天早上，丹尼尔·笛福对我说：“我曾经认识一艘宇宙飞船的舰长，名叫鲁滨逊·卡鲁索[*]。他研究出了如何在火星上种植玉米和土豆。火星也是一个极度干旱的地方。他还研究出了在那里建造城市的办法。但我已经记不清这个庞大的计划为什么最终终止了。”

我问：“你去过那里吗？火星？”

“我并没有去过。我已经太老了，没法去那么远的地方，但我的确在月亮上走过路。那里的树上没有树叶，而是长着粉色的羽毛。不对，我是不是把月亮和其他地方搞混了？”

“我只在书上读过第一次登月时的事情。”

“啊，现在登月就像其他事情一样，已变得商业化了。但那里不适合人类居住。他们在月球上建起了像罗马宫殿一样的赌场，我记得那里甚至还有一个高尔夫球场。无论你是想冲浪，还是想做结扎手术，在那儿都没问题。一切都是昙花一现。”

有时他也会谈到安娜·格洛丽亚——他遗失的爱人。他在西班牙巨浪翻滚的海上遇到了她，之后又在俄罗挪克河畔的丛林中见过她一面，此后他们还在澳大利亚、巴哈马、爪哇和茂宜岛相遇。然而这些相遇反而迫使两人分离。我试着说服自己坚信他还会见到心上人，但其实听到这些爱情故事我分外悲伤，对他的好感也日益增加。我知道我对他的这种感情只是一种平白的幻想，用以排遣身为总统家眷带来的无聊和厌倦。我也知道他不过是恰好经过了我们的世界，而我作为一个小国的公主，与他相处的时光恐怕只是他生命中几乎可以忽略不计的一瞬。

---

* 这里化用了《鲁滨逊漂流记》中主人公鲁滨逊·克鲁索的名字。——译者注

但是，正是在与他的某一次对话中，我产生了颠覆性的想法：我问自己，安娜·格洛丽亚会不会是一个真实存在的人？又立刻意识到她是否真实存在并无重大意义，这些爱情故事可能都是在另一种超越现实轨道的真实的基础上建构出来的。她是真实的，因为她因他而存在。我之前怎么没想到这一点呢？由此我理解了这正是他在描述历史时习惯使用的逻辑——贯穿终始的相互印证。我发现历史只是人们从混乱的事实和细节中主观构建出来的"真相"。但就算人们运用了最好的假设、选取了最真实的部分加以描绘，历史仍是想象的结果，多半是虚构的，同时是有寓意的，就像一场永不放弃的爱情。丹尼尔·笛福当然也能虚构出自己的历史，讲给我们听。

这场哲思上的剧变发生在我人生最重要的时间段。此时正在执行的新现代化改革遭遇重创，它像河蟹一样，只会向一侧移动，因而偏离了正轨。例如我父亲颁布了一项激进的法令：从今往后宫殿里只能使用合众国出产的食物。这项法令颁布时正值干旱时期，人们有口饭吃就不错了，只购买合众国出产的食物简直是无稽之谈，因此当法令传到城市里时，高点区[*]发生了暴动。我不得不表现出对这项法令的赞同，但说心里话，我并不支持它。这就像从烹饪角度解读我的新历史观：历史诗化现实，或者烹制现实，使现实变得更容易消化。

我父亲是从《詹妮·琼的美式烹饪教程》[†]中学到各种菜谱的，他看中了这本书对当时的现代科学的宣扬。在这本书的帮助下，我们再

---

* 高点区（Hi-Pointe）：圣路易斯的街区。——译者注

† 《詹妮·琼的美式烹饪教程》一书出版于 19 世纪，作者为 J.C. 克罗利，笔名詹妮·琼。该书收录了两百多种菜谱。——编者注

现了那些早已“灭绝”的食物，我们做出了人造蟹肉、水煮鱼、特伦顿瀑布式炸小鱼和通心粉*。通常，厨娘不得不使用一些替代食材，比如她用骆驼肉代替鹿肉做了馅饼，用文丁果代替绿醋栗做了水果蜜饯，黑椒海豚肉排也是用山羊肉做的。

丹尼尔·笛福虽然一口没吃，但他说：“这些食物让我想起了过去。”他又闻了闻骆驼肉馅饼：“它让我想起了美利坚合众国，没错，曾经有整整一年，我每天晚上都去麦当劳吃鹿肉馅饼，但我不记得原因了。”

我试着模仿他平日那种意味深长的语气：“因为你是个流浪汉。不用说我就知道，你那一年整夜都待在保龄球场，和肖肖尼族†的女人玩抓鹿拐。”

“好像是这么回事。”

“那是原生态的美国，是勇敢者的家园。”

他笑了起来：“说得太对了，你是最聪明的公主。”

但是合众国粮食法令只是整个新现代化改革中的一小部分，现在又有一场更具开创性的革新刺激了整个改革进程。我父亲意图重新推广电灯和白炽灯，这样夜晚就会霓虹璀璨，人们也可以在天黑之后继续工作。提出这项改革本来是为了间接缓解干旱带来的影响，因为如此一来人们就可以向河对岸的密西西比民主邦联出口更多产品以换取食物，从而摆脱靠天吃饭的生活。和我父亲预测的一样，现在驼绒在密西西比民主邦联的精品店中大受欢迎，因此他希望人们不分昼夜地

---

* 这几种菜肴的做法都可以在《詹妮·琼的美式烹饪教程》中找到。——编者注

† 肖肖尼族：北美印第安部族。——编者注

生产驼绒。

我们都知道闪电只是大气层中的放电现象，丹尼尔·笛福却认为驾驭闪电是一件很简单的事。伯特·富兰克林用一个汽水罐头和几根绳子就成功驾驭了它[*]。电的问题解决了，所以现在最大的问题是重新做出电灯泡。父亲和丹尼尔·笛福试做灯泡时，我刚好在场，但这只是因为他们选择在餐厅做实验，而我和爱德华·哈洛韦恩正在那里享用一道来自过去的美食——孔雀肉酥皮饼。我们本想溜走，但是丹尼尔·笛福向我们投来祈求的眼神，央求我们也留下来，他不愿和我父亲独处一下午。其实对我们来说，留下来参与实验并不痛苦，因为我们和所有人一样，非常渴望看到光明。所有的证据都显示，带电玻璃管和灯泡曾经支撑着合众国从黄昏亮到了黎明，如今光是想一想这番景象就觉得非常壮观。

我们有三本关于电力的技术指南类书籍，但是其中两本内容太过复杂，根本无法理解。幸运的是我们还有一本詹姆斯·斯劳·索毕撰写的《写给男孩子们的电学基础》[†]。我父亲翻开书，大声朗读起来，他似乎都没有注意到我也在房间里。

“电灯的核心部分，也就是电枢，是需要被磁化的。将磁化的导线分别连接到正负电极上，形成一条弧线。”

他“啪”的一声把书合上，皱起了眉头：“我觉得我能理解这些话。”

---

* 这里指本杰明·富兰克林的风筝实验。相传他和儿子在雷雨天放了一只风筝，他将一把铜钥匙系在了风筝线的末端，闪电掠过时，他触摸钥匙，感到一阵麻木，以此证明了闪电是一种电。——编者注

† 《写给男孩子们的电学基础》（*Electricity for Boys : A Working Guide*）是一本出版于 1923 年的书。——编者注

虽然这么说很伤人，但是当时看来，这项改革的结果会和其他改革的结果相同，缺陷就出现在理论上。我父亲作为总统，认定自己所说的一切都是正确的。他不仅将自己误用的文字和词汇编纂进法律中，并且不再接受新知识，不再学习新东西，因为所有的书都不能动摇他内心已经坚信的事物。

丹尼尔·笛福鼓励他："你再多读几段吧，就当烘托一下气氛。"只有他曾亲眼看到过索毕先生描述的这些事物。

于是父亲继续读了起来："因为电流也会穿过电阻线圈，电极两端的距离如果相隔太远的话……"

读到这里，他又将书合上了。

丹尼尔·笛福看着我，眼神颇为犹豫，他开口说道："我对电的了解没有那么深，但是这件事非常简单。任何可以导电的物体都可以充当电极。如果我没记错，土豆也可以用来做电极——我指的其实是'印加地上的松露'，它和我们平时吃的土豆不太一样，我们吃的土豆比较甜，但是甘薯*也没问题。请帮我取两个甘薯，把两端的皮削掉。"

我们的贴身奴隶多明戈立刻跑去取甘薯。

"你们有没有磁铁和电枢？电枢是可以产生磁力的部件。在磁铁周围绕上线圈，让线圈露在外面，然后把它放在碗上，但必须是金属碗。"

我折服于他流畅的思路："你真是一个天才。"

他眨了眨眼，朝我做了个古老的手势——竖起大拇指。他刚刚教会我这个动作：握紧拳头，伸出大拇指，指向空中。

---

* "甘薯"一词的英文是"sweet potato"，直译为"甜土豆"。——编者注

没过多久，他已经做出了一个东西，他说这是灯泡的内部构造：马蹄铁形状的磁铁，上面缠着线圈，线圈的两端各插在一个甘薯里，两个甘薯几乎碰到一起，电流就会在这里产生。他把这个装置安放在一只铜盘中。为了美观，又在上面扣了一只玻璃碗。猫咪克里斯托弗·斯马特跳到桌子上，企图打断他的工作，我不得不费力阻止。

丹尼尔·笛福说："这可比应有的尺寸大多了。这不是电灯泡，简直是电灯盘了。如果你想缩小尺寸，只需选用更小的甘薯和磁铁，再把盘子换成小金属杯。非常简单。"

爱德华·哈洛韦恩重复道："简单？"

我父亲回答："很简单。"

他们还没探讨出来该如何将闪电引过来，所以现在还无法测试电灯盘能否使用，但我父亲已激动得无以复加，开始计划建设生产电灯盘的工厂了。现在理论已经完备，但实践上还面临一些问题，因为没有一个人想坐在牲畜棚里给这些甘薯缠线。我父亲从烈日炙烤的太阳城中征召了大量挣扎在贫困线上的人，那里的人住在用竹竿和水泥袋搭成的房子里。但大多数居民都是怀抱婴儿的母亲，母亲的天性驱使她们在干旱的年头里将用来缠线的甘薯偷去，据为己有。

我一直认为甘薯产自密西西比民主邦联，现在，它已经变成了富人的奢侈品。

干旱的状况似乎比我们预想的更为严重，不然就是我们缺少足够的储备粮。王室在河边的土地也遭遇了玉米歉收，而在更深入的内陆地区玉米的产量更少，甚至一无所出，只有罂粟花、麻麻豆和芝麻躲过了这场灾难。贫穷的人就像骆驼，仅靠尘土、阳光和罂粟汁便能存活，但正因为饮用了罂粟汁，即使在收成较好的时候他们也会无所忌惮地犯罪。在这种背景下建立电灯盘工厂是没有希望的，不久，工厂就被焚毁了。很多人认为这还是那名激进的抗议者卡洛斯·佩迪格里的“杰作”。

我父亲说：“反正吃一堑长一智嘛，每次失败都会引领你走向下次成功。”

但是没有人认为城市中正在发生的事情能预示未来的成功。新美利坚合众国每况愈下，甚至连我父亲都意识到了这一点。有时他忙于纷繁复杂的事务，对那些副秘书长们时而大笑、时而大叫，有一天在虚荣心的驱使下，他竟然同意人们在联邦公园里建一座他自己的雕像，但大多数时间他都沉浸在病态的忧郁之中。

一天早上我在屋顶吃着瑜伽霜，看到父亲从家族的墓园里走出来。家族墓园坐落在花园里的一个大理石建筑中，那里安葬着王室的三代祖先。父亲竟然在那里睡觉！那天天气温暖、尘土飞扬，还能嗅到野火的味道，间谍机构的负责人正坐在干爽的草坪上等他。

2016

我怀着一种心满意足的心情钻进了睡袋，但那一夜极热，我睡得并不安稳，醒来时感觉自己仿佛在坟墓里睡了一觉。虽然睁开眼时迎接我的是美丽的朝阳、温热的微风，以及眼下这部纪录片带来的新鲜劲儿，但也没能驱散一夜恶眠导致的坏心情。我整夜磨牙，牙床渗血。我想，现在我有充足的理由服用镇静剂当早餐了，不过我不打算像平时那样，只吃两粒能让我心情愉悦起来的绿色药片，我吃了一粒绿色的、一粒白色的和一粒蓝色的，它们都不是致幻剂，你甚至可以将它们称为药品。

决定服药后，我的心情突然前所未有地畅快和愉悦起来。我从未如此渴望与他人交流。我叫醒了阿扎尔，企图让他跟我聊天。

我说："我刚才在思考，'期待'会给人带来多少快乐。这么想或许可以给正在为全球变暖而忧心的我带来安慰：未来的人类很难想象我们过着多么轻松的日子！他们将生于忧患，所以对物质的期待值降低了。如果我们生在他们的时代，肯定过得比他们更不开心。"

阿扎尔说："这就像狗总是被蚊子叮咬，却也对此习惯了。"

"正是如此，它们也只能理解到这里。我们总是想象，如果没有现在拥有的这些东西，生存将会变得多么艰难，但是未来的人从未体验过拥有这些东西的日子。"

但是这么说也不对。这种想法并不能让人开心，反而会让人更加沮丧。我在树桩上坐下，开始重新组织语言，还要等20分钟药劲才能上头。我看见尘土在光线中肆意飞扬。

“一切的根源都在于期待。”我感觉到双眼因狂热和兴奋而膨胀。“如果你生在一个没有好镜子的年代，就像老水手描述的那样，估计没有人会指望你每天把仪容整理得十分整齐，对吧？但反之，如果一个年代已经有了镜子，人们的期待值就会改变。虽然镜子的出现能方便人们整理仪容，但也会引发新的问题，因为它让人们对仪容的整洁度产生了更高的期望值。”

但阿扎尔似乎并没有听我说话。他说：“我梦到我小学的体育馆里爬满了电鳗。我梦到我想刮毛但是死活脱不下来鞋。我梦到我结了婚，妻子却被关在佛罗里达州大沼泽地的一所监狱里。”

“你有没有看清她的长相？如果你知道她的样子，以后真的遇见她就能认出来了。不然她就和安娜·格洛丽亚一样，只是个虚构的存在。”

老水手已经起床，开始在甲板上祷告了。几分钟之后他从梯子上爬下来时，我们才发现他并非孤身一人，一起爬下来的还有一位年迈的黑人男子，脖子上挂着一副电脑键盘。

老水手向我们打招呼：“年轻人，这位是桑丘。”

“桑丘？”我惊慌于这个名字背后的深意*。

“我是说阿四，这是阿四。阿四，这里又来了两个年轻人。”

“总是有年轻人来。”阿四说。

* 堂吉诃德的随从名叫桑丘·潘沙。——编者注

“是啊，一个接着一个。他们俩已经答应帮我挖东西了。”

我打了个招呼：“你好吗，阿四？”

“当然好了，”阿四说，“你好。”

他声音悦耳，像位教授，十分优雅。他不仅脖子上挂着键盘，身上还披着一件粉色的女士风衣，戴了几串用牙齿和旧荧光棒做成的手链。这身装扮与他红色的眼睛和灰白蓬乱的头发（活似一只老狗趴在了他头顶）组合在一起，产生了非常惊人的效果。他网眼短裤上的商标图案已经被磨没了，他没有穿鞋。后来我才知道，大家给他起了个外号打趣，叫他“基韦斯特的市长”。

老水手给我们介绍：“阿四是来帮我寻找地下宝藏的。”

“啊。”阿扎尔专注地皱起了眉，已经架好了摄像机。

“因为海平面正在上升。”

阿扎尔说：“是的，不过你能否解释一下这和挖财宝有什么关系？”

老水手抬起了双手：“每个人都和我说海平面正在上升。你们也和我说过这样的话，我没说错吧？”

我承认道：“我们的确说过，你想看看数据吗？”

“你们两个都是聪明人，握有最新的数据，我相信你们。别人也和我说过同样的话。所以阿四和我要趁着海水淹没岛屿、永远埋葬财宝之前，把它们挖出来。我想请你们帮忙。毕竟你们也能看出来，阿四和我都是一把老骨头了。”

“好啊。”我说。

阿扎尔也说：“好啊。”

“但首先我需要回想起来我究竟把财宝埋在了哪个岛上。所以刚才阿四给了我一种药，以帮助我唤回记忆。”

阿扎尔说：“糟糕。”

阿四正绕着院子走来走去，双手背在身后。在温和的阳光中，他时而弯腰，时而清清嗓子，时而喃喃自语，根本就没注意到我们。

老水手给我们解释：“阿四是个男巫。有一次他把我变成了一头猪，使我躲过了债主的追捕。”

阿扎尔看起来焦虑极了：“我感觉将有大事发生，但我太饿了，无法集中精力。”

“你想聊聊饥饿这个话题啊！很多年前，我仅靠吃豆蔻挨过了两周。现在我基本不吃东西了，但这仅仅是因为我不饿。如果你想知道当时我靠什么解渴，我可以很大方地告诉你，是靠骆驼的尿液。当时我们一行人正在穿过沙漠，那是一个名叫阿扎瓦德的地方，本来我们计划到海滨卖豆蔻，但是如你所想，所有人都死了，我是唯一的幸存者，只有骆驼和我相依为命。我以此为契机摆脱了奴隶身份，至少那一次是摆脱了。”

突然，他的脸色变得煞白。

阿扎尔问：“你还好吗？”

“我进屋休息一下就好。阿四告诉过我这个过程不会很舒适。”

他抬脚向船屋走去，但走到门口却又顿住，回头对我们说道：“骆驼的尿液非常黏稠。骆驼是了不起的生物，它们的粪便很干燥，刚落地就可以捡来生火。”

说完他闭上了双眼，静静地站了一小会儿，并缓缓地呼吸着。

“还有一件事，不知道你们是否思考过，为什么西班牙的食物里总是有很多火腿和培根？因为宗教审判官总是喜欢在午餐时间视察，如果他们看到你吃的是火腿，你就安全了*。”

然后他走了进去，关上了门，留下我们俩看阿四沿着栅栏缓慢行走，每走几步就俯下身去仔细研究着某片叶子或某朵花。

我说：“这倒是件新鲜事。”

“那可不？这个阿四是谁？”

“显然是个街上的流浪汉。”

“对，但不能因为他是一个黑人老头就这么说。”

“我当然不是因为这个。”

“这和种族无关。”

“怎么扯到种族上来了？”

阿扎尔说：“我的皮肤也很黢黑，也算半个黑人吧。我说他是流浪汉，是因为他脖子上的键盘，还有用人类的牙齿做成的手链。”

“没错，就是因为这个。”

我们吃了点儿什锦果仁。过了一会儿阿四完成了他所谓的“仪式”，走过来在野餐桌旁坐下。他立刻被阿扎尔手里那份《纽约客》杂志上的连环画深深吸引了。

阿四看着其中一幅画问我们：“这幅画的笑点是不是因为他们是穴居人？”

* 在历史上，西班牙曾被摩尔人占领。摩尔人即指中世纪时期居住在伊比利亚半岛、西西里岛、马耳他、马格里布和西非的穆斯林。摩尔人禁止西班牙人吃猪肉，后来基督教在西班牙重新兴起，穆斯林和犹太人若要改信基督教，就必须吃猪肉，于是火腿和培根变得流行起来。——编者注

“你理解得很对。”

他说：“穴居人发明了语言，现在他们有麻烦了。”

老水手不是唯一服药的人，我现在才突然意识到，我完全忘了牙疼的事。我感到双肩松弛，胸腔里好像有谁在歌唱。这种情况到目前为止已经持续4天了，这是一种新的开始，我的内心非常释然。既然如此，看起来我最应该做的事是再服一粒绿色药片。我已经偷偷往兜里塞了5粒，每一粒都裹在一张收据纸里。于是我趁着装咳嗽的瞬间又吃了一粒。此时，我的嗓子干得冒火，就像气管里被塞入了一个保龄球。

我说道：“阿四，你是不是也有一百万岁了？你说，是不是每个时代的每个人都觉得世界会在他们手中终结？”

“对。”

“也就是说，其实每一代人都错了。”

“那倒不尽然。”

“为什么？”

“因为世界的确总是在被毁灭，循环往复。你有没有听说过安那齐托城？或者是阿希姆？”

“没听说过。”

“你肯定没听说过。”

阿扎尔在厨房小棚里找到了一瓶魄茶，给我们两人各倒了一杯。它有一种甜甜的橡胶味。我艰难地咽下，感觉茶漫到了我的脸上，然后留在了双颊。现在我觉得头脑清醒极了。

我说：“阿四，刚才你给丹尼尔·笛福下了毒吗？”

“你自己去问他吧。”

“你手链上串着的是人类的牙齿吗？”

“还有哪一种牙齿比人类的更有用？”

船屋里没有什么生命迹象，但是阿四还是让我们不要去打扰老水手，所以我们享受了一会儿无人打扰的时光。我们喝着魄茶，给阿四讲解连环画。风渐起，太阳升得更高了，我开始幻想在未来整个美国都像这里一样温暖，到处都是一片混乱的热带景象，华盛顿国家广场上长着棕榈树、蓬松杂乱的草，世界因为没有车辆和鼓风机而显得非常安静。那是一番美丽的景象，简直就像幻觉。我对自己说，这里是2200年的巴尔的摩。

20分钟后我们听到船屋里传来了老水手的歌声，随后看到老水手颤颤巍巍地走了出来。

他说：“我看到一个衣服上印着猿猴图案的男孩。他在吃一支蓝色的甜筒。他是幻觉，猿猴也是幻觉。那只猿猴冲我眨了眨眼，是猿猴把男孩穿在了身上。”

阿扎尔问：“他是在说猿猴吗？那种猩猩似的动物？”

“猿猴，”老水手说，“猿猴，就是猿猴。我对猿猴很了解。它们会在树上冲你龇牙咧嘴。你向它们讨要水果，它们却拿屁股对着你。在海难沉船或者逃亡时，都不能指望猿猴帮忙。”

为了让自己的手势更具力度，他说到这里时特意停顿了一下。阿扎尔把每个细节都拍下来了。

“我抬起头，看到了一只巨鸟。那是一只大鹏，它正载着一个身穿皮背心的胖男人。男人一边向我挥手，一边试图从手中的红杯子里喝水。

天空呈现出瘀伤时的青紫色。那是一个和平日别无二致的早晨。”

他身体前倾，倒在了地上，然后挣扎着想要起身。阿四上前把他扶了起来。

阿扎尔说：“我们要做点儿什么吗？比如打 911* ？”

“猿猴，”我说，“真神奇。我们竟然卷入了如此难以置信的事情。”

阿扎尔又问了一遍：“咱们要不要打 911 ？”

“这简直像部电影，我们只需要架好摄像机就可以开拍了。”

阿扎尔发现和我说话无异于对牛弹琴，于是他转向阿四问道：“阿四，我们能做些什么？我们可以信任你吗？”

“信任我可不是一个明智的选择。你们怎么能理解我的目的呢？但是这次我不会对你们构成威胁。我只是用魔法来帮助他唤起古老的记忆。我不会伤害他，毕竟是他帮助我摆脱了奴隶身份。”

这场所谓的危机很快就结束了。没过多久老水手就平静下来，重新回到了船屋里，出了一身汗后入睡了。阿四跟他进屋，开始做吟诵、祈祷之类的事。我们也想跟着进去拍摄，但是阿四不同意，态度非常强硬。所以我们根本没法进屋，事实上，阿四还鼓励我们离开船屋几个小时。我就是在这时想起了约翰·巴克斯特的海洋馆。

我在街上等着阿扎尔刷完牙出来，这时汤姆·拉斯出现在鹈鹕花园酒店的门前，他正在喝健怡可乐，拿它当早餐。

“你来这儿做什么，汤姆·拉斯？”

* 911：美国的急救电话。——编者注

"我就是出来晒晒太阳。"

云层遮住了太阳，说不定现在已经是黄昏了。

"你这种人是怎么进入广告行业的啊？"

"嗯，保险行业和其他行业大同小异。"

"是广告行业！"

"哦，对，广告行业。它和其他行业也没什么两样。"

但是我已经受够了，我希望他赶紧开口说实话。

"汤姆，你在搞什么？你到底是来这儿做什么的？"

"我是来做广告生意的，就像你说的。"

"你在这个故事里扮演的是什么角色？为什么你总是反复出现？"

"我的角色？我可是主人公，你才是配角。"

"原来我是配角。"我说。

"你是汤姆·拉斯精彩的乔装故事里的一个临时演员。"

"我是一个小配角。"我说。

"对，你是一个小配角，只是与我交谈的人之一。你和我更宏大的规划没有半点儿关系，甚至基韦斯特的这个周末也只是众多场景之一，不管你信不信，在汤姆·拉斯的故事里还有很多精彩段落，牵涉着众多你不认识的人，以及你从未踏足的地方。"

我又重复了一遍："我只是一个小配角。"我意识到他说的都是对的，并且感受到了他言语的力量，但我感到非常释然："既然聚光灯不在我身上，那我就可以为所欲为了。"

"那当然。"

"没有任何压力。"

“我才是那个承受压力的人，毕竟我才是主角嘛。”

其实约翰·巴克斯特海洋馆根本不是海洋馆，而是私人住所。我们站在路边，看着海洋馆破败的正面，就像一座鬼屋。院子里光秃秃的，地面干透了，大门外还堆着椰子壳。

我向前探了探身，小声说：“咱们的计划是什么？”

阿扎尔说：“你什么意思？咱们的计划？咱们当然是去看看那张照片了。”

我摇了摇头。之前我吃了几粒绿色药片，现在整个人的情绪都释放出来了。趁着阿扎尔看向别处，我赶紧又埋头嚼了一粒。这种偷偷摸摸的行为让我异常兴奋。

我说：“我来转移对方的注意力，你去抢照片——但是你竟然都没有带件大衣之类的东西来藏照片！”

“抢照片干什么？我们只要看看它就行了。”

我想了想，这样不行，我们必须要把照片偷走。

“我会给你信号的，只要我一说出‘靛蓝’这个词就行动。”

“靛蓝？”

“或者说‘鹅颈’？我会说‘鹅颈’。发出信号后我就会转移他们的注意力。”

我慢慢地晃动着身体，膝盖一曲一直，觉得自己充满了力量，又全身疲软。

“可恶，我们应该把阿四也叫上，这样就有两个人引开他们了。或者阿四甚至可以假装不认识我们，装作与我们毫无关系的第三方。约翰·巴克斯特永远都不会知道是谁打晕了他。”

“看样子你今天的精神很好啊，”阿扎尔说，“但现在的情况好像有点儿失控了。答应我，我们不能偷照片。”

我点点头，双手猛地一拍。这一早就像经历了一起混乱发狂的沉船事故，我厌烦透了。

“伙计，约翰·巴克斯特会后悔自己经历了这一天的。”

但约翰·巴克斯特看起来已经悔恨好一阵子了。他气色红润，长着大红鼻头，有一双水汪汪的棕黄色眼睛，脑袋硬塞进一顶蓝色棒球帽里，这是他全身上下最生动的一样东西。他就像是直接从帽子里长出来的一样，越往下看越缺乏细节：他的衬衫式样复杂，有纽扣、口袋，上面的那些褶皱说不定是故意设计出来的装饰，但是他穿的短裤如硬纸板般僵硬，设计粗糙，像小孩子随手涂鸦出来的那种裤子。他的腿几乎看不出来是腿，而只是没有特点的两根白色圆柱，上细下粗，脚上穿着一双印着卡通图案的棕鞋，像两只泄了气的足球。可怜的约翰·巴克斯特，他永远预想不到待会儿会被什么东西打中。

他说：“欢迎光临。”

然后他突然轻声说：“欢迎来到投机者*的领地。”

馆里净是些乏善可陈的海洋生物绘画，但还有三个做工非常精致的旧式帆船模型。我真希望能有时间细细观察，但我已经发现了可以

---

* 原文为“Carpetbaggers”，指美国内战时期利用南方不稳定的局势，从中牟利的人。从后文的描写来看，约翰·巴克斯特是一个种族主义者。——编者注

用于逃跑的线路，因此现在急需找到那张照片，不然为时晚矣。转头我便看到对面的墙上挂着一面巨大的邦联旗*。

约翰·巴克斯特说："我打小就拥有这些画，你们是不会理解传统，以及出生成长的地方在你身上打下的烙印的。"

阿扎尔说："这家伙犯什么病呢？"

我突然意识到自己穿的是一件皱皱巴巴的T恤衫，是很久以前我在参加某次政治宣传活动时得到的，肯定是这件衣服惹怒了约翰·巴克斯特。

我笑了起来："说到传统，值得骄傲的传统可太多了。不如请这位黑人朋友给我们讲讲美国的传统吧。"

约翰·巴克斯特的眼珠转动起来，脸色变紫了。

他说："你只需回答我一个问题，这个地球上还有哪个国家为了废除奴隶制而发动过战争？没有，一个也没有。你难道想说瑞典为了这事发起过战争？还是中国？你们还想怎么样？"

"该死，老兄，这太疯狂了，你这些话是从哪儿学来的？是别人说的？电视上说的？你觉得那场战争是反对谁的？你的墙上可挂着邦联旗呢。"

他平静地说："人可以为自己的过去自豪。"

阿扎尔说："我对注定失败的事情总会报以同情。一个人在自己家里是可以做任何事的，如果他犯下了违背人性的罪行，也并不意味着他全无人性。"

---

* 邦联旗：指美国内战中南方邦联的旗帜，悬挂邦联旗是一种带有强烈种族主义色彩的行为。——编者注

约翰·巴克斯特点了点头。显然没明白这番话其实是在嘲笑他。他说："这只是宪法赋予我们的自由，就连这个伊拉克男孩都能理解我。"

那些照片都挂在邦联旗的下面，每一张都被放大了，保存完好，说不定值一大笔钱。大部分照片都拍摄于19世纪末——如果旁边贴着的手写卡片上的年份没有弄虚作假的话，但是有两张拍摄于美国内战之前。其中一张照片上是三位身着华服的女士，表情惊恐，眼神模糊，看得出来她们为了拍照在相机前面坐了很久。另一张照片上是两名站在一起的男子，身后似乎是个码头，照片有些模糊，但毫无疑问，那两个人是老水手和阿四。

约翰·巴克斯特的情绪越发低落："现在可好，我的海洋馆里来了一个伊拉克人和一个社会主义者。"

阿扎尔说："伙计，你应该对游客友善一点儿！你难道不靠游客挣钱吗？"

我把阿扎尔叫过来，他盯着照片看了很久。阿四和老水手就在照片上，背后是几艘帆船，照片一角还挂着一条体型硕大的鱼。如果他俩是故意穿上了过去的衣服，摆拍了一张复古照，那构图也太糟糕了，他们应该把鱼挂在中间。

"糟糕。"阿扎尔说。

"是的，这张照片让情况更复杂了。"

"我们应该怎么做？这照片是怎么回事？到底发生了什么？"

这个问题我们当然不能请教约翰·巴克斯特，他现在走了过来，很明显是想把我们赶出去。他说："你们在内裤里藏了炸弹？觉得应该由我来给你们付医药费？你们两个想互相掩护吧？"

阿扎尔听不下去了："鹅颈。靛蓝。撤退。"

1560

三艘船载着我们驶离了圣伊内斯。我们必须借用丹尼尔·笛福的一艘太阳能船才能抵达皮拉奥，所以需要先前往巴拿马。我们要在布农雷–德迪奥斯跨越地峡，沿着美洲的西海岸一路向南行驶到秘鲁，然后翻越山脉，从西侧进入地势较低的盆地。

海洋不过是混杂着泪水和垃圾气味的河流，而我们的船是漂浮的房屋。第一天航行时风平浪静，但是等到第二天早晨——那时我们还能看到远处绿色的海岸线——加斯特利亚那突然极其激动地醒来，双目圆睁，犹如两口药锅，毛发倒竖。当一艘西班牙加利恩帆船孤零零地出现在乌云笼罩的海平面上时，加斯特利亚那彻底失去了理智，他狂叫着“恶魔躲在十字架后面”。他声称上帝充满恶意的创造终究会在所有人身上应验，不论他们信仰上帝与否。他命令手下攻击这艘加利恩帆船，全然不顾帆船上的人和他来自同一个国家。手下听从他的指令进攻了，半是出于忠诚，半是出于恐惧。此时距离我们离开圣伊内斯才不过一日光景，却已经犯下了叛国罪。

丹尼尔·笛福说：“这是西班牙征服者们常犯的错误。他们一踏上征途就会立刻犯下罪行，从而斩断回归平民生活的路，唯一的解决办法就是提高赌注。为了赢回清白的名誉，他们必须以大量印第安黄金为代价，换取卓越的功绩。加斯特利亚那也是这样打算的吗？他是想怂恿我们同他一起犯下罪行，成为一条绳子上的蚂蚱吗？或许我太高看他了，毕竟他还无法与埃尔南·科尔特斯*相提并论。”

有时我发现加斯特利亚那并没有真实的自我，上帝创造他只是为了展示对人类的蔑视，正如上帝创造耶稣是为了展示大爱。

丹尼尔·笛福说：“他可能只是需要发泄过量的怒火，而最好的方式莫过于杀戮同胞。”

交战结束后，加斯特利亚那冷静了下来，他无法解释自己为何下令攻船，对此焦虑不已。他与皇家公证人一道返回自己的客舱（这位公证人现在已经被他买通了），一封接一封地上书请愿。他在请愿书中不断描述这次冲突的情形，辞藻一次比一次华丽，诸如“是加利恩帆船先发起的攻击”，“帆船竖着摩尔人的旗帜，船上都是印第安人，是非洲来的奴隶。他们通过暴动夺下了这艘船”。在西班牙语中，过去的事会被当作历史记录下来，历史是人类创造的东西，并且永远会与现在产生联系。但在皮拉奥文化中，如果一件事已经不再有活着的见证者，那么就不应该再被讨论了。

每隔几个小时加斯特利亚那就会在甲板上现身，发表晦涩难懂的演讲，这时皇家公证人就会手持最新起草的请愿书，尽可能让我们每个人都在上面签字。轮到我签名的时候，我画了一张淫秽的图，他们命令我把图改掉。每当加斯特利亚那和皇家公证人不在场时，人们就会趁着这几个小时的空当谋划怎样发起叛乱，他们狐疑地互相扫视着，却缺乏采取行动的果断勇气。有几个人发誓，在最近一次交战中，他

---

* 埃尔南·科尔特斯（Hernán Cortés）：西班牙军事家、殖民者，曾率领军队攻入阿兹特克帝国，并在墨西哥建立了西班牙人的殖民地。——编者注

们亲眼看到加斯特利亚那飘浮在距离甲板约一掌高的空中，因此没有人敢挑战他的权威。

等我们抵达巴拿马时，加斯特利亚那再次陷入了癫狂状态。他大吼着下达命令，胡子竖起，横飞的唾沫溅满了他那件皱皱巴巴的天鹅绒束腰外套。他全副武装地在甲板上来回踱步，一边大吼着演讲词，一边捶着自己的胸甲，时而大笑，时而高歌，时而对上帝祷告。他甚至撩起铁甲背心的下摆，让我们过去亲吻，说着："亲亲我的短铠甲。"某天早上他一丝不挂地站在雨中，任凭雨水滴落、海风吹打。我们想念此前经过的布农雷－德迪奥斯和其他陆地，丝毫不想前往30多千米外海岸上的乌鸦镇，因为加斯特利亚那命令手下前去洗劫这座小镇。

他说："人是不可能违抗天命的。"

手下的人并不想与他作对，他们不能当逃兵，因为西班牙的掌权者是不会宽赦他们的。这一切都印证了丹尼尔·笛福的话：他们被这个发疯的指挥官唆使犯罪，共同的罪行将他们捆绑在了一起。

因此他们服从命令洗劫了乌鸦镇。待他们离开这座小镇时，这里弥漫着滚滚硝烟，下着滂沱大雨。我们骑着抢来的骡子急急忙忙地穿过地峡，进入一片森林。森林里的鱼在树木之间游弋，藤蔓植物上长出了水汪汪的眼睛，一眨一眨。我们匆匆赶路，是为了赶在我们的劣迹传回圣伊内斯之前抵达目的地。一路上，只要天气允许，加斯特利亚那便会起草和签署文件。这是漂流在外的基督教徒消遣时间的最好方式。

即使条件极为艰苦，队伍中的副主教仍坚持做弥撒，他似乎很喜欢抓住这种最为艰苦的时机。所有人都比平日更有动力参加弥撒仪式，因为他们确信自己犯下了不可饶恕的罪孽。一周之内会轮番举办不同主题的弥撒。每周日为信仰基督的国王、王子和他们治下的人民做弥撒，每周一为改信基督教的异教徒做弥撒，每周二为所有进行布施的人做弥撒，每周三为在炼狱中挣扎的灵魂做弥撒。但其实没人知道今天是周几。

丹尼尔·笛福对我说：“不如为被诅咒永生的犹太人做一场弥撒吧。”

这句话他只对我说了。

抵达南太平洋之后，我们抢占了几艘渔船，随后沿海岸航行到达了秘鲁。上岸后，我们开始翻越安第斯山脉的悬崖峭壁，抵达了基多。基多是印加帝国的都城，我曾听基督教徒讲过印加人的故事。他们的石雕作品既庞大又精致，因此基督教徒认为这是魔鬼的杰作，但是我们很快发现印加人不足为惧。基多城中的居民少言寡语，他们建立了这座城市，却被禁止使用自己的语言。这座城市正在逐渐消亡，很快就只能从基督教徒讲述的历史中找到寥寥无几的信息，它会变成一座基督教城市，接下来，它此前的历史也会被改写，归入基督教兴起之前的往事。一开始我也希望通过这种方式抹杀安那齐托城的存在，但现在我已经不知道希望是什么了。

翻山越岭的疲惫让加斯特利亚那的神经舒缓了下来。在此期间他只犯下了屈指可数的几桩罪行，包括在海边谋杀了赶骡子的人，在秘鲁处死了几名渔夫。犯下这些罪行之前，他服用过印加地区一种名为阿那普巴的药物，因此声称自己对这些事不负责任。

到达基多后，一位名叫堂·埃尔南多·罗萨·布兰科的长官迎接了我们，他是基督教徒。他装作对我们的此次探险非常了解，为我们举办了盛大的宴会。我们第一次吃到了印加土豆，基督教徒称其为“地上的松露”。宴中，加斯特利亚那陷入了深深的恍惚，开始口吐白沫。谁也没说话。基多人并不知道我们正在躲避法律的制裁，一刻都耽误不得。第二天我们在雨水和寒冷中仓皇离开，继续深入山地。

我们从基多雇用了五名穆罗部落的印第安人，指引我们穿过森林。我此前没听说过穆罗人，也不会讲他们的语言。他们不住在城市，也不修建房屋，而是行走于自然之中，随着土地的韵律吐息纳气。他们对“时间”这一概念颇感兴趣，并且已经采用了基督教的历法。在他们看来，应逢其时而行其事，例如现在正值 5 月，是孕育新生命的月份，而 6 月到来时，就应该晒干蚂蚁了。

在山中走了整整三天，我有生以来第一次看到了冰。山上的草木已经凋零，我感到一种冷意，皮拉奥语中没有相应的表达，但是我能感觉得到。丹尼尔·笛福为了让我们振作精神，给我们讲了许多故事。

他说：“某年夏天，我和一个名叫圣布伦登的爱尔兰人乘船远航。成为圣人之前，他的基督教名中就带有‘圣’字了，是不是很有意思？那时还不存在美洲这个概念，但就在我们此刻所在的地方，有一只打盹儿的海怪。它的体型庞大，如一座布满高山深谷的岛屿；它的蓝色皮肤非常柔软；它每次叹气时，鼻孔中都会喷出火焰。我们在它的后背上建起了城市。我警告过每一个人，这个行为太疯狂了，在它的背上修建如此华丽的宫殿和教堂，万一哪天它突然醒来，一头扎进水里怎么办？但他们对我说，无论在何时何地，事情都注定如此。我们的存在只是为了取悦上帝。上帝创造了这个世界，而终有一天他也将毁灭这个世界。我们的存在终究只是昙花一现。结果最后这头海怪真的潜入了水底，城里的所有居民都溺亡了，只有我幸存下来，因为我抱住了一尊浮在水面上的木质圣母雕像。最后一群挪威人救了我，他们为了追求逸乐的生活，正向文兰*航行。你们真该去一次文兰！那里遍地是肉和蜂蜜，到处是酒馆，上演着情节复杂的木偶剧。但现在文兰已经消失了。”

他滔滔不绝地讲着，同时也留心倾听着别人的话。某一天清晨他突然变得安静起来，思虑重重。他告诉我他发现了一件有趣的事：米格尔·奥雷哈和多明戈·阿尔瓦拉多都被任命为副领队，但他们不知道对方也担任了这一职务。这是总领队犯下的严重错误。

丹尼尔·笛福哈哈大笑起来：“我们正好可以利用这一点扳倒他。现在他已经是我们的囊中之物了。”

我问他，虽然加斯特利亚那是一个可憎的人，但扳倒他又能有什么好处呢？丹尼尔·笛福说，在这种人的领导下我们肯定无法活着走出森林，这样我们就无法通过此行实现自己的愿望了。

我又问他，那我们的愿望是什么？

“问题在于，不管我们想做什么，或是不想做什么，只要有他领导着我们，就肯定不能如愿。”

我感到内心越发空虚，思绪也随着一路的跋涉渐渐消散了。我担心同时拥有基督教徒和皮拉奥人的身份会让我最终什么都不是。不过这不要紧，一个人可以做任何事，同时什么都不想。

---

* 文兰（Vinland）：公元 1000 年前后维京人发现的一处北美沿海地区。文兰是当时维京人口口相传的极乐之地，它的确切位置至今仍无定论。——编者注

所以丹尼尔·笛福怎么说，我便怎么做。我主动接近米格尔·奥雷哈，因为我知道他迷恋着我，在这一点上所有男人都不例外。虽然不在计划之内，不过为了让自己开心，我让他得到了满足，此举惹怒了其他几个男人。由于我是队伍里唯一的女性，很多男人其实都想占有我。只因我是翻译官，对这支队伍很有价值，才免遭毒手。现在我告诉米格尔·奥雷哈“黄金国”就在这条山脉下方的不远处，我想和他制订一下战略，这也是我参加探险队的目的。我熟悉这座城市，因此也知道怎样才能攻下它。我问他是否可以统领大局，毕竟他才是副领队，不是吗？但我还是“顺便”提到，我听说多明戈·阿尔瓦拉多也被任命为副领队了。

清晨，米格尔·奥雷哈便去寻找加斯特利亚那确认此事，加斯特利亚那对此闭口不谈。与此同时，多明戈·阿尔瓦拉多也得知了此事，怒气冲天。一场争吵开始了。头衔是一个重要的东西，它决定了每个人能分得多少黄金。于是整支探险队就如丹尼尔·笛福所预言的那样，开始分崩离析。

丹尼尔·笛福不失时机地向争执的人群抛出新的问题，他天性顽皮，无惧于任何事。他不知恐惧为何物，因为他永远都不会死亡。

他问：“你们之中谁负责统计和分配战利品？我需要买几样东西，所以我希望一到‘黄金国’就能分得我那份黄金。”

但是加斯特利亚那从未指派过谁去负责这件事，于是人们再次争执并抗议起来。谁负责战利品分配？谁负责看管马匹？谁担任舰队司令？加斯特利亚那只在乎自己的头衔，对其他职位毫不关心。他越发困惑和愤怒，开始像分发椰子糖一样随口派发各个职位。他决定保留米格尔·奥雷哈的副领队职位，同时给多明戈·阿尔瓦拉多降级，但之后又改了主意，颠倒了过来。这种反复无常、优柔寡断的性格暴露出来后，他失去了用恐惧威慑众人的力量。也就是说，他一旦开始实际管理事务，就沦为了一个凡人。

丹尼尔·笛福告诉我，必须说服副主教声讨加斯特利亚那。丹尼尔·笛福是改信基督教的犹太人，碍于身份无法出面，因为副主教不信任他。但如果由我出面情况就大为不同了，因为我是一个等待着被救赎灵魂的印第安人。

于是我前去寻找副主教，告诉他我想受洗。我对他说因为参加了这次探险，我的灵魂正处于危险之中。虽然我是按照丹尼尔·笛福的嘱咐说出这番话的，但其实我并未说假话。我听着自己说话的声音，有时我精神集中，有时我完全走神。我位于上帝视线的边缘，几乎不会被关注，几乎得不到尊重，我甚至开始真心期待副主教可以帮助我。

我想受洗这件事简直令副主教喜出望外。他并不知道我早已在圣伊内斯受洗了。他带着我来到山间一条安静的溪边，远离探险队的打斗和争吵，然后问了我一些晦涩的问题。仪式开始后，我却毫无感觉，我感到失望，并为上帝感到难堪，但是我必须扮演好自己的角色，于是我开始背诵《我们在天上的父》《万福马利亚》《基督之魂》*，假装这些经文都是脱口而出的，是上帝通过我的身体发出的声音，虽然它们的内容我早已听过成百上千遍了。副主教一厢情愿地认为这是神迹。他忍不住落下了泪水，并给我讲述了其他神迹。

* 这三篇都是《圣经》中的主祷文。——编者注

他说："在加德玛切教堂里，有一幅圣母马利亚的画像会渗出橄榄油，这些橄榄油可以治愈所有疾病。假使任由它连续渗上一年，橄榄油就会变成血和肉。这是不是很棒？"

而我脑海中浮现出的却是盛满断指和染血头发的骨灰瓮。我的思维还未被完全教化，不知道这是不是一种对恶魔的憎恶。

副主教衣冠不整，他胡子很长，并且纠缠在一起；眼球和生肉的颜色相同。我回想他在圣伊内斯时的样子，那时的他是一个沉默寡言、仪容整洁的男子，看起来相当保守，米格尔·奥雷哈却对他大放厥词，说他并不完美。现在我的思绪又回到了圣伊内斯这座城市。我想到了市长，于是暗下决心，要顺流而下，把金子带给市长，如果这可怜人拿到金子后还想自杀，就让他了遂愿望吧。我们此行的目的地其实并没有黄金，但不管怎样我还是会弄到一些送给他。在皮拉奥文化中，"自杀"这个概念非常有趣，但在西班牙语文化中，"自杀"则堪称最可怖的几件事之一。

受洗仪式不久后，我和丹尼尔·笛福一起坐在被山间的阳光烤得温热的石头上。有几名穆罗人在我们不远处坐着，吃着干蚂蚁。丹尼尔·笛福开始给我讲东印度，它被誉为"世界的眼皮"。那里有长得像獒犬一样的狒狒，体型巨大，凶猛暴力，以杀人为乐。还有一种巨型的鸟，名叫鹤鸵，又称食火鸡。丹尼尔·笛福觉得这种鸟一定与卡拉瓦鸟有亲缘关系，但它不及卡拉瓦鸟心思细腻，也丝毫没有表现出对音乐的兴趣。鹤鸵的身上覆盖着黑色鳞片，看起来像蜥蜴，下巴上则长着肉垂，形状就像写字用的羽毛笔。它们有时甚至以猩猩为食，可以一路把猩猩追赶到树上。

丹尼尔·笛福说："鹤鸵的肉实在太坚硬了，你甚至可以在煎锅里同时放置一块鹤鸵肉和石头。等到石头都烤软时，鹤鸵肉才能入口。"

说到这里，他又想起了马达加斯加的象鸟，与鹤鸵不同，这种鸟没有什么攻击性，是一种忧郁消沉的鸟。它们栖居在脏兮兮的湿地，在最孤独的地方下蛋。它们丝毫不觉得自己应该过上更好的生活。人不需要对这种鸟抱有任何提防，只是要小心，别被它传染上忧郁症。

"不过，"丹尼尔·笛福说，"两种外形相似的巨鸟为什么会如此不同？"

第二天早上，我找到了副主教，他正孤独地坐着，用煤堆烧火，烤着甘薯。我挨着他坐下，我们的腿贴在一起。我微笑起来。他是一个神职人员，从来没有机会培养出对这种微笑一丝一毫的抵抗力，毕竟我的微笑就像天堂里的一切那样美好。我说，这些天里的杀戮一定都是上帝所不容的，我们残杀同胞，还谋害其他的基督教徒。这些行为都是违背神意的吗？我们一定会为这些罪行付出代价吗？

他用颤抖的声音回答我："你永远无法知道上帝的意志。"

有时我无法理解别人的话语，有时我甚至不存在，阳光可以直接穿透我照射下来。

我又问道："乌鸦镇的居民难道理应去死吗？人们会听命于你，毕竟在这个充斥着异教徒的国家中，你才是圣母马利亚的代表。你必须去声讨总领队贡萨落·德·加斯特利亚那，推翻他的领导，将他逐出教会。这件事除了你，还有谁能做到？"

"但我没有权力。"

"那么你就应该为自己创造这种权力，用语言去创造，因为一切都存在于语言之中。如果一件事能被说出口，那么它就是真理。"

2200

我们离开了萨凡纳　现在海岸的确呈现出了一派不同的景象。无论是大陆还是周围的岛屿都长满了茂密的绿色植被　所到之处没有城市　只有几座小镇。船长说　这里有点儿像丛林　这里是大西洋中的沼泽森林。老丹尼尔说　哦　我可以给你讲讲关于丛林的故事　我要给你讲讲卡拉瓦鸟　还有一个叫贡萨落的小丑　他被土地吞噬了。

但是我感到急不可耐。我问老丹尼尔　安那齐托城那些能让我们成为富人的财宝埋在哪里。他说　哦　距离这里不远　埋在靠近圣奥古斯丁的地方。我问他　圣奥古斯丁是人名还是地名。他说　这是一座以人命名的城市　在被淹没之前它本来叫圣布伦登。我说　哦。他说　其实这么说也不对　我也搞不太清[*]。我说　那财宝怎么样了。他说　我们会找到的　我当时趁着海平面上升把它重新埋在了那里。我说　你埋了两次。他说　我第一次埋在了斐济　第二次埋在了格陵兰那个热带岛屿[†]　之后我又把它转移到了基韦斯特　但最后我还是把它挪到了圣布伦登的丛林中。我说　你是指圣奥古斯丁吧。他说　对。我说　你肯定自己能找到那些财宝吗。他说　这我肯定　只是你要记

---

* 圣布伦登是一位爱尔兰圣徒，相传他曾在公元五六世纪时带领朝圣者航海到达了美洲，参见该书 200 页情节。除用作地名外，“奥古斯丁”也是一位基督教圣徒的名字，老水手可能把人名和地名搞混了。——编者注

† 格陵兰岛靠近北极，这里意指全球变暖后，原本寒冷的格陵兰岛在未来的世界里也变成了热带岛屿。——编者注

得　作为我的帮手　你还要帮我找到安娜·格洛丽亚。我说　这我知道　但问题是我怎么能认出她呢怎么能帮上你的忙。他说　这是一个好问题。我问　怎么好。他说　我也不知道　我甚至都不知道自己该怎么认出她来　我经常认错人　所以我才需要一个帮手。

某一天我们在坎伯兰岛[*]的岸边抛锚停船。老丹尼尔说这里一度是苏格兰国王安德烈娅·卡内基[†]的领地　她通过贩卖老鼠皮当上了国王。这座岛现在已经被海水冲走了　但是还有一些人在岛上的废墟和宫殿里生活。我们上岸找水喝　因此亲眼看到了他们以鱿鱼和草为食以病狗为伴。岛上的情形令人相当忧心　无花果树相互纠缠　虫子满天飞　旧轮胎遍地都是　很明显这里并不适合国王居住。我们只是过客　但是他们穷困潦倒的生活境况影响了我　让我想到自己也是如此贫困。我是一个穿着短裤的穷人　站在船尾看着小岛渐渐远去。我心想　糟糕　詹姆　真糟糕。我担心所有的悲伤和怒火都会再度回来。然后我想　等一下　你不应该被这些人影响　因为你已经成立了“詹姆独立州”。我对自己说　你已经从联邦里独立出来了　因此你没有理由不从消极的情绪中独立出来。

之后我开始回想老丹尼尔讲述的几百年前的辉煌时代　当时每个人都有汽车　电视　空调等等。我问他　如果你能带走一样东西　你会选择什么。他说　之前就有人这么问过我。我说　那你会选什么呢。他说　当时的东西和现在差不多　唯一不同的是现在它们的价格更高

---

* 坎伯兰岛（Cumberland Island）：佐治亚州南部岛屿。——译者注

† 安德烈娅·卡内基（Andrea Carnegie）：指安德鲁·卡内基（Andrew Carnegie）。他生于苏格兰，曾是美国的钢铁大王。——编者注

了。我说　你知道我是什么意思　只要告诉我那会儿什么是好东西就行。他说　好吧　那我选美利奴羊毛 T 恤衫。我说　一件美利奴羊毛 T 恤衫吗。他说　对　那是用一种非常先进的纤维做成的　垂感非常好　而且纤维本身就是益生菌。我说　好吧　这算是一样　那你还会带什么。他说　它会像植物一样生长的　最后会结出一只羊　所以你可以收获羊毛。我说　好　但是除了这个以外　你还会带什么呢。他说　那会儿驱蚊喷雾还是很管用的。我说　我听说过　但你的意思是那会儿最好的东西就是驱蚊喷雾和美利奴羊毛 T 恤吗　你没有好好回答问题。他说　我不知道　当时也有许多别的东西　比如自我有机食物　不是由水而是由融化的雪汇成的河流　还有橡胶　微波炉　飙车　但它们只是平凡生活的一部分。我说　我听说过微波炉。他说　你倒是听说过不少东西啊　你没有自己想象的那么无知。我说　我就是无知。他坚持说　你才不是呢。我说　我不会读书写字　我是一个没有文化的蠢人　就像坎伯兰岛上的那些人一样。

有一天卢比奥和我站在甲板上　阳光下我们汗流浃背　我们眯起了眼睛　感觉不是很好　因为真的太热了。我仍在努力摆脱不愉快的感觉　但是并不容易。我向老丹尼尔承认了这一切。他说　你不是第一个遇到这种麻烦的人　因为在过去悲伤被认为是一种疾病。我问他　你什么意思。他说　悲伤是一种疾病。卢比奥问　那它会传染吗。老丹尼尔说　我也不知道　但是有可以治愈它的药。我说　用来治疗悲伤的药吗。他说　每个人都会服用这种药　非常疯狂　他们就像吃姜糖一样随意地吃药。我说　真不可思议　那这种药有效果吗。他说　我也不知道。我说　我想试一试　我现在又开始陷入抑郁了。老

丹尼尔说 我觉得那只是因为你太年轻了。但是他这么一说让我感到更沮丧了 我不禁想 为什么老丹尼尔年纪这么大 肌肉萎缩了 但他还总是这么开心 他根本体会不到我的心情。我说 我就是个悲伤的浑蛋。他说 不要再叫你自己浑蛋了。我说 但我就是个浑蛋啊 你看不出来吗。他说 你要乐观一点儿。我说 我知道 我正在努力。他说 这是唯一的治疗方法 不然你觉得我是怎么挨过这么多年 承受这些惊吓和创伤的。我说 那是因为你一直很乐观啊。他说 我的确是这样。我说 我也在努力。之后卢比奥说 我总是往积极的方面想 我比其他人都积极。老丹尼尔说 那好啊 为你高兴。

但是这番对话后 老丹尼尔很同情我 他决定教我识字。他也兑现了这个承诺 他真是一个不可思议的好人。只要是风平浪静的日子 他都在船上教我。我们一起读了船长的书《野兽出没的地方》*。老丹尼尔说 这真是一个可爱的故事 而且我知道书里写的都是真事 因为事情发生的时候我就在场。之后我们又读了其他的书 甚至读了《圣经》 这是一本相当晦涩的书 但他耐心地指导我。《圣经》是神圣的 但要读懂却不容易。老丹尼尔说 记住耶稣是爱的神明 每个人都会忘记这一点 但是只要你知道他是一个伟大的人 你就不会忘记。

这之后连续两周都没有降雨。天空是一片死寂的灰色 天气仍然很热 甚至连午后岸上的微风也停止吹拂了。我们正在讨论着。因为一

---

* 《野兽出没的地方》(*Where the Wild Things Are*)：莫里斯 · 桑达克 1963 年出版的儿童绘本。——编者注

直随船漂流　无所谓去向何方　所以现在我们的饮用水不够了。船长说　我们必须派人上岸。我说　不要派我去　我很害怕。船长说　那就派你去吧　他又看向桃子们和卢比奥说　你们两个也一起去。约瑟夫则陪老丹尼尔留在船上　这是对老年人的照顾。船长说　岸上有一条河。他用手指着我。我眯起了眼睛　因为即使天空多云　但阳光仍然刺眼。他说　岸上有一条河　你们必须尝尝河水的味道　如果发甜就把鼓里装满水　你们可以轻松地把鼓滚回来　就像滚水果派一样轻松。

卢比奥告诉我们　他是陈吉斯汗*的孙子。我说　你再说一遍。他说　你不要感到害怕　我是神的孙子。船长说　你是在开玩笑吧　对不对　卢比奥。他说　好吧　我的确是在开玩笑　但与此同时他偷偷向我眨了眨眼。船长对桃子们和我说　这里是佐治亚　我们在美利坚合众国没有什么可怕的。桃子们说　我还是很害怕。船长说　瞧　我会给你这把枪　里面有三发子弹用来给你防身。看起来桃子们比我还要害怕。卢比奥则非常冷静。不管害不害怕　我们都要上岸　现在我们把小船放下来了。

这座大西洋森林基本上是座红树林　但是再向高地走　渐渐出现了各种各样的高大绿树。过去这里可能是菠萝之城佐治亚　但现在沿岸没有任何生物　除了参天大树　叫声尖利的鸟类和密林　看起来我们会度过疯狂的一晚。我发誓我看到一群鱼从树间游过。

卢比奥说　我们去雨林里吧　去看看那里是什么样子。桃子们

---

* 陈吉斯汗（Gingus Can）：指成吉思汗（Genghis Khan）。——译者注

说 不 看在上帝的分儿上别进去。我说 我们必须要找到河流。除了更多的水泥残骸和生锈的汽车 我们没有看到其他人类留下的痕迹。我们过去生活的所有迹象 都被树叶和匍匐的植物覆盖了。

就在这个时候 我们看到了更为可怕的景象 有一个怪物站在河岸边。我们三个人都瞪着它。我们对遇上怪物这种事毫无经验。桃子们说 那是什么 是不是熊。我说 如果它真的是熊就好了 因为熊只吃蓝莓。卢比奥说 可它长着尖牙 应该是猪吧。我说 怎么可能有猪长到这么大呢 你们听说过这么大的猪吗。这个怪物身形巨大 它和马一样大 可能还要再大一些。卢比奥说 这就是猪 我们现在杀掉它吧 想想猪肉 培根和猪蹄多么美味。桃子们说 哦 我的天啊。我说 我们应该先绕过这头猪去打水。桃子们一直念着 耶稣保佑我们 哦 耶稣 不要让我们中年去世。

我们和那个怪物保持着距离 绕过它前进。它对我们颇感兴趣 盯着我们看 不知道它会不会游泳。它站在那里 看起来很好奇 很机灵。我们沿着河向上流前进 直到河水的味道变甜。之后我们把昂贵又结实的塑料容器装满了水。但是卢比奥一直不停地说要杀死那头怪兽。他说 反正我们有枪呢。桃子们说 那只是让你用来自保的。卢比奥反驳说 打猎就是一种自保 能保护我们免于饥饿。等我们反应过来时 他已经爬下划艇蹚着水向岸边走去了。桃子们说 他从来没用过枪 他疯了。我说我们还能做什么呢 他爷爷不是陈吉斯汗吗。桃子们说 我们就在这艘船里等他。我说 真糟糕。桃子们说 我不害怕恶魔 因为我总是在死亡阴影的笼罩下穿行山谷 和我一起祈祷吧。我说 好的。桃子们说 耶稣会一直聆听你的。

176 × 2200

卢比奥已经接近了那头怪物猪 但它并没有动。因为我们沿河漂流经过了他们 所以现在我们可以看得更清楚了。它和马一样高 但是更为强壮 它的肌肉紧绷 长着尖牙 獠牙 以及像猪一样的蹄子。我觉得这是一头巨型猪。卢比奥开了两枪。现在他只剩一发子弹了 惊慌之中他把子弹打进了沙子里 猪朝他冲了过来。我觉得猪肯定受到了惊吓。我对怪物猪一无所知 但是我明白发生了什么。这头猪杀死了他 把他的胳膊和头都撕扯了下来 现在卢比奥只是一具残尸了。

我们划着小船返回大船 除此之外 惊吓过度的我们什么都做不了。老丹尼尔说 这是一起让人悲痛的意外 但是水手的人生本就充满这样的悲剧。他说有一次他负责将 80 枚火炮从智布罗陀[*]一路运送到西西里岛 当时船上的其他人都死于瘟疫 疲劳 或其他疾病。我问他 这种事情你也可以乐观看待吗。他说 可以 我会努力乐观的 因为我很高兴我没有死 我想死可不容易。

现在我有了一种想法 即使是在荒无人烟的大西洋森林里 也有很多瓶子和塑料袋在河水中随波漂逝 就像历史的长河最终汇入大海。我觉得我们正在失去我们的历史 我们的知识 我们的过去 我们还在不停地丢失更多。这种时候有这种想法可不正常 但我就是这么想的。之后我又想到了其他事情 如果我随时可能被一头猪吃掉 那安那齐托城里埋藏的财宝对我来说就没那么重要了。老丹尼尔说 是的 在这充满苦难的世界上真正的无价之宝就是安娜·格洛丽亚 每一个男人都应该找到属于他自己的安娜·格洛丽亚 她才是最珍贵的 就当我是一个多愁善感的人吧。

---

* 智布罗陀（Jibraltar）：指直布罗陀（Gibraltar）。——译者注

1750

我成长在一个人们买卖男子像买卖饼干或鲱鱼那样随意的环境里，因此形成了根深蒂固的观念，认为钱是万能的。我甚至认定，如果可以付出和一个人灵魂等价的金钱，那么世界上根本不存在无法解决的问题，只是在解决过程中或许会遇到问题。只要付给恶魔足够的金子，你甚至还能免于死亡。我已经在打牌时输掉了一切，债台高筑。在这一点上我和丹尼尔医生是五十步笑百步了。这个问题归根结底是由我对金钱无节制的渴求导致的，但也只能靠钱来解决。我该从哪里弄到钱呢？

我现在只有一条路可走。我去找阿四，问他有没有制订出盗取高尔斯华绥先生收藏的西班牙货币的方案。和我预想的一样，他的回答直截了当、毫不含糊，几乎引起了我的怀疑，不过我不在意，因为我看中的正是他缜密的思维，所以才会在偷窃货币时第一个想到他。

我们两个人站在院子里的椰子树下，阿四向我吐露了他的计划，这个计划非常宏大，以至我一听完就笃信它会成功。

计划分为五步：

第一步，我制造机会亲手盗取这些钱币——找个高尔斯华绥先生喝醉的晚上，最好是像上次那样从酒窖楼梯上摔下来的烂醉，他经常醉成这样。

第二步，我之前散布了谣言，说丹尼尔医生会死去，所以现在他的死不会引起高尔斯华绥先生的怀疑了。阿四会为他化个死人妆，丹尼尔医生可以轻松地装死。

第三步，阿四（因为丹尼尔医生已经死了，那么按照他的遗嘱，阿四自由了）将把所有钱币都贴在丹尼尔医生的皮肤上，再替他穿上那套非常适合在入殓时穿的衣服，这样当他被下葬时（他肯定会被下葬），那些硬币都会被藏在棺材里，确切地说是藏在棺材里他穿的衣服下面，不会有人想到去那里寻找硬币。

第四步，硬币凭空消失、不知去向，也不知是被何人所窃。所有针对我的怀疑烟消云散时，我们就会让丹尼尔医生从假死的状态中复活，趁着夜色逃到国王港，再从那里逃往新普罗维登斯，之后他便可以去任何地方了。而我也会伺机和他会合，分到属于我的那部分财宝，阿四则留在巴比伦，直到他的“解放手续”办完，彻底获得自由，他很放心把自己那部分财宝交给丹尼尔医生保管。

最后一步，也就是第五步，丹尼尔医生会变卖自己的那部分财宝，然后雇用一个代理人，帮他替安娜·格洛丽亚赎身。

我不仅是因为负债累累才下定决心参与这场犯罪冒险的，还因为“巴比伦”的夜晚开始令我痛苦，我不再像从前那样享受这种夜晚，也不再像从前那样喜欢在一群白人中以白人的身份自居——这也是当时促使我离开巴巴多斯的原因。现在种植园正陷入了可怕的混乱，而我酗酒和赌博的恶习也是这种混乱大势中的一部分。例如某天晚上文书博纳波先生就惹了祸，他是种植园主贫困潦倒的亲戚。那天晚上博纳波先生喝醉酒后回到家，满嘴是血，像刚啃完了一条生鱼。起先，他做了一首模仿《圣经》的滑稽打油诗，然后像疯子一样表达着对埃波·萨莉的倾慕，大喊大叫，满屋子追着她跑，这一切都被一脸震惊的高尔斯华绥先生和岛上的其他几位女性尽收眼底。在做出这些粗鲁行为后，博纳波先生坐在后院游廊上给自己扇风，模仿平日里高尔斯华绥先生的样子，高声和自己说话，最后终于去见周公了。待他睡着之后，阿四给他下了毒，我觉得对博纳波先生来说，没有比这更正当又合理的惩罚了，因为他刚刚离开英格兰，神志不清，生怕自己会得病，看起来随时会因为不适应气候而一命呜呼。

此外，现在我们从种植甘蔗变成了繁殖老鼠，所以奴隶的生活质量的确得到了改善，但是老鼠养殖场的工作太轻松，根本无法改善奴隶和监工之间的关系。他们之间原本积怨已久，现在愈演愈烈，毫无改善，导致了越来越残忍的惩罚手段不断出现，那些开明的种植园主都不知道这些私刑的存在。你不能相信种植园主口中的故事，因为无论一个主人有多么善良，他手下的奴隶们都没有一个不渴望着自由，就像牝鹿渴望逃出森林，奴隶们整日只是像狗一样被人用干牛鞭抽打。某天早上，我从一个获准留着莫西干头*的奴隶那里听来了一个故事，和这个故事的主人公相比，博纳波先生的结局简直是幸福快乐。故事是这样的，某天一个叫玛莎的老太太在偷了监工普鲁先生的一只鸡后被活埋，只有脑袋露出地面，他们在她脸上涂上糖浆，让苍蝇、蚂蚁和老鼠来啃食。

亲爱的读者，虽然我生活在可怖的氛围中，而且和阿四密谋之后

---

* 莫西干头：指莫西干土著人的发型，将两侧的头发剃去，只留下中间的头发。——编者注

180 × 1750

就感到离开淡盐岛的时刻正在迫近，但我还是感受到了爱情带事的细微刺痛。我和高尔斯华绥太太之间的苟且之事，如今想来实在太过鲁莽。刚开始这个敏感的女人不想参与我们醉酒后“找拖鞋”的游戏，但我向她保证这次的游戏肯定会更有趣，同时还说尽了温言软语，不停复述着我从丹尼尔医生那里听来的滑稽事：我说我有一件用火蜥蜴的毛制成的大衣，如果她喜欢就送给她；我讲了人鱼的故事，那些美丽但长着鳞片的海洋生物；我用狂热的口吻给她讲了挪威海怪的故事，它会连续进食一年，接下来一整年不吃东西，它的排泄物非常美味，可以引来海洋中的所有鱼类。我还告诉她，我可以通过贩卖海怪排泄物做的鱼饵发财，之后就可以送她一座岛屿。我讲每一个故事时她都笑得非常甜美，终于有一天她放松了警惕，说我不用再讲故事了，还趁她丈夫从楼梯上摔下去时约我在我的卧室中与她相会。我赴约了。之后我们又幽会了一两次，每见一次面，这个美丽女子对我的喜爱就更增一分，说实话我对她的好感也日益增加，现在我已经不想逃离了，我会想念她，远比我想念晚宴上的牛舌、西发里亚火腿等美味佳肴更甚。但是我必须逃走，不仅是为了躲避赌债，更是因为恐惧高尔斯华绥先生终有一日会发现我对他妻子日益增加的爱慕之情。

虽然丹尼尔医生已经有一段时间没提起过安娜·格洛丽亚了，但我仍然相信他了解我左右为难的处境。这段时间里我们的某次谈话让我更加坚定了我的想法。某日我发现他在吊床上睡觉，吊床随意地系在散发着香气的罗望子树上。他醒来时用一种意味深长的目光盯着我，开口说：“啊，你来了，我一直在等你。”

我问：“你一直在等我？”

“这座岛的后面停泊着一艘葡萄牙航船，我觉得没有人注意过那艘船。我们可以加快脚步赶到那里，劝说船上的人载我们离开。这是我们逃离这座城市的最好办法。"

我说：“这里根本就不是城市，至少我没看到城市。”

他向四处看去：“这里没有城市吗？我把这里和另一个地方搞混了。”

我承认这种错误很容易发生，我们看似理解彼此，但是现在他皱起眉头说：“那我们怎么逃离突厥人的攻击呢？”

看来他的思绪又飘到了别处，我相信他只是被悲痛冲昏了头脑（虽然之后他看起来非常正常，还自嘲了刚才说的傻话），我对他说我一刻都不能再等了，应该立即执行阿四的计划。他看样子不太情愿，暗示自己负责的那一部分工作很难，因为他需要假死。难道没有其他办法了吗？他说，我们还可以一场大火烧掉整座房子，毁掉整栋房子的木质结构，只留下其中的金属部分，这样钱币也就留下了。我提醒他这座房子不是木制的，而是用贝壳灰岩制成的，再说我觉得他的计划还会引发其他问题，虽然我一时也想不出更好的办法。

他说，你说得对，不管怎么说都不能冒犯我们的朋友阿四，因为没有什么比惹怒他更可怕。

2500

该死的安东尼·科尔韦特去世后，我暂时从政治联姻的婚前义务性行为中解脱，获得了半年的喘息时间，但是第二年夏天，我又被迫与国内另一个最有钱、最门当户对的单身汉定下了婚约。他是议员的儿子，名叫乔治·华盛顿。他疯疯癫癫，面貌丑陋，天性惶恐紧张，不敢与人对视，只会语无伦次地嘟嘟囔囔。在我第一次与他行义务之事前，他颤抖得像一只刚出生的小骆驼，引发了我强烈的同情，虽然我非常厌恶他柔软的大腿和双手。我不得不给自己灌了几杯罂粟汁，直到大脑麻木，不知道是和谁在做什么事。

爱德华·哈洛韦恩说："总统把你当人质一样呼来唤去。"

"我已经不在乎了。"

他挥舞着像女孩一样纤巧的拳头喊道："你不在乎了？你竟然不在乎了？你不是一个被人买卖的妓女！是时候开创无政府时代了！被人利用的棋子也该表达出自己的愤怒了！"

他穿着一身黄色羽毛做的衣服，头顶立着一个用厚纸板做的鸟喙，他那双黑色的大眼睛就从鸟喙下露出来。看到他为了我如此愤怒，我的内心感到了深深的刺痛，但是我的愤怒不如他那般强烈。一方面，乔治·华盛顿并不像该死的安东尼·科尔韦特，不是一个品行不端、荒诞不经的怪物；另一方面，我已经放弃了和命运抗争的机会，毕竟我也开始逐渐老去了，爱德华·哈洛韦恩甚至还在我的头上发现了两根白发；此外，我也不确定自己可以说服丹尼尔·笛福不再追寻安娜·格洛丽亚，他追随她的行踪已经有上千年了，相比之下，我只是他磅礴爱情故事中一个微不足道的过客罢了。

更重要的是，现在每个月河流的水位都在下降，我们的储粮也日益减少，在这种时候我个人的不幸实在是微不足道。我既没有挨饿，也没有沦落到只能靠喝罂粟汁解渴的地步，这种果汁会让你觉得全身的毛孔都被堵住了。在这种年月里，我这种但求温保的生活正是很多人求之不得的。日子一天天过去，生活的痛苦也不断增加：河滩上布满了盐碱，在更深入内陆的地区所有香蕉树都死了，每粒小米都变得更小，高粱也有毒性了。转眼又是 11 月，天空仍然清澈明亮，可原本只是阶段性、季节性的干旱，现在已经彻底转为饥荒，为了争夺粮食，城市里接连不断地发生暴动，取水的人排着长队，四处充斥着正义的愤怒。我父亲被迫加强了河堤和其他水利工程周围的警备，他唯一担心的是某支有组织的军队会突然起义，打破社会契约。

爱德华·哈洛韦恩说：“有什么东西在干旱中反而会更加壮大？罂粟花、麻麻豆和革命。”

由于不能离开宫殿，这些暴动对我们来说也只像是远处干燥的风带来的沙沙声。每天早晨，当我端着热咖啡偷偷溜上房顶时，可以真切地看到一片没有瑕疵的、毫无特点的蓝天。这个季节，天空本应是雾蒙蒙的，下着雨、乌云翻滚，但空中却是炙热的太阳，它正慢慢地向西方移动，直至将整个世界包裹在金色的余晖中。令人不解的是，虽然大地正经历着干旱，虽然世界正迎来末日，这幅景象却依旧美得令人叹为观止。

按照我父亲的说法，解决干旱和贫穷的办法就是推行更加集约的耕种方式，因此他颁布了法令，不许人们闲置任何一块土地，连陡峭的山坡也不能放过。但是如果我们的水源不足以灌溉之前的作物，就算开始了更大规模的耕种，又怎能种出更多的粮食呢？然后他又推行了一系列战略性的镇压措施。他越权强征了所有本就为数不多的收成，然后推行了新的分配制度，此前他就是这样分配芝麻油的。他大肆宣扬节约粮食的理念，强制要求对儿童编队，让孩子们用水桶从河里运水。他还要求公民在自己的院子里冶炼钢铁，每个月上交定量的金属，大家都不清楚他的意图所在。随后他又颁布了一条法令，声明对他制定的法令评头论足也是一种违法行为。他强行推动所有的法令生效。

他对所有的议员朋友说："不管有没有干旱，我们现在都向着辉煌的往昔迈进了一大步。我们是西方的工业民主大国，也是正在崛起的超级经济大国，而不是资本主义兴起之前的农村公社。"

我觉得他完全没有理解现在的情况，也可能是他对未来宏图大业的展望已经让他无从着手处理日常事务。举个例子，他又一次中止了阅读，转而编写自己的著作：《写给男孩子们的新现代化改革及经济发展学》。他似乎经常会去河边走走，回来时头发里还藏着萤火虫，每天晚上都在墓园睡觉。

有一天他突然开窍了，至少他自己是这样说的。他把我们聚集在一起，包括仆人、奴隶和副秘书长，向所有人宣布了新规划：为了灌溉离河较远的、难以灌溉的土地，我们要兴建调水工程，用橡胶水管调水！他递给我们一张破旧泛黄的纸，上面画着盘绕的水管，一个男子正拿着水管洒水。画面散发着一种分外忧郁的气氛，因为它描绘的是一个已经消失的世界，在那个世界中，消费者是可以自由选择商品的*。纸上的红墨水字迹稍有褪色，尚可辨认出“可伸缩专业水管”的字样，但是在场的人中只有少数几个知道怎样读写。

罗列特总统站在他的王座之上，高声喊着我们应该制造长达十几千米的橡胶水管，然后把它接在风力泵上，运水到干旱的农耕地，如此一来国家就可以再次变得富庶了，玉米、木薯甚至香蕉都会迎来大丰收。我们应该在南方种植橡胶，并将多余的橡胶销售给河对岸的密西西比民主邦联。

父亲高喊着：“我们应该通过抬高价格从他们那里获利！他们配不上更好的东西。他们和山羊做爱，身上还披着红色的布。”

他开始向丹尼尔·笛福征求意见，应该在哪里开建橡胶种植园。他们一起研究了几张地图和表格，之后丹尼尔·笛福指着地图开口说道：“这个城市叫‘黄金国’，它一直都在阿肯色州吗？”

我父亲说：“如果地图上是这么标注的，那就一直都在吧。”

“我记得它不在阿肯色州，而是在俄罗挪克。我肯定是把这两个地方搞混了。”

他说那座城市是橡胶的原产地，所以我们应该在那里种橡胶树。选择“黄金国”的另一个好处是，它位于三角洲地区，所以橡胶可以通过水路一路向北被运到圣路易斯。唯一的问题是，据说这个地区已经重新回到了蛮荒状态，但是针对一点我父亲自有解决方法。他可以颁布法令成立特别殖民地——“黄金国橡胶提取州”。他还可以派遣一

* 这里暗指图纸其实是一张年代久远的水管广告传单。——编者注

支探险队沿河南下，通过强制手段将一些农田收归国有，种好橡胶树后，他只需要派遣一支护卫队在种植园里强力推行新美利坚合众国的法律。这样一来，他就只需要把力量集中投入到范围有限的一小片区域了。他说这么做不会大费周章，就像往广口瓶里灌水，而不是把等量的水洒在一片面积广阔的土地上。你是愿意喝罐子里面的水，还是愿意舔洒在地上的水呢？

我们都心知肚明，这一政策可能会导致多年以后橡胶绝产，甚至永远绝产，所以它根本无法解决我们现在面临的气候灾害和饥荒。虽然我父亲并不明白这些，但就算他明白了也没有用，因为他无法推翻自己的决定。因此我们如同巨大声乐教室里的蟑螂一样安静，默默站立，只能听到猫咪克里斯托弗·斯马特舔毛的声音。

爱德华·哈洛韦恩决定行使他作为小丑可以说真话的特权，就像过去戏剧里的丑角是唯一有权陈述事实的人一样。他站在房间最后面，大声喊道："不！大家听我说！这就好比你不随地撒尿，而是朝水罐里撒尿了！但你们要明白，不管你朝哪儿撒尿，你都是在撒尿！"

我父亲的权威从未遭受过这样的挑战。现在连猫咪克里斯托弗·斯马特都不再出声，只静静地看着这一切，等待着。但是我父亲早就被盲目的乐观冲昏了头脑，他向前欠了欠身，完全没有听进去打断他的这番话。他继续说这些政策就像从生根发芽的橡胶树，会自己生长，带动新的经济繁荣，而国家的统治范围也会自动蔓延到橡胶提取州之外，进入周围原先法律管束不到的密西西比丛林地带。

现在已经散会了，爱德华·哈洛韦恩却怒不可遏。我说不出来他为何如此生气，可能这就是压倒他的最后一根稻草吧。他在院子里冲过去、跑过来，又踢起飘香的泥土，大叫着。他的愤怒甚至已经冲上了蓝色的天空。丹尼尔·笛福和我都试着用言语、用情感劝服他冷静下来，但是没有丝毫用处。我只好在葡萄酒里加入罂粟汁，让他喝下去，以平复他叛逆的怒火。

他嘶吼着："他们给我净了身，让我穿上各种服装，还强迫我对这种白痴行为保持沉默！我的人生就像发酵的杧果一样酸臭。亲爱的贾斯敏公主，你就是我所拥有的一切了。"说罢他用两根颤抖的手指指着丹尼尔·笛福："但是你呢？他是在你的支持下做出这些疯狂的决定的。他被你玩弄在股掌之间。你是始作俑者！就是这样。现在应该将王位让给支持无政府主义的女权主义者了，必须挑起革命了，不能再让他掌权一分一秒了。"

我说："你先喝一口罂粟汁吧，不要再胡言乱语了，不然他们会拔掉你的舌头，拽出你的内脏。"

丹尼尔·笛福表示赞同。他企图通过故事转移这个小丑的注意力。他说："我来给你讲讲人鱼的自然史吧。"

爱德华·哈洛韦恩大声抗议："不要再讲故事了！我想和阿四谈谈。"

"那我就给你讲讲阿四的事，讲讲他是怎么把我埋了，又将我复活，让我成了一个富有的人；还有他是怎么统治基什这个城邦的。你想不想听这些？"

"我不想！"

丹尼尔·笛福好像在思索着别的法子，让爱德华·哈洛韦恩平静下来。我突然感到了一阵爱意带来的痛苦，是对丹尼尔·笛福的爱意，与此同时还有孤独感带来的痛苦，以及极度的厌倦。

丹尼尔·笛福声音平静地说道："你有权利愤怒，因为我们都是这里的囚犯。"

爱德华·哈洛韦恩义正词严地说："我想说的是，我们必须采取行动！"

"啊，但是你也得留心周围啊。时间会解决你的问题。世上再也没有什么比王国的存在时间更短暂了。现在你最好别再说下去了，因为他们真的会像公主所说的那样，把你的内脏拽出来。"

丹尼尔·笛福说得对，时间会解决新美利坚合众国的问题。例如我父亲派了一个代表团沿河向南航行，前往橡胶提取州建立橡胶制造厂，但是他们没有达成目的。他们出发后不久就浑身湿透地爬了回来。当时正逢救济时间，会客室里挤满了饥饿肮脏的人，这些人祈求我父亲的救济，或前来与他交谈并寻求投资机会。当我父亲看到他派出的代表们狼狈归来时，他突然变得慷慨起来，向人群投掷铜板，但这立刻造成了混乱，总统警卫不得不出动控制局面。最后会客室里的人都被清理出去了。

周围突然安静下来，一个名叫格林的副秘书长迈步出列。这个房间装饰着彩色玻璃，铺着一张用毒梅子汁染就的紫色小地毯，父亲的王座安置在一个较高的平台上。格林是代表团中唯一出列的人，因此他站在那张紫色小地毯上的身影看起来有些孤独，但是他表现出了极大的勇气。他说，南部的乡村地区并不太平，甚至还出现了叛乱。

格林说："在骆驼平原时，他们把我们关押了一小段时间。他们选出了自己的临时革命大总统，说这才是不被代表的联盟。他们放我们回来就是为了让我们带回这个消息。”

我父亲沉默了半晌，试图理解格林的话。

“他们选出了自己的总统？”

“她叫罗莎·德·彼达。我们没有见到她。”

“这是我听说过的最不民主的事情了。我们应该怎么让那个地方实行新现代化？他们对炼钢的事情有怨气吗？”

格林的表情有些凝重，但他还是礼貌地说：“他们只是太饿了。”

“就是因为他们不遵守规定，所以我才首先制定了奉行节俭的政策。”

我实在听不下去了，于是转身离开了会客室，走到了闷热的花园里。

这里的午后非常安静，我觉得自己仿佛造访了别人的梦境。我悲哀地和自己打趣：父亲应该感到高兴，因为他一心效仿美利坚合众国，结果现在连后者衰败而亡的命运也一并效仿了。从前的合众国屈服于不同派系之间的争斗，将奴隶制扩张到了包括密苏里在内的西部领土上；他们屈服于民主的萎缩，以及人口的爆炸式增长；他们过度食用玉米糖，还向空气中排放有害气体；他们甚至还屈服于干旱，一如我们现在的处境。

但是我不再关心合众国的衰落，也不再刻意为新美利坚合众国的衰落感到哀恸。相反，让我感到悲哀的是，我的一生只会化为历史的注脚，就像历史上存在过的每一个非凡人物一样。这就是历史书籍的悲哀之处，它们抹去了生活的细节，只关注与政治和战争相关的事。我有一个愿望，我希望每段历史都可以像丹尼尔·笛福惯常讲述的那样细腻多情，因为我渴望知道的正是寓有感情的、诗意的真相。雪闻起来是什么味道？大猩猩有指甲吗？当你乘坐一艘太空飞船或飞机驶离地面时，那感觉就像猛地一下站了起来吗？是谁做出了我脚上的这双塑料靴？是不是曾经存在一个像我这样被环境限制的女人，为了实现人身自由而不断地吃着堕胎药？

我永远也无法知道这些问题的答案了。我对真实的过去唯一的了解就来自丹尼尔·笛福的虚构故事。所有其他难以计数的历史，所有已经消失之人的真实或虚构的历史，都无可挽回地永远遗失了。此外，无论发生什么，丹尼尔·笛福终有一日会继续踏上他真实的人生之旅，到那时我便一无所有了。时间向前回溯到猫咪克里斯托弗·斯马特在舞厅地板上享受阳光的那段美好时光，或是向后延展到历史学家撰写我们这段历史的未来，那将会是关于我父亲的新现代化行动委员会、改革、单方面立法的历史。没人知道，对我来说，那多愁善感的真实是高墙上一扇坚硬的蓝色窗户，或一杯枣椰酒，是在与一切格格不入的蓝天下、在房顶上度过的清晨，是与乔治·华盛顿紧张地例行公事，是与爱德华·哈洛韦恩的欢笑，以及对丹尼尔·笛福的渴望与绝望，他是我的心上人，但他的心上人是别人。

所有这些都像从另一个房间里传来的音乐，让人感受到生命的流逝。

2016

我们最后还是没能偷走那张照片，因为照片是钉在墙上的。但是阿扎尔用手机翻拍了一张，我们在回去的路上就开始细细端详起来。

他说："咱们就直说吧。问题的关键不在于这张照片是真是假，而在于是谁造的假。"

彼时我们正在一条狭窄的沙巷里，朝老水手的船屋走去，一路上经过了香蕉树、西番莲藤、龙船花、木槿花和巴豆。这些植物我都认识，我一向对植物比较了解，我的脑子不只是一个装满了冷嘲热讽和恐惧的锡罐。

他说："现在我们要从另一个角度重新看待这个问题。是谁编造了这个故事？丹尼尔·笛福？基韦斯特的某个机构？是哪些我们看不到的人串通一气制造了这个骗局？丹尼尔·笛福又对这件事了解多少呢？"

"也许你想……"我努力在脑海中搜寻着最合适的词汇，"也许你想……"

"你没事吧？你走得也太慢了。你走路的样子像被人下了药一样。"

"对，我给自己下药了。"

"我以为你生病了。"

"我嗑药了。"

"老天！"他把双手放在头上，似乎一时词穷了，"好吧，你听我说，我们应该严肃地谈谈这件事，我不希望你觉得我对此毫不关心，这可是件很严肃的事，但是我们能不能先就此打住，谈谈那张照片的事？它造成了什么影响？我们好像触到了某个阴谋。”

“阴谋。”我说。

“真是太让人泄气了，你竟然选在这种时候嗑药。现在你试着集中注意力。你觉得刚才发生的事意味着什么？”

“这事关人们想要相信什么，他们希望找到一个可以相信的理由。但是这样问题就回到了我们身上，关于我们的信念和信仰。”

阿扎尔说：“你说得对。这件事在某种程度上有关那些努力寻找这个故事的意义的人。”

“但我有一种强烈的感觉，这件事不应该和我们有关。我们应该保持在镜头之外。”

“说不定我们不应该强求。你如何才能把一个故事讲好？我只是想拍好这部电影。我觉得这个故事里有东西可以挖掘。”

我从来不认为自己是瘾君子，因为我所吃的药都是可以通过合法途径购得的处方药，但我确实经常做出可能只有瘾君子才做得出的事。例如现在，我就给我的医生打了电话，告诉她航空公司把我的行李弄丢了，能否请她寄一份新的处方单到基韦斯特的 CVS 便利店*？

现在我们在老水手的后花园里，一切正常。老水手此时正睡在吊床上，经历了一番痛苦的折磨后，他孤单又安静地睡着了，阿四则在

* CVS 是美国著名的连锁便利店兼药店。——编者注

一旁读着《纽约客》。阿四拒绝回答任何问题，事实上，他至今仍不同意接受采访，所以我和阿扎尔只得面面相觑。阿扎尔似乎很警惕我，他坐下来，回看着我们目前拍摄到的镜头。他用某种软件编辑视频，这样工作量就能大大减少。但我对此表示怀疑，拍片子难道不应该是件很困难的事吗？他是什么时候学会用这些软件的？我还以为我们俩对此都没有什么积极性呢。

我又服用了一粒绿色药片。在别人看来，我吃下的药肯定多得可怕，那些绿色、蓝色和白色的药片混装在一个特大号的“泰诺”药瓶里。有一条规律适用于每一位服药者：假如用 x 来指代药片的数量，用 y 来指代药片的最佳服用量，那么 y 总是比 x 大。吃更多的药片总是明智之举，这和数学无关。

我去 CVS 便利店里买了一瓶新药。枝叶繁茂的树迸发出勃勃生机，大海是遥远的街道尽头处的一条蓝色缎带。停车场里游荡着很多流浪汉，大约有十几个。我经过的时候他们正在大声喊着什么。

其中一个人高喊：“听从你内心的欲望吧！”

“赶紧滚！”另一个人喊道，“要不你早晚会躺在那边的救护车里！”有那么一刻他从我身旁跑过，挥舞着拳头朝路上的车辆欢呼：“别把卡车开到左车道上！现在这么开可是违规的！”

售药专柜前排着长队。站在我前面的男子穿着一件印有“我发火的时候你将是我第一个想揍的人”的字样的 T 恤衫，但他本人的心情看起来却很不错，透过大胡子可以看到他正咧嘴笑着，帽檐底下露出了一截锡纸*。我很冷静，没为这些事情烦心。他想和我聊聊冰毒。

他问我："他们怎么吸冰毒？用鼻子吸吗？"

"有时这么吸。"

"现在人们什么都乱吸，汽油啦，煤油啦。"

"煤油？"

他要按照处方给母亲买药，但没带处方单，只好给母亲打了个电话，向她询问。

"妈！"他大声说，"妈，别忘了给卡洛斯吃预防犬心丝虫病的药！"

他边说边点头，药剂师耐心地等待着，脸上流露出警惕的表情。

"对对对。"男人说，他转了转眼珠，心照不宣地看了我一眼。"对对，那太好了。妈！你的驾驶执照号是多少来着？"

他又点了一会儿头，然后捂住话筒小声对药剂师说："她把驾照借给潘西了。潘西是我姐姐，这么说你明白吧？"

此时，在另一个收银台前，一个行动缓慢的黑人女性想买一瓶可乐和创可贴，却被告知这两件东西都不打折了。她不停地往后退，查看商品的价签。她的T恤衫上印着"短吻鳄爸爸"，她穿着压力袜和又大又沉的黑色鞋子。她最终没买可乐，也没买创可贴，而是买了一管旅行装的佳洁士牙膏。我本想帮她买下所有她想要的东西，但没能鼓起勇气向她提议。她需要让刚才发生的事情换一种方式重新上演。她需要让阿四帮她给某个人下毒。

---

* 锡箔帽是一种用铝箔等类似材料做成的帽子，有人认为戴这种帽子可以防止脑电波的入侵，抵挡思想控制。佩戴锡箔帽的人通常被认为患有被害妄想症。——编者注

之后我走出门去，温暖的风吹拂着我，我试着重新调整自己。能关心那些不如我幸运的人是一件好事，而脑海中只装有痛苦、折磨和艰难则不是好事。最好能在所有这些事中把握一个平衡点。我吃了一粒绿色药片。太阳又出来了，空中有小小的白色云团掠过。气候变化会将这一切抹杀，这个宏伟又奇怪的念头让我感到兴奋。

正当我正站在那里盯着自己的影子，试图想起我是谁、我关心什么时，琳娜向我走了过来。我微笑了，但笑得有些不自然。她从我身边走过，然后停下脚步，转过了身。

我举起 CVS 便利店的袋子说："我已经对这些绿色的抗焦虑症药片上瘾了。这些蓝色的和白色的药片效果也不错，但绿色的是最好的，这是我的亲身体验。"

她盯着我看了一会儿，以至我开始担心她可能会直接走开，假装从来不认识我。但是随后她开口说："我也吃过很多药，不过那是过去的事，现在我不吃了。"

"我刚才在 CVS 便利店里，周围的人都可悲极了，而我竟成了他们之中的一员。"

"是吗？我可看不出来。"

"我有一种直觉，也许所有这些……"说到这里我指着人群、便利店和棕榈树，"也许所有这些都是另一个人的故事的一部分。也许我也多少参与其中，扮演了一个微不足道的小角色。"

她听罢陷入了沉思，然后说："这么想会轻松不少。"

"会吗？"

"这意味着大麻烦与你无关，会让你感觉很好。你还好吗？"

“刚才我一直挺好的，但现在有点儿难熬了。”

“你想去海滩吗？”她问。

“要不我们去喝杯咖啡吧？”

“我要去海滩和阿蜂会合。我特别想吃巧克力派，或是其他放了一堆化学添加剂的软糯甜点，就是在加油站里能买到的那种。”

“那咱们去吃点儿巧克力派吧，怎么样？我们只是两个吃着巧克力派的小配角，占一个镜头，甚至只有半个。主角会提到我们去别的地方了。他们不知道我们去了哪里，更不知道我们在吃巧克力派。”

“你的直觉很有意思，我是说‘我们是配角’这种直觉，但我们不该去吃巧克力派。”

我们又走进了便利店。我买了一条浴巾和一条泳裤，这样就不用回船屋取了。她说得对，我们不该去吃巧克力派，因为甜味剂、包装纸和全球化问题。

她说：“感觉真好。现在我们是两个走向沙滩的配角，而更重要的角色在某个地方争执，说不定在他们的对话中会提到我们两个人在沙滩上，仅此而已，再无多余。我们是自由的。”

“我们的确是自由的。但我必须承认，我自己是想不到这一点的，多亏了我在街上遇到的一个家伙，一个骗子，他说他是主角。”

“这样更好，”琳娜说，“主角能利用智慧把我们耍得团团转。”她停顿了一下，“我现在说话的方式好像你。你这种荒唐的说话方式原来还会传染呢。”

我们抵达海滩时阿蜂已经在那里等着了。琳娜掏出了遮阳帽，戴上之后像上次那样蜷起了身子。阿蜂则平躺下来，她的姿势就像刚从天上掉落下来一样。我铺开浴巾坐在上面，双手抱着便利店的口袋，眯起眼看向远方。我没戴墨镜，因为我觉得自己戴上墨镜的样子怪吓人的。海滩上的其他人都戴着墨镜，连小孩子也不例外，阳光实在太刺眼了。

我说："我们接受了你们的建议，去拜访了约翰·巴克斯特。你们觉得是他伪造了照片吗？"

琳娜说："是他。"

阿蜂说："我觉得不是他。那家伙是个白痴。"

琳娜问我："丹尼尔·笛福给你讲过安娜·格洛丽亚的事吗？"

"他提过，但是没有深讲。"

"安娜·格洛丽亚是他一直以来都在找寻的女人，让他永生的正是这种永无止境的爱。他们在不同的年代里不断重逢，但命运总迫使他们分离。你知道故事会怎样发展下去，她的确是他的梦中情人——他自己创造出来的梦幻泡影。"

她们下水游泳了，我也跟了过去。我们在阳光下漂浮了好一会儿，无须多言。我看着琳娜一步步走进水中，水漫到她的臀部、胸部、肩膀，直到没过她红色的头发。我试图抑制着头脑中关于她的下流想法。每一分，每一秒，我都更为感激自己只是个小角色，我知道如果我们此后会相爱，这种想法就不下流了。没有什么事情是真正复杂痛苦的，我们定会谱写出一段引人入胜的副线情节。

我肯定是睡着了，或者是陷入了半睡半醒的恍惚之中。等我回过神后，我看到阿扎尔蹲在我身旁，打着费解的手势，小声咕哝着什么。

阿蜂突然睁开眼睛坐了起来，阿扎尔离她只有三十厘米远。阿扎尔咧嘴一笑，阿蜂尖叫起来。

我说："这是阿扎尔，别担心。"

"别担心阿扎尔，"阿扎尔说，"干吗要担心阿扎尔呢？你嗑了药，迷迷糊糊地走了，根本没记起阿扎尔，就直接去了海滩。"

"对不起，我尖叫了。"阿蜂说。

"对不起，我不该就这么走了。"我说，"只是一时兴起。我没给你发短信吗？"

"我只是希望自己没有被剔除在外，还能和你一起策划这部电影的拍摄。不过没关系，我拍了一组阿四念咒语和击掌的镜头。老水手这会儿还在睡呢。"

我向她们解释了阿四给丹尼尔·笛福下毒的事。

琳娜问："那他还好吗？"

"阿四说没问题，他们正在寻找地下宝藏。"

"他们一直在寻找那些地下宝藏。"

阿蜂说："我小时候，他会给我讲关于马尔代夫的事。"

阿扎尔说："马尔代夫？有意思。但我们的问题在于分不清他什么时候说的是真话，什么时候说的是假话。只要他说的话有可信度，我们都会选择相信。我们已经受够了对万事万物表达怀疑和讽刺。"

"讽刺。"阿蜂说。

"讽刺，"阿扎尔说，"没错，你想知道什么是讽刺吗？"

阿蜂没说话，看起来被惹恼了。

他说："那我来给你讲讲什么是讽刺吧。例如你穿着一件米妮图案的T恤衫，就是你平时根本不会穿的那种衣服，别人看到你后想：真是个白痴。但其实他们才是白痴，因为他们不知道你从不会穿这样的衣服。”

阿蜂说：“但你现在就穿着这样的衣服。”

“对，你现在就穿着这样的衣服。你穿着它，但它不是你平时会穿的衣服。这就是讽刺之处。”

“这是我听过的最愚蠢的话。”

“这下你明白我们为什么受够讽刺了吧？”

我说：“我受够了讽刺，只因为我不想再让自己那么悲观。”

阿蜂说：“你们真是胡说八道。”她转向琳娜：“他们是不是在胡说八道？”

阿蜂已经受够了，起身去海里游泳。我本以为一切都很顺利，但现在琳娜生气了。

“我讨厌你们拿阿蜂开玩笑，你们对她一无所知。就算她不知道马尔代夫在哪里又怎样呢？”

阿扎尔立刻感到懊悔：“你觉得我们是在拿她开玩笑吗？”

“我也不知道，算了，我只是觉得她不知道马尔代夫在哪儿并不意味着她是个白痴。”

阿扎尔低头看着自己的双手，说：“我没想到会这样，真的没想到。我会做些补偿的。”

“没事，没关系，我可能表现得有些过激了。”

但阿扎尔没有理会。他脱下了衬衫，从短裤口袋里掏出钱包和手机，然后一路跑进了海里。他和阿蜂立刻开心地笑了起来。

琳娜说："他听进我的话了。"

"没错。"

"是我反应过激了，我觉得很过意不去。"

"你只是在照顾朋友的感受。作为正在努力摆脱怀疑和讽刺的人，我们珍惜任何一种真情流露。"

"你在取笑我吗？"

"我没有，我一向都这么说话，就像你说的，很荒唐。很多年后回想起来，我准会觉得自己是个白痴，但我改不了，这就是我说话的方式。"

她拉了拉裙摆盖住膝盖，扶起帽檐看向我。

"你还好吧？你的眼睛红红的。"

"被海水腌的，而且我需要一副墨镜，我快受不了了。"

她在"维多利亚的秘密"的纸袋里到处翻找，但是没有找到多余的墨镜。她问我想不想去喝一杯。

我说："我喝了酒后很可怕。"

"那又有什么关系？你在难过什么？"

"比如马尔代夫。马尔代夫终有一天会被海水淹没，我们所在的地方也不会好到哪儿去。再见，基韦斯特，大平原*会沦为沙漠，内布拉斯加†人得学会怎么喝骆驼奶。"

"你这是在干吗？愤世嫉俗吗？"

"这是悲观。"

---

* 大平原（Great Plains）：指密西西比河以西、洛基山脉以东美国和加拿大的平原地区。——编者注

† 内布拉斯加（Nebraska）：美国中西部的一个州。——编者注

“但你没发现吗？你在为未来担忧，但对于未来的存在本身，你并不感到绝望。”

“这就是另一个话题了，我对此感到兴奋：说不定我们能活着见证世界末日。”

她思索着，远处传来了阿蜂的欢笑声。太阳高悬于空中，炙烤着大地，甚至连海鸥都沉寂了。“谁不兴奋呢？”她说。

我们回到船屋后，老水手已经醒来，神志也有所恢复。他用粉笔在墙上画了一张藏宝图。阿扎尔想用手机把图拍下来，然后在街角的打印店里打出来。

老水手说：“我曾在东方见过只有一只巨脚的人，他们会举起这只脚遮挡烈日。我也曾见过俄罗挪克河畔的伟大城市，但它们都消失了，无迹可寻。”

阿扎尔一边从箱子里掏出摄像机一边说：“好的，请稍等我一下。”

“我曾在刚果的丛林里见过巨大的魔克拉－姆边贝*，我还在马达加斯加见过牙齿有香蕉那么大的恐怖鸟，如今科学家们叫它霸王龙。在‘黄金国’中某座镇子的河边，我见过脸直接长在躯干上的女人，就在肩膀之下胸部之上。我还曾在加勒比海做过海盗。我曾征服过地球上所有黑暗湍急的河流。我曾经死而复生。在火地岛†的蓝色冰川下，麦哲伦一直鞭打着我，直到天空变成绿色。这世上没有我未曾踏足过的

* 魔克拉－姆边贝（Monkele-mbembe）：传说中一种栖息在刚果河流域沼泽中的巨大神秘生物。有人说它的体形像大象，有长长的脖子和尾巴。——编者注

† 火地岛（Tierra del Fuego）：南美洲最南端的岛屿。1520 年，麦哲伦在环球航行中发现了该岛，他看见岛上的印第安人燃起了许多篝火，于是将该岛命名为火地岛。——译者注

地方，我深入过所有炎热多虫之地，也去过风景秀丽之地。有的地方像月球背面一样阴冷，海面像一片玻璃，海浪和乌尔姆*的教堂一样高。有的地方日头毒辣，如果正午时分站在甲板上，你会立刻被热死，但太阳本身的热量其实和一个纸盘发出的热量不相上下。太阳永不落山也永不升起，大海变幻无常又一成不变。”

他双眼发亮，挥舞着双臂，我们跟着他来到了院子里。眼前正是基韦斯特的又一次落日，太阳顺利落下，天空呈现出柔和的粉色。

“今天中午你们产生的想法和1558年你们在皮拉奥河上的独木舟里产生的想法如出一辙。虽然生命在不断更替轮转，但你们总会对人生产生相同的感悟。”

阿扎尔说：“我相信你说的话。”

我也相信，但现在我连眼睛都睁不开。药物、阳光以及温柔的热带空气让我感到疲惫。我想到了琳娜。

老水手说：“每次你都会觉得生命是不同的。你的感觉是对的，生命从不相同。”

* 乌尔姆（Ulm）：德国城市，位于多瑙河畔。——译者注

1560

当天夜里，米格尔·奥雷哈的拥护者便杀害了多明戈·阿尔瓦拉多。第二天早上，副主教声讨了加斯特利亚那。于是加斯特利亚那下令将副教主钉在干枯的树干上，并砍掉了他的双臂。加斯特利亚那高声叫嚷着，凡欲将他逐出教会之人，都是在驱逐上帝。

但是其他人都很尊敬副主教，对他有一种难以言说的崇拜。副主教公开谴责加斯特利亚那，这不仅证实了他们心中对加斯特利亚那的怀疑，也宣告了他们的怀疑是无罪的，最终加斯特利亚那被孤立了。当加斯特利亚那下令砍掉副主教的双臂后，米格尔·奥雷哈便派人将加斯特利亚那监禁起来。几名手下经过一番搏斗终于将加斯特利亚那压在地上，捆住了他的胳膊。他们可能原本只想将他像犯人一样关起来，但在一片混乱中，加斯特利亚那的腹部被匕首刺中了，而且不止一下。他躺在土地上，血流如注，痛苦的气息引来了很多小黑蚂蚁。它们开始啃噬他。

丹尼尔·笛福大声对我说话，试图盖过加斯特利亚那的尖叫声："我知道这不是个愉快的场景，但如果你想叛变，就一定要狠下心。"

沉默了半晌，他又开口道："我没有想到计划进行得这么顺利。"

现在加斯特利亚那已经死去了，我们不再在他身上浪费时间。如同终于甩掉了一个沉重的包袱，我现在感觉好多了，虽然我已经不复存在，不再有知觉。

我们穿过缭绕的云雾向山下走去，进入了森林。那里生长着和房子一样大的蘑菇，猴子的数量比树叶还要多，没有高低贵贱之分，没有天堂地狱之别。森林里只有一棵树，同整个世界一般大小，数不清的枝干上生长着所有种类的树叶和果实。森林在西班牙语文化中是不存在的，西班牙语只能形容牲畜、作物和战争。森林在皮拉奥文化中也是不存在的，因为这种语言只谈论城市的街道。只有穆罗人可以看到这片森林，唯独他们创造出了能形容森林的词汇，所以突然之间与我们同行的这五名穆罗人的重要性比之前在山里时大大增加了。他们一个跟着一个排成一列，无声地前进，双手交叉在胸前。他们向我们介绍了可以食用的根茎，还在森林中捕猎、抓鱼，把刘海烧成圆弧形。此时此刻，逃跑对这五名穆罗人来说简直易如反掌，但他们没有逃，他们自有帮助我们的理由。

我们的行走路线都是丹尼尔·笛福和穆罗人共同商议后决定的，因为其他人无法在森林中辨明方向。在这种充斥着无助感的时刻，发生了一件意外的事。米格尔·奥雷哈通过对异见分子的血腥镇压掌握了大权，经过集体认可，他已经成了探险队的实际领导者。他变得越来越温和、开朗，声称一路上都感知到了仁慈上帝的指引。他还发表演说，称大家将在“黄金国”发现一座新教堂，那里不会受到堕落使徒保罗的影响。他说上帝将在那里接受全世界最崇高的礼遇和赞美。他欣喜地认为自己是上帝派出的使者，致力于将上帝的教义传播给印第安人。

他说：“只要这些印第安人像我们美丽的马利亚一样，就一定会成为对上帝敬虔的人。”

他在像水底一样幽暗的森林里挥舞着拳头，宣称我们不会占领这座城市。相反，我们只会将文明带到城市中，向当地人介绍私有制、工资、马匹、工业、金钱的使用方法、西班牙的货物等等。我们将教给他们如何正确地穿鞋、像我们一样交谈、用合适的方式烹调肉食、得体地走路，还要教会他们理发。

他说："印第安人的本性就像孩子，很容易被说服，因为常年被炎热潮湿的天气压抑，他们难以做出理智的选择，或是按自己的所想行事。"

他说的每字每句都错漏百出，但同时都切中要害。我无法用任何语言表达出这两者之间的区别，但我现在开始理解了基督教徒和皮拉奥人的区别。诚然，我们谁都看不见这座森林，但对我来说，这片森林空无一物；而对基督教徒而言，森林中挤满了鬼魂和恶魔，无论他们走到哪里都会跟在身后。正因如此，基督教徒才能轻易跨过大海，才能在任何环境中生存，无论是在城市中、森林里，还是山谷间。这也解释了为什么他们一直存在着，而不是像我一样，时而存在，时而消失。基督教徒信仰的事物是不存在于这个世界上的，因此不会受到世间之物的伤害，或被打扰。它们无时、无刻、无处不在，基督教徒对此已经非常熟悉了。当我渐渐理解这些时，便清楚地知道自己还不是一名基督教徒，也从来没有真正成为过一名基督教徒。意识到这一点后，我又开始存在了，虽然存在的可能只是我的一小部分。

这同样解释了为什么基督教徒之间也会产生巨大的分歧。他们生活在互相割裂的世界上，每个人都与鬼怪、灵魂和神明维持着独特的联系。我解释这些事情，是想说明并非每一个人都信服米格尔·奥雷哈。队伍中有一个独眼男人，名叫阿维拉内达。他宣称此次探险途中发生的冲突、欧洲因信仰之争而引发的暴力冲突，以及在此之前特诺奇提特兰和印加帝国的毁灭，实际上都是绝世天劫*。如果我们还能为“黄金国”带来一丝和谐，那就只能让他们把我们的到来认作耶稣本人现形于世的征兆。阿维拉内达为能够改变印第安人的信仰而欣喜。他会被爱环绕千年，但对于审判日的恐惧和敬畏也会将他萦绕。那一天到来时，我们之中的大部分人都会被永远诅咒。

丹尼尔·笛福问我：“你会不会觉得很奇怪？‘一千年’对我来说似乎并没有那么长。我每次说到‘一千年’，感觉和说到‘整个下午’或‘整整一周’没什么区别。”

这些神学上的矛盾是不可调和的，但至少队伍里不会再起暴力冲突了。某天早上，阿维拉内达和另外几个人在真诚地祝愿我们幸福快乐之后，便与我们分道扬镳了。阿维拉内达说，的确没人知道“黄金国”的真正所在，但不能因此断言，如果向着与当前全然不同的方向前进，就肯定不会抵达“黄金国”。

丹尼尔·笛福和我则选择留在奥雷哈的队伍中，因为穆罗人也选择留下，他们是我们存活下去的唯一希望，我们对他们言听计从。穆罗人告诉我们8月是清除寄生虫的月份，我们便吃他们采集来的叶子，第二天早上果然都排泄出了各种各样的生物。之后我们的确觉得精力充沛多了。我也是通过这个契机确认了丹尼尔·笛福的犹太人身份。

---

* 原文为“Armageddon”，是《圣经》中提到的世界末日之战、地球上最后的战争。——编者注

如果他是真正的基督教徒，便不能接受这种治疗方法，因为对基督教徒来说，印第安人的药是可怕的毒药，可以直接将他们送入地狱。

“但犹太人意味着什么？”我问他，“犹太人生活在哪一个世界里？”

“问得好。”他说，但并没有回答。

很快奥雷哈也失去了理智。每一任总领队都逃不过这种命运，但他却是为爱发疯。每天晚上，他都会以“‘黄金国’的印第安人”为主题发表演讲。他说上帝向他告知了一切，当地的印第安人已经对基督教有了基本了解，已经知道上帝为所有人打造了天堂，并留出了一天作为休息日。他还说，印第安人崇拜闪电与巫术无关，而“黄金国”中没有一丝恶魔的踪迹。

他还宣布：“那里也没有妓女！”

队伍中的男人们看起来颇为失望，奥雷哈却喜气洋洋。

“那里的女人滴酒不沾，直到结婚之前都保持着处女之身！马利亚，是这样吧？”

我回应道：“正是这样。”也许果真如此——“黄金国”是我从未涉足的一座基督教城市。

他让我介绍印第安人的祷告方式，我编造了一种以顺应他的心意。我说：“哦，上帝，你在何方？在天堂上？在人世间？在地狱里？哪里才是你的所在？”

他说：“这几句祷告词表达了他们想成为基督教徒的愿望。”

但关于美洲的基督教徒，最核心的问题是：如果上帝无所不能，为何还有那么多人连上帝的存在也不知晓？奥雷哈认为，他们只是从耶路撒冷前往新世界时，在漫长征途中忘记了上帝的存在。但是奥雷哈的忧虑也日渐加重，因为随着继续深入森林，我们遇见了更多在野外生存的印第安人。他们赤身裸体、不明事理；他们使用的语言，我和穆罗人都未曾听过；他们用一种罕见的方式制作箭头；他们对基督教的了解，就和石头对如何演唱貘之歌的了解一样“深刻”。穆罗人说我们不应该和这些印第安人有所牵涉，因为现在不是交朋友的季节；但奥雷哈认为自己有责任遵守西班牙律法，想办法让这些人也信仰基督教，所以他命令手下朗读《占领声明》*。声明讲述了一个关于基督教的故事，描述了世界的起源、西班牙君主制法则、上帝的存在、上帝在人间的化身，以及其他一些风俗。丹尼尔·笛福说这份声明只是为了给侵略找一个合法的借口。

他说：“整个流程是这样的：我们掠夺领土和土地供君主统治，将印第安人收归为西班牙人的臣民，一旦前者拒绝服从，就宣布他们叛乱，这样一来正好出师有名。《占领声明》只传达了一种简单的法理学，当然毫无公平可言。”

由于皇家公证人离开了队伍，所以《占领声明》就交到了丹尼尔·笛福手中，他用西班牙语朗读了它。其他语言不能用来朗读这份声明，因为只有西班牙语才能描述声明中这些事物的存在。此后只要遇到在野外生存的印第安人，丹尼尔·笛福便会宣读《占领声明》，但印第安人完全不知道他在说些什么，于是奥雷哈决定让我把声明中所描述的故事翻译成皮拉奥语。有人认为这完全是一种悖论，因为无论用哪种语言宣读《占领声明》，上帝都应该有能力让听者理解故事的意

---

* 西班牙的殖民者们为了侵占美洲土地，会在上岸时朗读一份声明。——译者注

思，而他竟然没有做到。奥雷哈则争辩道，他本人就是上帝的使者，使命就是帮助听者理解其中的内容。不过对我来说这无关紧要，因为这些内容本来就无法用皮拉奥语表达，更何况即使翻译出来印第安人也听不懂。我一面假装翻译，一面对印第安人讲起了自己的故事。

我说："我是蜂后，是蝙蝠之母。看看我的死人军团，他们的胃在头颅中，大脑在腹中。"

丹尼尔·笛福是唯一可以听懂我故事的人，他觉得我翻译得很不错。奥雷哈还让穆罗人把声明中的故事翻译成他们的语言，但被拒绝了。

我们在森林中缓慢前进。蚊子不会叮咬我，因为绝大部分时间里我都不存在。它们也不叮咬丹尼尔·笛福，因为他的血液又稀又酸，味道像醋。它们叮咬那些基督教徒，基督教徒只能念叨着"没有蚊子的天堂"作为反抗。一路上穆罗人仍然狩猎、捕鱼、找寻植物根茎、榨取树液，蚊子也会叮咬他们，但他们不以为意。

9 月很快到来，这是适合死亡的月份，但我们却在求生。

我早已忘记了复仇的渴望，它被我遗失在了山间。现在我理解了，安那齐托城最终被毁与否并不重要，因为一旦基督教徒抵达了这座城市，上帝就会知晓它的存在。它也会成为基督之城，并从安那齐托城变为基督教徒口中的"黄金国"。有什么能阻止这一切吗？这些基督教徒也只是替上帝进行探索的人。

奥雷哈时而大笑、时而咆哮，有时还拉扯自己的头发。他对《占领声明》并不满意，于是自行添加了解释说明。他让我解释"黄金国"中的一切都将变得美好，处处是欢乐祥和的景象，人们每天都不愁有面包、葡萄酒和肉。他每次说完一句天马行空的话，便给我留出翻译的时间，他并不知道这些听众对皮拉奥语一窍不通。

我口中说出的话是："每逢10月，在月亮下休息会招来灾祸。白人男性都是鬼怪。丹尼尔·笛福正在寻找他的妻子，你们有谁能帮助他吗？"

我们走到了两条大河的交汇之处。为了建立一支由双桅船组成的小型船队，我们在此安营扎寨了一个月，此后我们将会乘船继续前行。穆罗人说他们要离开队伍了，因为这个月份并不适合水路出行。他们让我们沿河继续向下游前进，直到抵达一处有高耸悬崖的地方，悬崖顶部被当地人的神明沙棘盖用长满羽毛的额头夷为了平地。穆罗人都向这个神明祷告，祈求返回家乡。据他们所说，我们在二十天内便可抵达那里。奥雷哈本想强迫他们留下，但是他们挣脱了锁链，消失在森林。

我们在一处印第安人遗弃的村庄里找到了甘薯。我和丹尼尔·笛福吃了花园里棕榈树树桩上的白色虫子，但基督教徒并不知道该怎么吃这种虫子。

村庄与村庄间的距离越来越近，因此我们知道城市就在不远处了。有时会出现宽阔的空地，还有我童年记忆中那种高大的、屋顶上覆盖着茅草的圆形建筑，我们开始看到穿着皮拉奥族简单服饰的人——全身上下只有从腰部垂下的一条棉布，以及一条棕榈坚果串成的项链。他们还不算皮拉奥人，但他们居住的地方已经属于这座城市的辖区了。

突然之间我认出了一座山坡、一处河湾、一块石头，当即哑口无言。这不是语言表达上的障碍，而是精神冲击。我将基督教徒带到了这里，这是唯一的、最后的一处净土，但就像刀俎下的鱼肉，它也即将分崩离析了。我无法说话，所以只得由丹尼尔·笛福代读《占领声明》，他怀着和我同样的心情读了起来。

我是队伍里唯一的翻译官，但丹尼尔·笛福的皮拉奥语其实也说得非常流利。他读道："我刚刚才出现在河岸，和我们走吧，你将会在灿烂宽广的银河中享受到甜如蜂蜜的安宁幸福。"

最后终于有一个人回应了我们。一个坐在独木舟里的老头儿告诉我们："我已经不记得应该怎么吃蜂蜜了。"

丹尼尔·笛福说："你好啊，小老头儿。"

两个老头儿交谈起来，聊起了鱼和雨。这个印第安人并不畏惧我们，他是皮拉奥人，从来不知畏惧为何物。他告诉我们安那齐托城遭了大灾，然后大笑起来。我也跟着他笑起来，笑声飘浮在河流上方空荡荡的天空中。

再向下游前进一小段距离，就抵达安那齐托城了，现在我们知道不出三天就能到达那里。奥雷哈站在船首，露出了幸福的微笑，向遇到的每一个人传达着对上帝的热爱。丹尼尔·笛福为他翻译，说出口的却是："安娜·格洛丽亚在哪里？在天堂？在人间？还是在地狱？"他向见到的每一个人高喊："她是个漂亮的女人。她的秀发宛如沙盖河。"

2200

离岸不到两千米的海上　挡风平台排成了长长的一条线。每天晚上我们都会靠岸　因为我们不想被风碾成碎片。在海上漂流让我们感到很轻松　因为我们是水手。船长边把玉米威士忌递给老丹尼尔边说　你喝一点儿吧。老丹尼尔说　我不喝了。桃子们说　我也不喝了　我不能碰酒。约瑟夫和我还有船长三个人一起推杯换盏　喝起了玉米威士忌。我喝着酒　又像平时一样开始惦记女人　这让我感到很疲惫。但是我想某一天我会遇到自己的安娜·格洛丽亚。这对我来说是一种崭新的想法。一般来说我只会想着　哦　我很悲伤　哦　我想变得富有　哦　我必须大醉一场。

有一天我对老丹尼尔说　我不知道我还想要追寻什么财宝　我不知道我是想要安那齐托城的财宝　还是我自己的安娜·格洛丽亚　到底哪一个才是我真正的财富。老丹尼尔说　你两个都想要。我说　可能是吧。他说　你还年轻　你想要整个世界。我说　哦　不　我其实只想要一些小东西　我所有的愿望用一个小小的绿口袋就可以装下了。他哈哈大笑起来。我说　是真的　有的时候我只想找一个凉快的地方坐一下　甚至都不需要空调　只要有树荫就可以。老丹尼尔说　是的　世上有很多种财富　树荫是其中一种。我说　是的　阅读也是一种财富　说不定和流媒体一样美好。他说　这就是一种积极的思考方式。我说　谁会需要流媒体呢。他接着我的话说　是的　谁会需要

呢　我从来都没弄明白那是什么。

每当我们到达一个新地方时　我都会拿它和波士顿比较。这里的空气是什么味道　天空是什么样子　植物野草长得如何等等。我问老丹尼尔　是不是你长大的地方总会被带入你的想象。他说　那当然了。我便问他　你在哪里长大。他说　一个人永远不会忘记自己是在哪里长大的。我说　那到底是哪里。他挠了挠自己的头。他说　里斯本　我很确定是里斯本或者是拉曼恰*的一座小镇。这时桃子们突然插话问他　你多大了。老丹尼尔说　750 岁。桃子们说　你在开玩笑吧。老丹尼尔说　我没有开玩笑。我说　真是不可思议　你已经见证了所有的事　今后再也不会为任何事情感到吃惊了。老丹尼尔说　不是的　你说得不对　任何事情都会使我吃惊　因为我总是忘记我已经经历过这件事了。等等　桃子们说　你有 750 岁了吗。老丹尼尔说　是的。桃子们又问　那你是魔鬼吗。老丹尼尔笑了起来　魔鬼吗　我不是魔鬼。桃子们说　那你是吸血鬼吗。老丹尼尔说　我不是吸血鬼　吸血鬼没有那么强壮　我觉得他们和其他物种一样都已经灭绝了。桃子们说　那你是撒旦吗。老丹尼尔说　那倒是有可能　他笑了起来。桃子们非常大声地重复道　你是撒旦。老丹尼尔说　我可能真的是。桃子们大叫道　至少你是撒旦创造出来的生物　你是黑暗的造物　该死　我诅咒你。

船长转向我说　不能再让桃子们这样了。我说　那您需要我做些什么呢。船长说　桃子们已经陷入了与信仰有关的癫狂中。我说　您

* 拉曼恰：堂吉诃德的故乡。——编者注

214 × 2200

是希望我控制他吗。船长说　不用　我们等着就可以了。

接着在持续了很多天的风平浪静后　海上刮起了大风。我们赶在风暴来临之前登陆了佛罗里达　但风时断时续　风向不定。恢复平静之后　突然又暴发了剧烈的风暴。你可以看到堆积如山的云不停旋转　如同被电灯点亮了一样。有钱人聚居的山上就是如此明亮。之后海面突然高耸　我们的游艇像一块地毯一样被抛向空中。桅杆折断　船身断裂　我们都被甩出了船。老丹尼尔突然喊道　叫我约拿。但是我们离岸很近　所以被甩到了岸上幸存了下来　只有约瑟夫溺水而亡　提到这件事我就很伤心。

在卢比奥突如其来的死亡之后　紧接着又有不测风云　但我觉得我已经渐渐习惯了。说不定我现在更坚强了　至少比从前更坚强一点儿了。老丹尼尔当然一点儿都不为此烦心。他站起身来紧了紧自己的腰带　然后说　啊　佛罗里达　这就是我的家　你闻闻这里的空气。我说　约瑟夫溺亡了。他说　哦。之后他看到船长和桃子们都躺在地上剧烈地咳嗽着。他说　有一个好消息　安那齐托城的宝藏离这里非常近　我们不用特意规划一趟去那里的旅程了。我说　好的　你确定吗。他说　不　我对我的宝藏永远不确定。我说　好吧。他说　说不定我们还能找到阿四。我重复了一遍这个名字　阿四。老丹尼尔说　这当然不是他的真名　这只是他当奴隶时的名字　你不能暴露自己的真名　这也是为什么我自称丹尼尔·笛福。我说　啊哈。你瞧我们现在聊起来了。我们现在在岸上　刚才游艇被浪卷起　约瑟夫溺水而亡　我们身后是广袤黑暗的森林　绵延数十里　但是老丹尼尔只是背着双手聊天　就像公园里的老大爷。他说这是我遇到的第二十九次

海难了　我就是鲁滨逊·克鲁索　我就是逍遥自在的克鲁索。他只是像平时一样在往积极的方向想。

老丹尼尔在生锈的卡车残骸上生火　我们聊天的时候船长和桃子们缓过来了。老丹尼尔对我说　过去有一种设备是能告诉你所有事情的概率的计算机。它叫超级计算机。你让一个人坐在椅子上　用机器指向他　然后机器就会宣布他有 98% 的可能性什么也不做　有 1% 的可能性睡着　有 0.5% 的可能性从椅子上摔下来。我说　好吧。老丹尼尔说　你听我说　最后这种计算机发展得太过敏锐了　它还能推断出人类长出翅膀的微乎其微的可能性　被直接抓进天堂的可能性　以及房屋倒塌的可能性。我说　好吧。他说　你可以通过数学证实万事皆有可能。我说　那它可以预知未来吗　它能预测整个世界会毁于一旦吗。他说　它只能准确预测未来几小时内的事情　但是有一次我们的确测出了一颗流星撞上地球的可能性。我说　有意思。他说　这台计算机还能告诉你发生海难的可能性是 100%。

到了早上　我爬上树　想要看看我们在哪儿。老丹尼尔说　不用那么麻烦　我已经知道我们在杰克逊维尔和圣奥古斯丁附近了　因为很久以前我曾被派驻到这里。船长说　好吧　那我必须要去圣奥古斯丁了　我本来就应该在那里接上我的乘客。老丹尼尔说　可以　但是我和詹姆要去找我埋起来的宝藏。我说　算了吧　我现在打算改道去找安娜·格洛丽亚了。他问我　是我的安娜·格洛丽亚还是你的安娜·格洛丽亚。我说　先找你的　或者如果可能的话两个一起找。他说　不过我不知道她在哪里　说不定现在还不是找她的时候。我问他　你上次是在哪里见到她的。他说　我是在迈阿密见到她的　但现在迈阿密已经被淹没　所以她可能在其他地方。我说　你确定吗　你看到迈阿密被淹没了吗。他说　是的　当时我在基韦斯特　那里被淹没之后我就住在海湾的垃圾堆上。我说　垃圾堆。他说　是的　当时国家规划得不好。我说　你会找到她的　不要担心　你会在这个广阔的世界里找到她的。

桃子们双眼无神地坐在沙滩上哭泣着。他一直在哭　但现在他开始尖叫了。老丹尼尔说　请你安静一点儿。船长也让他安静点儿。但是桃子们丝毫没有停下来的迹象。我们都开始琢磨怎样才能让他停下来。船长说　他已经和耶稣融为一体了　我们需要把耶稣从他身上分离出来。老丹尼尔说　很简单　我们给他下毒好了。我说　你要给他下毒。老丹尼尔说　不是要杀他　只是为了让他安静下来。船长说　非常好。为了盖过桃子们尖叫的声音　我们都高声说话。船长说　非常好　我们怎么给他下毒呢。老丹尼尔站起来　眯起眼睛凝视着黑暗的森林　他说　我会露一手给你们看看的。

于是我跟着老丹尼尔偷偷溜进森林　去找一些用来给桃子们下毒的草药　藤条　灌木等等。毕竟我是老丹尼尔的帮手。船长和可怜的桃子们在岸上等着　桃子们现在看起来的确精神错乱　已经彻底失去理智了。我们钻进繁茂的红树林　爬到了一个更高的地方　这里树木更加茂密了　还有很多垃圾　废物　塑料房子的残骸。我看着这些破碎褪色的遗迹。这是整个文明的遗迹。我说　最终世界也会走向灭亡的。老丹尼尔说　是的　万事万物总是以灭亡告终。但随后我对自己说　要乐观一点儿　积极一点儿　别去想坎伯兰岛。我不害怕　因为我已经经历了沉船　怪物猪和一次惨痛的宿醉　以及吃了那么多新鲜椰肉之后的身体不适。而且我也不害怕怪物猪　因为我知道它吃掉卢比奥的唯一原因是他试图杀死它。

老丹尼尔在我前方小心翼翼地走着　不发出一点儿声音。他说这里的生物种类并不太多　但我们还是能找到一些东西的。他捡起一片叶子闻了闻　然后说　这种叶子治疗蚊子叮咬很有效　你试试吧。我把它揉在胳膊上之后　胳膊便失去了知觉。我感叹道　哇。他说　很有效吧　现在就算你咬掉自己胳膊上的一大块肉都毫无感觉了。我问　但是我们现在要找什么呢。他回答说　我们要找所有能让桃子们清醒过来的东西。我说　他只要能走路　像狗一样被驯服就行。老丹尼尔说　是啊　不错　但我们也不能对他太坏。之后他看到了坠着白色莓果的绿色植物。他说　这种植物就很适合他　可以让他忘记发生的一切　但是要过好几天　他才能恢复正常。我说　你听我说　我们不能给他下太重的毒　他以后还得走路呢。老丹尼尔说　是的　你说得对　我都忘了　还是你说得对。

但是丛林里有很多种有毒的植物　我觉得不会把可怜的桃子们毒到精神错乱的植物恐怕很难找。每一次我们看到一种植物　老丹尼尔都会说　啊　这种植物会让他晕头转向　那种植物会把他的灵魂拽出肉体。之后他笑了起来说　我告诉你一个秘密吧　其实我对植物不太了解　我都是猜的。

走着走着我们发现了一个奇妙的东西——一只小猫咪。它个头小小的　毛色发灰　瞳孔呈黄色　爪子小巧　奶声奶气的　它太可爱了　我都快受不了了。我问　我们可以带上它一起走吗。老丹尼尔说　当然啦　我们可以带。我说　你不是随口说说的吧。他说　当然

不是 有一只小猫咪相伴左右是一件好事。我问 那我们给它起什么名字呢 我弯下腰盯着小猫咪的脸 有什么好听的名字呢。老丹尼尔说 给猫起名的话最好叫它克里斯托弗·斯马特 这是文学作品里最有名的猫的名字。我说 好的。老丹尼尔说 很好。我说 太好了。老丹尼尔说 现在你也有一个帮手了 这只小猫咪就是你的帮手 而你是我的帮手。

当我们下坡向海岸走去时 桃子们已经睡着了 或者是陷入了一种和睡着了差不多的状态 船长用一根浮木把他打晕了。船长说桃子们变得越来越狂暴了 他已无计可施。老丹尼尔说 没关系。老丹尼尔带了一些叶子回来。他说 这些叶子非常脆甚至不能用手直接碰触 所以他用树皮把它们包了起来。他说 这里有些药 可以让桃子们变成我们的奴隶。船长问 这样会把耶稣从他体内吓出来吗 因为我再也受不了他一直谈论耶稣了 这段时间他一直在尖叫耶稣这耶稣那。老丹尼尔说 也可以说药有这种作用 但说不定吃完药之后他的脑子会被其他神明占据。船长说 好吧 只要能换个新的神就行 管他是哪个神呢。老丹尼尔说 没有什么新的神 占据他头脑的会是一位非常古老的神明 你听说过森林之神南华吗。船长说 我不在乎 赶紧让他把耶稣忘了就行。

现在船长看到了坐在我肩头的小猫咪克里斯托弗·斯马特 它很警觉又很开心。他问 这是谁。我说 这是小猫咪克里斯托弗。船长凑过去仔细端详着它。之后他开口说 见到你真高兴啊 克里斯托弗。

接下来 我们要让桃子们服用草药 我们把他摇醒 然后让他嚼草。他服下后很快就眼冒金星 开始呕吐 说他是蜂后 而我是住在月亮上的男人。老丹尼尔说　我也没想到这种药这么管用。船长说　你确定它真的有效吗　现在我们要去圣奥古斯丁了　你可以自己走吗　桃子们。老丹尼尔说　他当然能走啦。我又问了他一遍　蜂后　你可以自己走吗。老丹尼尔说　他当然能走了　看我像教训狗一样教训他吧。于是他指挥桃子们走路。出人意料的是　桃子们的确开始走起来了　虽然有点儿蹒跚　有点儿缓慢。

老丹尼尔说了一句让人十分震惊的话。他说　我觉得我们应该把桃子们吃掉　反正他是以食物命名的。船长说　你在开玩笑吧。我说　他就是在开玩笑　哈哈。老丹尼尔说　当然了　谁知道呢　我又没有你们文明程度那么高。文明　船长重复道　文明　你这是什么意思　你已经是文明留下的最后一根稻草了。老丹尼尔说　的确是这样　不过文明本身并不很文明。

220 × 2200

1750

高尔斯华绥先生将他生产的老鼠皮持续供给一名伦敦男子，据说后者用这些老鼠皮做出了全欧洲最漂亮的儿童手套。短短几个月之内，我就因为赌博输掉了我所拥有的一切，现在债台高筑，而高尔斯华绥先生的财产却大幅增加，与此同时，他对待奴隶的态度却日益冷酷起来，或者应该说是对他们被监工虐待这件事熟视无睹。这些监工现在为了让老鼠皮生意多获利，对待奴隶愈加苛刻。看样子，高尔斯华绥先生及时行乐的处世态度无论如何也无法使他和金色女神——财富相分离。

我把这件事视作他的罪证，因为我需要为盗取他的财产找到充足的理由。我还希望他对我不再像从前那般喜爱，这样我恩将仇报时也会更心安理得一些，但是我找不到他不再那样喜爱我的证据。无可争辩，他对我一如既往地友善，而让我恐惧的是，他至今都毫无表示，是否识破了我伪装成白人男子的计谋。

但这对我影响不大，因为我们已经计划得当，现在万事俱备，只待挑选合适的日子动手。这一天很快到来了。某天晚上有几名奇怪的客人到访，他们要豪饮潘趣酒，这个机会真是千载难逢，放过它实在说不过去。我感到腹中绞痛，但我把这归咎于木薯酒，并没有过度担忧。

丹尼尔医生开始按计划抱怨头痛，并以此为借口上床休息，然后陷入了假死状态，而第二天早上阿四会安排好一切。但是现在发生了一件特别麻烦的事情，就是当阿四在丹尼尔医生身上撒上僵化粉末之后，我试着安慰丹尼尔医生很快安娜·格洛丽亚就会回到他身边，结果他说一直以来自己都错了。

我问他："什么错了？"

他说："那个女人并不是安娜·格洛丽亚，而是另一个女人。我之前没和你说过吗？我又去了一趟'梅勒妮'种植园，然后立马意识到了这个错误。"

读者们，我听完这些话后凝视着他，同时感觉整个计划开始土崩瓦解。看到我悲伤的神色，他很快改口，说就算"梅勒妮"种植园里的那个女人不是他寻找的安娜·格洛丽亚，他对她也有情谊，如果能按计划帮她重获自由，他也会非常开心。他不希望阿四和我失望，而且说实在的，我们现在也只能硬着头皮走下去了，阿四已经给他撒上了粉末，他正在慢慢陷入假死状态。

所以我将这件事抛在脑后，前往大厅重新加入欢宴。我在宴会上和科尔韦特先生攀谈起来。他身高不过一米三，据说是国际小号演奏者协会的副秘书长，这真是与他的身高极不相符的要职。他从英格兰航行过来，刚下船那天就听到一个男人在镇上吹小号，这让他怒不可遏，痛苦不已。

他说，虽然此前已有严格的限令，不仅限制了小号吹奏者的身份（只能是看守、看门人、杂耍者、喜剧演员和赌徒），还限制了小号的演奏地点（只能在塔顶、喜剧场、杂耍场、赌场等场所表演），但是仍然有很多农民音乐家兴之所起便不分地点地吹奏，包括盛宴、婚礼和洗礼仪式等场合。

为了安抚他沮丧的情绪，我拍了拍他的后背，又灌了他更多的潘趣酒，但内心很反感这个制定了不公平条例惩罚小号演奏者的男人（我觉得应该让所有能享乐其中的人自由吹奏）。他又说应该禁止所有犹太人和黑人吹奏小号，霎时我内心的怒火油然而生，同时也心生一计，也许我可以让别人把怀疑转移到他的身上。我对科尔韦特先生说，你可以询问今天晚宴的主人，问他能否带你去观赏一下他收藏的西班牙硬币。出于礼貌，科尔韦特先生去询问了，悄悄对我说其实他根本不在乎硬币之类的东西，但高尔斯华绥先生盯着他看了很久，疑心他是不是个小偷。

现在我和高尔斯华绥先生、科尔韦特先生以及其他我记不住名字的客人喝起了红葡萄酒和白兰地。几杯酒下肚，我对科尔韦特先生的满腹牢骚也烟消云散了。然后我回过神来，记起了高尔斯华绥先生的事情，决定放下这些让我神志不清的酒，请求可爱的夸米娜帮我端一杯咖啡过来。我的心情并不轻松，高尔斯华绥先生确实从未对我做过过分之事，他一直待我宽厚慷慨，哪怕这几个月来我都没能胜任他交给我的工作。当科尔韦特先生问起我在这里的工作时，高尔斯华绥先生笑了起来，问我，是啊，你的工作是什么？他用这种方式暗示我什么也没有做，却没有因此表现出不悦。之后他说我是个负责唱歌跳舞的小丑，但当科尔韦特先生提议要我展示舞蹈能力时，高尔斯华绥先生立马转移话题，因为他知道我的左脚有一点点跛，从不在公开场合跳舞，只是私下里将跳舞当作锻炼身体的方式（现在我每天早上都会跳舞）。他充满激情地谈论起老鼠皮，这是他永恒的谈话主题，他觉得自己将以此为起点，亲手建立一种新型国家。他不自称国王，而自称首相，在他的带领下国家的文化会非常繁荣，奴隶几乎可以像正常人一样生活，因为在某种程度上，奴隶的生活状况就是判断一个国家好坏的标准。

于是他开始就这个话题侃侃而谈。他是一个时常突发奇想又很幽默的人，但他是奴隶主，他的财富都是通过最不人道的途径积累起来的。亲爱的读者们，我对政府的事情并不了解，但我知道如果一个共和国的奴隶产业兴盛，那么它一定不会富强，即使时至今日，我在南卡罗来纳州的同胞对此持有另一套说辞*。

连续两个小时大快朵颐后，我的雇主高尔斯华绥先生去了备膳室。他向两个奴隶女孩米珀和贝特西搭讪，说自己的裤子里藏着一根海格力斯之柱†，问她们要不要看。两个女孩唱起了赞美诗，她们知道这是驱赶恶魔的最好方式。果然，他立刻开始忏悔自己的强烈邪欲，并祈求她们原谅。我一路跟着他，由此亲眼看见了他每晚例行的滚楼梯之举（他垂悬在最高一级楼梯的边缘，摇摆着胳膊呼救，然后向下滚落）。他对这个地方的喜爱令人费解。黑人男仆萨姆森拍手大笑，我拍了拍他毛茸茸的头，走下楼梯，确认可怜的高尔斯华绥先生并未摔死。他的确还活着，我趁机从他的脖子上取下了钥匙。

府中的奴隶都忙于自己的活计，而所有的女士都回到了让她们有安全感的休息室中谈话。现在我蹑手蹑脚地走上了屋后的楼梯，做了我此生最冒险的事情；打开柜子上的锁，把金子和银子塞进我能找到的所有枕头套里，最后用绳子把枕头套栓紧，从窗户中扔了出去。阿四

---

* 南卡罗来纳州曾是美国的蓄奴州。——编者注

† 海格力之柱（Pillars of Hercules）：希腊神话中英雄海格力斯在海中竖立的巨柱，后多代指直布罗陀海峡陡峭的两岸。这里指高尔斯华绥先生的生殖器。——编者注

就在窗下等着。做完这些，我又把柜子锁好，静静地聆听了片刻周围的动静，但是和往常一样，只传来了宴会上喧闹的声音，我上锁的瞬间正是房子里的吵闹声达到高潮的时刻。

我把钥匙挂回了高尔斯华绥先生的脖子上，下楼回房间了。我一夜未眠，但早上还是被萨姆森疯狂的砸门声吓到了，他捎来了丹尼尔医生去世的消息，说这是他亲眼所见。高尔斯华绥先生听闻此事立即沉入巨大的悲痛之中，很明显他对医师非常喜爱。高尔斯华绥太太也相当沮丧，见此情景我十分悲伤，我无法告诉她无须担心，一切都好。

在这种情况下，只要确定有人死亡，就必须立刻举行葬礼。因此他们从不远的“绿园”请来了班克罗夫特医生，他只看了丹尼尔医生一眼就宣布后者已经死亡，然后立刻起身回家，为了能赶上吃晚饭。结果只留下阿四一个人擦洗、打理丹尼尔医生的“遗体”。现在阿四开始采取行动，先想办法把那些硬币黏到丹尼尔医生的皮肤上（丹尼尔医生躺在桌子上，肚子烧焦，嘴唇发紫，我看到此情此景吓得不轻），然后把剩下的硬币铺在棺材底部，这样当我们将丹尼尔医生的“遗体”搬进棺材后，就没人会找到这些硬币了。钉上棺材时我感到恐惧，但阿四向我保证没什么可担心的。合上棺材后我们按照惯例举行了庄严肃穆的埋葬仪式，高尔斯华绥先生抹着眼泪，此前我从未见过他对任何人的死亡表现出一丝关怀。

我的下一个任务是确保有人发现硬币被盗，让人们发现硬币失窃是计划中重要的一步，接连不断的谴责和怀疑可以给我们足够的时间逃脱。所有的猜忌会像恶臭一样慢慢消散，在此之前我们要把假死状态中的丹尼尔医生唤醒。根据阿四的推测，我们最多只有三天时间完成这一切，从他在丹尼尔医生的头发里揉进僵化粉末的那一刻开始计时。

亲爱的读者，我年轻时做过不少鲁莽轻率的事，但是没有一件能与下面这件事相比，因为我根本没有做它的理由。这可能将是我此生犯下的不可饶恕的错误，不过事后证明这不是错误，而是我做过的所有草率之事中最让我开心的一件，以至我不禁怀疑，是不是爱和命运的古老神明驱使我如此行事。

事情是这样的：我去菜园里找到了高尔斯华绥太太，并把事情和盘托出。我向她讲述了我们的计划、我的困惑，请求她不要透露出去。我告诉她我负债累累（她此前也知道），还有我放浪的青春中（虽然她只比我年长一岁）染上的恶习。我说不知道为什么我会冒着巨大的风险向她坦白一切。最后我请求她帮我此生最大的一个忙，让高尔斯华绥先生发现他的硬币被盗了，如果她这么做，就是帮了丹尼尔医生的大忙。现在我敢拉她的手了，我用牛奶一般柔软的声音说出了我几乎不敢细想的话。我对她说，我爱你。

当我说出这句话的那一瞬间，我才确信，我真的爱上她了。

2500

2370 年也曾发生过一场具有划时代意义的干旱，我的曾祖父在与密西西比民主邦联抢夺水资源的战争中取胜，但是现在，由于密西西比民主邦联开始过量攫取水源，河流进入圣路易斯时早已变为携带病毒的涓涓细流，可父亲没有勇气去挑战对手。随着时间流逝，干旱让城市周边支离破碎，而他只推行了一次又一次毫无成果的改革。他成立了一家银行；宣称自己是国家中每一个人的教父；他用便宜的米糠造纸，印刷了全国的货币，因为他觉得如果每个人手里都捏着一大沓子钱，将非常有助于营造富有的假象；之后他成立了许多新机构，试图扩大政府的干预范围，例如成立机动车辆部，简称机车部。名字倒是很好听——据丹尼尔·笛福所说，机车部是一个让人们聚集起来听政府宣传言论的地方，聚集着贫穷、患病之人，和机动车辆毫不相干。

随着这些改革措施的执行，父亲开始举办宣传活动来赞美罗列特家族的独裁统治。他想发起一场偶像崇拜运动，从而鼓舞大众，让每一个人带着同志般的热情参与到革新中来。我们都惊讶于他的自信，即使灭亡的阴影渐浓，他的新想法竟仍然可以蓬勃而出，光是目睹这个过程都让人觉得不可思议。首先，他制作了印有自己肖像的木版画以鼓舞人心，并把它们分发给所有忍饥挨饿的居民。他觉得在“一家之长”仁慈亲切的注视下，人很难做出违法之事或煽动叛乱。然后，他把所有的副秘书长派遣到各个城市，传播他虚构的光辉事迹。爱德华·哈洛韦恩负责编造这些事迹。

爱德华·哈洛韦恩说：“总统总是花样翻新地折磨我，说不定他整日都躺着在想：明天我要怎么激怒我的小丑呢？”

即便情绪不佳，爱德华·哈洛韦恩也能在一分钟内构思出十个故事，下笔成章：“总统单枪匹马地在排球比赛中赢了密西西比民主邦联；总统可以连续倒立三个小时而不会晕倒；总统的声音可以祛除狗疟疾；总统可以让刀在刺到他之前熔化；总统的大脑不同寻常，他可以看到新美利坚合众国里发生的每一件事。”

与此同时，我父亲在宫殿里忙着建立工厂，做其他疯狂的事，还经常对自己喃喃自语：“电灯盘。牙膏。辐射固化。在每个街角都设立机车部。”我看着他，眼前的景象就像从拿反的望远镜中看到的，像看着一只蚂蚁在一罐水中挣扎。

这段时期，当我和可怜的乔治·华盛顿坐在一起吃玉米面粥时，新美利坚合众国的居民却开始因为饥饿而死。他们向北逃去，却在野外因高温而死。他们向密西西比民主邦联游去，结果淹死在河里，因为他们的内心太过沉重。内华达热病再一次爆发，有人因此而死。

但是当我父亲看到空荡荡的商店、农田、马车、码头、马路时，他对副秘书长们说：“我觉得内华达热病也能带来更多的就业机会，你们觉得呢？”

某天晚上，我向宫殿中关押我们的警卫行贿，塞给他们铜板和玉米饼。他们实在饿极了，立刻把自己的任务抛在脑后。于是，在囚禁于总统府中整整一年后，我终于再次漫步城市街头。我想获得更多知识，亲眼看看这场灾难。我叫上了爱德华·哈洛韦恩和丹尼尔·笛福同行。

我们还强迫侏儒米娜参与此次的探险，因为她可以把我们介绍给真正的人民，而不仅仅是那些靠醉酒度夜的人，比如很久以前我们在“周二不眠夜”酒吧里遇到的那些人。米娜是宫廷妓女之一，但是从事这份舒适的工作之前，她真的在街上生活过。她强令我们抹上煤烟和灰尘，直到不会被人识破真身。

我们一路来到太阳城，这是一个贫穷的地方，道路不平坦，房屋也很破败，像被神明和人类共同抛弃了，就连头顶的星空看上去也是破旧蒙尘的。为了制作剔牙的木签，木槿花花丛被拔光了。香蕉树也不见了，人们砍去了大部分树，虽然这是违法的行为。骆驼就像人类的往昔一般消失得无影无踪，但到处都透射着我父亲的影子：“为了最好的结果，支持你们的总统！”“他理应成为终生在位的世袭总统！”

我们在街角的一家酒馆里点了小米啤酒，但是酒馆中却没有从前那种狂欢的快乐，只聚集着为了喝酒而喝酒的人，因为小米啤酒已经是他们唯一的营养来源了。旁敲侧击地询问后我们得知这里的小米啤酒是密西西比民主邦联提供的慈善救济品。父亲一定对这种国际救助行为一无所知，而他永远也不会承认自己不知道。

爱德华·哈洛韦恩和两个沉默的老爷爷说起话来，他用小丑那冷嘲热讽的语调说：“你们为什么这么消沉？你们不知道总统爱每一个人吗？”

其中一个人回答道：“总统只要倒着念农民的名字，就可以让庄稼枯萎。”

另一个人说：“总统是密西西比浓雾中的精灵。”

爱德华·哈洛韦恩说：“这些都是真的。”

在小米啤酒的气味中，第一个人站起身来，生气地说：“但愿他睡在城里的门阶上！但愿他喝掉流过小巷的水！”

这是一句古老的诅咒。接着，爱德华·哈洛韦恩用一种庄严忧郁的声音说道：“但愿他的衣服上出现呕吐的痕迹。”

之后我们去拜访了米娜的姐姐。她叫皮拉夫[*]，丈夫的名字很惹眼——迫切的乔治。米娜向她介绍，称我和爱德华·哈洛韦恩都是宫殿里的妓女，而丹尼尔·笛福则是采收蜂蜜的监工和水果看守。她希望我们的身份完全保密，坚持不让我开口说话，因为我的口音会暴露所有人的身份。但是爱德华·哈洛韦恩可以自由地说话，他带着密西西比口音的西班牙语毫无雕饰；丹尼尔·笛福一听就是个外国人，事实也的确如此。

看起来这家人通过售卖丛林中的作物谋生，但我猜米娜也会送给他们食物和钱，因为他们家的生活比周围邻居要富裕得多。例如他们非常骄傲地向我展示了家里养的鸡，显然是还没有饿到需要吃掉这只鸡的地步。他们把鸡养在家里，用来捕食蝎子。另外重要的一点是，他们是耶稣和马利亚的信徒，但这种崇拜是违法的，因此他们每天的睡觉时间分为两段：从日落到午夜，从凌晨两点到清晨，在中间清醒的两小时里，他们祈盼着耶稣的到来。

迫切的乔治说：“给我们讲讲宫中的事吧。总统真的在修建一艘大理石做的船吗？国家所有的钱都花在这上面了？”

丹尼尔·笛福说：“的确如此。”

---

* 皮拉夫（Pilaf）：意为“肉饭”。——编者注

迫切的乔治认为此举是对所有正在饥饿线上挣扎之人的侮辱。他称赞了卡洛斯·佩迪格里的所作所为，称后者是自由革命的领军人物，相传最近参议院家中的爆炸正是因卡洛斯而起。

这让丹尼尔·笛福打开了话匣子。他说："我一直想给你们讲这个故事。我认识一个叫托马森·杰弗斯*的革命家。他用狗的耳骨做出了一台收音机，然后用这台收音机广播了他的《单方独立宣言》†，正是这篇演讲使新英格兰从大不列颠女王的专制统治下解放出来。我给你们讲过新英格兰的事吗？宾夕法尼亚的咖啡种植园、珊瑚角的棉花糖种植地，马萨诸塞州的阿司匹林树。"

爱德华·哈洛韦恩说："我们待会儿再聊这些吧。"

我们从窗台上的瓦罐里取了一些甘薯酒饮用，从这一点也可以看出他们家很富裕，能和我们分享甘薯酒，他们深以为傲。爱德华·哈洛韦恩急不可耐地接过杯子，连丹尼尔·笛福也小酌了一点儿，大概只有一勺的量，喝完他就头晕眼花了。从穷乡僻壤的人家里取酒喝，我感到有些羞愧，显然他们已经没有更多营养品了。我也在想那个历史上真实存在的托马斯·杰斐逊，他是美国人与大英帝国反目成仇时登上历史舞台的革命恐怖分子。我读过一些关于他的记载，虽然从道义上讲我更喜欢丹尼尔·笛福口述的版本。最有趣的一点是，我那些古老的家族祖先（现在已被埋葬在家族墓园里，他们的故事每年独立

---

* 托马森·杰弗斯（Thomason Jeffers）：指托马斯·杰斐逊（Thomas Jefferson），美利坚合众国第三任总统。——译者注

† 《单方独立宣言》（*Unilateral Declaration of Independence*）：指托马斯·杰斐逊参与起草的《美国独立宣言》（*Unilateral Declaration of Independence*）。——译者注

日时都会被重提)，他们在当年也被认为是革命恐怖分子，是卡洛斯·佩迪格里和托马斯·杰斐逊这类人麾下的一员，是他们把所有人从明尼苏达殖民统治的压迫下解放了出来，但现在我的家族却站在了天平的另一端，二话不说地镇压革命分子。这似乎就是历史的轮回不休。

这时我耳边传来了爱德华·哈洛韦恩的声音："你们能找到食物吗？你们难道不期待着一场伟大的革命吗？听到总统每天都吃玉米面包和骆驼肉，你们不会感到气愤吗？他甚至还吃小麦蛋糕！"

皮拉夫诉说着他们的日子过得有多艰难，但是对穷人来说，生命中的大部分日子都是一样的，贫苦是生活的常态。皮拉夫说米娜生来是侏儒，这是一件幸运的事，反而让她可以向上爬，但对于绝大多数普通人来说，根本就没有逃离太阳城的办法。

他们被困于这种地狱般悲惨的生活，对我是一种莫大的冲击。我心想，这就是他们的生活啊。他们栖身在这样狭小的房子里，和一只用来吃蝎子的鸡挤在一起，唯一的嗜好就是喝点儿甘薯酒，很快，在某个异常清爽美丽的早晨，他们会吃掉这只鸡，此后，房里的蝎子将大量繁殖、四处横行，最后他们会别无选择地被挤到街上。

突然我心中有了一个渴望，我唐突地对丹尼尔·笛福说："和我结婚吧，好不好？还需要在乎些什么呢？"

我用现代英语说出了这番求婚的话，所以房子的主人并没有听懂，迫切的乔治说："很抱歉，我们听不懂。"而丹尼尔·笛福听罢只是笑了笑，然后说："只要我可以和你结婚，我的朋友，我就会和你结婚。"然后他唱起了歌，把温暖的手放在我的腿上。我发现自从喝了酒后他便越发不清醒了，于是又向他挪近了一点儿。他说："我给你唱一首杰弗斯先生的魔法收音机里播放的歌曲吧，还有最流行的水手之歌。”

迫切的乔治丝毫没有听懂我们的对话，他说：“先生们，看看总统奢华的府邸吧。他明知我们快要饿死了，只要我们还有利用价值，他就仍想压榨我们。”

这个人给我留下的印象不怎么样，但我努力想表现得大度一些，因为对方毕竟只是一个瘦弱的、脏兮兮的家伙，穿着用装糖的袋子做成的衣服，最重要的是他身处绝望之中。我向他挤出了一个悲伤的微笑，便按照先前的约定再也没有开口讲话，就像一颗在聆听风声的石头，其间我一直牵着丹尼尔·笛福的手。

爱德华·哈洛韦恩醉倒在了这偷来的一夜里，所以他并未注意到我和丹尼尔·笛福的亲密举动。回宫殿的路上，他一门心思地向我们描述自己遇到的哲学难题，以至我们在一旁表达的思想、交谈的话，他都丝毫没有听进去。他说他正面临着一次认知危机。他希望自己能做出选择：是成为男人还是成为女人，他会坚决地按选定的身份活下去。选择其中一个，甚至两个都不选，这两种选择都很艰难，因为这意味着他只能是一种性别的人，这对任何人来说都是难以承受的重压，对精神敏感的诗人来说尤其如此。这看起来的确是个问题，不过他随后就忘记了这件事。

当我们安全返回宫殿的拱廊和藤架处时，爱德华·哈洛韦恩突然消失了，留下我和丹尼尔·笛福独处。我想邀请他去我的房间，但突然又觉得这会令他违背对安娜·格洛丽亚的誓言。我非常尊重这一誓言，因此感到了无比的忧伤。

我说：“时间的脚步一刻不停。无论我是否留心，生命总是在消逝之中，随即就化作历史，面目全非，就像沙漠中的木乃伊，没人知道它过去真正的样子。”

丹尼尔·笛福一言不发，穿透黑暗，凝视着花园中枯萎的植物。

我说：“亲眼看见这个世界被一次次吞噬掉是什么感觉？”

“我感觉16世纪漫长无比，17世纪却像一日狂欢，在炎热的天气中吵吵闹闹，很快就走到了尾声，之后到来的18世纪，就像在晚餐前去花园里溜达，19世纪则是一杯花草茶。从那以后，所有的日子都转眼就过去了。”

“让你长寿的真是现代医药吗？看起来时光在你身上反而倒流了，你越来越年轻。你长寿的秘诀是什么？”

“根本没什么秘诀。失眠的时候就吃肉豆蔻，扁桃体发炎时就吃锡兰肉桂；最好能吃驼峰上的肥肉，如果能抓到大鹏，就吃它的肝脏；能找到多少疫苗，就注射多少。当然，肯定还有对安娜·格洛丽亚的渴望，它让我坚持活下去。但是我的公主，现在我不得不向你道晚安了。”

我陪他走到了骆驼圈的入口，大门似乎在黑暗中打着哈欠。丹尼尔·笛福亲吻了我的手后便进去了。我站在门外干燥的沙漠中，漫天繁星都注视着我的孤独。此时他养的猫咪从黑暗中露出头来，我也只有克里斯托弗·斯马特可以聊一聊了。我拍了拍它，它发出了舒服的呼噜声。

2016

第二天早上我们来到了码头，老水手认识的一位男子借给了我们船，是一艘小小的拖网渔船，可以在驾驶室里开船，在瞭望塔上也能操控渔船的方向。阿扎尔已经把藏宝图打印出来了。

老水手说："现在我来给你们讲一讲这种探险需要做哪些准备工作。首先要准备木薯面包，这种面包比其他面包更耐热、耐湿。当然有木薯啤酒更好。之后再准备一些鲜肉和火腿。如果可以的话最好再准备几匹马。我在墨西哥曾经拥有过一匹叫小理查德的马，那匹马真是太好了！骑着马和人打仗会更安全，因为印第安人看到这种可怕的怪兽时总会不由自主地投降。他们相信马和马背上的人是一体的，就像一种半人半马的生物。"

阿扎尔说："我们只去一天，对吧？"

"现在该说饮用水的问题了。我们有一保温瓶的水，还有这几瓶低卡路里的饮料。"

他买了一箱叫"淡水"的东西，包装纸上写着"纯天然手工酿造的功能性饮料"，其实就是装在塑料瓶子里的带香味的水。他买了覆盆子味、草莓罗勒味、龙蒿蓝莓味和原味的水。

我问："原味的水？"

"就是水味儿。"

"你喜欢这种东西？"

“我喜欢，阿四也喜欢。”

“我才不喜欢。”阿四说。

“你喜欢。”

阿四想了想。“我喜欢草莓罗勒味的。”他说。

老水手已经从昨晚痛苦的折磨中恢复了不少，但他现在的状态还不太稳定，稍不注意就会陷入一种恍惚之中。沉默了几分钟后他终于开口：“我不是在胡言乱语吧？”

阿扎尔说：“你什么都没说。”

“但如果我刚才的确说话了，我是在胡言乱语吗？”

我的情况也没有好转。我睡在闷热潮湿的帐篷里，就像裁缝用的塑料假人，因为吃了绿色药片，我无法完全清醒过来。我喝了整整三杯魄茶，但这没有什么作用。我只能眯着发红的双眼，顶着一头乱糟糟的头发，双颊凹陷如同死人。如果我长时间坐着不动，大脑就会停止思考，如同熄了火的汽车发动机。

我们乘着小船缓缓驶离码头，向北开去，然后来到了几座长满茂密红树林的小岛前。其实它们不是岛，小树林和大片的红树林都是直接从水里冒出来的。这里没有泥土，也没有岩石地面。显然这些树木会随风摇摆，甚至会被连根吹走，因此在地图上根本标记不出它们的具体位置，老水手恍惚中画在墙上的藏宝图里，没有一棵树的影子。我们要找的是一座真正的岛屿，弧形的地面上是珊瑚岩，上面铺着土长着树，还有一座卡卢萨人*的小小贝冢。我不相信老水手能找到这座岛，

---

* 卡卢萨人（Calusa）：佛罗里达西海岸上的印第安人。——编者注

但是凭直觉我相信阿四可以。阿四正弯腰站着，扫视着地平线，脖子上挂着的键盘随风摆动，手腕上戴着牙齿串成的手链，即使周围的气氛如此祥和，他还是散发出一种攻击性。

与此同时，阿扎尔和老水手在船尾愉快地聊了起来。阿扎尔举着机器拍摄，他已成了一位勤劳的纪录片工作者，而我在这个项目里的角色看起来已经无足轻重了，不过我本人倒是对此很乐意。

老水手说："我还在想另一件事。你看到超市里卖的可可豆了吗？"

阿扎尔说："那是阿兹特克人的健康食品*。"

"当然！你想想，你可以买一些可可豆，例如买上 100 粒，只要花 10 美元，对吧？"

"对。"

"但是在墨西哥，你可以用 100 粒可可豆买到一件美丽的刺绣斗篷。现在你算一算，这件刺绣斗篷能卖多少钱？说不定能卖 100 美元呢。你明白我的意思吗？"

"你可以利用这一点赚取差价。"

"用 10 美元买 100 粒可可豆，用 100 粒可可豆换 1 件斗篷，斗篷可以卖 100 美元。用 100 美元买上 10 袋，就有了 1 000 粒可可豆，能换来 10 件斗篷，卖出 1 000 美元。用 1 000 美元买来 10 000 粒可可豆，换来 100 件斗篷，然后卖出 10 000 美元……以此类推。"

"只要再倒卖两回你就是百万富翁了。"

* 阿兹特克人：14 至 16 世纪生活在墨西哥中部的印第安人，创造了阿兹特克文明。印第安人将可可豆碾碎食用，用可可豆制作的巧克力，最初就是印第安人的饮料。——编者注

“你们在说什么？”我问，“斗篷？”

“对，斗篷。”

阿扎尔说：“我们想靠斗篷和可可豆发家致富。”

阿四突然用沉着冷静的口吻说：“你说的都是墨西哥过去的事情了，那个地方早就在你的掺和下被毁掉了。”

老水手听罢陷入了沉思，然后不屑一顾地摇了摇头说：“当然，你还需要一些启动资金，例如往返墨西哥的机票，但倒卖几次，就能把机票赚回来了。等我找回财宝后，也许就可以这么做。”

大约一小时后，在海湾深处，我们看到几个坐在小船上钓鱼的中年男子。我感叹于他们的宁静祥和，但老水手紧张起来。

他说：“把你的衬衫给我。”

“我的衬衫？”

“难道让我用阿扎尔的衬衫吗？他那件是白色的！难道你希望投降？”

我的衬衫是红色的，于是我递给了他。

“不用给我，爬上瞭望台挥舞它就行。”

正当我挥舞衬衫的时候，老水手开始用冷漠的声音念诵：“我代表国王堂·费尔南多、疯公主堂娜·胡安娜、来自卡斯蒂利亚－莱昂的王后发言。他们是荒蛮之地的征服者，作为他们的仆人，我们在此知无不言地告知你们，吾主上帝，永生的神明创造了天地，创造了一个男人和一个女人。你和我，以及这世界上的每一个人都是他们两个的后代。但是在过去五千年里，繁衍出来的后代人数众多，因此有人应该走这条路，有人应该走那条路，世界应分为很多国家和地区，因为一个国家已容不下这么多人了。”

他的声音太小，钓鱼人恐怕都听不到，过了一会儿他似乎不知道该说什么了，就闭上了嘴。

“我不记得下面的词了。”

阿扎尔说：“没关系，我觉得你已经把该说的都说了。”

“必须把所有的内容都说完，不然声明就没有法律效力了。”

“我们会给你做担保的，告诉他们你全都说完了。”

“我记得这个，”我说，“我知道这个。这是西班牙的《占领声明》。他怎么会知道这个？”

“算了，”老水手说，“这从来都不重要。这与其说是法律，不如说是把戏。”

过了一小会儿我们离那艘船已经足够近了。我们上前打招呼，对他们说“早上好”。他们也回了“早上好”，其中一个人问我们有没有抓到什么。

老水手说：“如果你们有谁想加入我们，不用害怕，尽管来吧；但是如果想反抗我们，就是死路一条。”

他们都和善地笑了起来，其中一个人问：“你是个海盗吗？”

老水手跳进了清澈的水中，这里的海水只有 2.5 米深。他用一种让人意想不到的优雅泳姿向那艘船游去。他们把他拉上船，夸奖他出色的游技。老水手表示了感谢，然后抓起一只铁桶，砸向了其中一个人的头。老水手没有特别使劲，但那个人的脸顿时失去了血色，坐下来用手抱住了头。他的同伴们觉得有趣极了，拍了拍他的后背。

“真糟糕啊。”其中一个人说。

另一个人对我们说：“我爷爷也曾经这么干过。”

阿扎尔问：“你爷爷是个海盗吗？”

受伤的那个人把头埋进了膝盖，嘴里说着“哎哟”。

爷爷是海盗的那个人是一个高大的男子，面色泛红，穿着波士顿凯尔特人篮球队的 T 恤衫。他说：“他没事的。对吧，斯坦？”但是斯坦没说话。

“斯坦！斯坦尼斯拉斯！哦，他没事，不用担心他。”

老水手正在往口袋里塞鱼饵和其他东西，他把整个钓具盒啪的一声关上，然后举起来扔到了海里。钓鱼者们赶紧把它捞起来，收回了其他东西，但留给了老水手一个艳黄色的鱼饵。我还在瞭望台上，手里攥着衬衫。阿四走到了方向盘（谁知道那东西叫什么）旁，将我们的船向对方的开近。

“小伙子们，你们俩最好快点儿把他带走。”穿着凯尔特人队 T 恤衫的那个人说。接着，他第一次注意到了阿四：“哇！键盘很酷嘛，老兄。”

很快我们又开走了。老水手似乎认为他刚才那番模仿海盗的行径很成功，我们都被折服了。我们赞美了他的泳技，还有他让被打劫的人甘愿献上战利品的优雅姿态。但是当我们靠近另一艘船的时候，老水手告诉我们他还偷来了一只书包，没沾上水，里面有一块手表，还有几百美元的现金。

他说：“我拿其他东西只是为了分散他们的注意力。”

这话引起了一番骚动，但是大家最终都没说什么。我向水面看去：红树林小岛、水鸟、泛着深蓝色波光的航道，海草里甚至有只海牛探出了头。这里风景迷人，我试着想象，我正在注视着500年后切萨皮克湾*的一隅。

我说："你从没告诉我们你当过海盗。"

"那我就来讲讲这段经历吧。海盗的生涯一般只有两年，这两年你豪饮、偷东西，但知道自己最终会被抓住。这种感觉令人厌恶，如同在世界末日到来之前努力狂欢，充斥着泪水和不羁，这就是海盗生活，因为每个晚上都可能是你人生的最后一晚，而第二天早上你就会被处以绞刑。"

"那人们为什么还要当海盗？"

"当什么还不是一样？当商船上的水手也没有好到哪儿去嘛。海盗船上船员众多，每个人都会贡献自己的力量。当然里面也有孩子，应该说大部分人都是孩子。他们不知道自己会死——他们知道自己总会死的，但不明白这意味着什么。"

"你没有死。"

"但我的确在新门监狱坐了一段时间的牢，直到我终于说服他们我只是一艘商船上的水手，被迫当了海盗——这种情况屡见不鲜。毕竟我已经是个老人了，他们还能说些什么呢？没有人愿意承认他们会害怕我这样一个老人。我经常利用自己的年龄获益。年龄总能帮上我的忙。"

我说："可能我也该当个海盗。我常常觉得我不应该甘于平静的生活。我正在忍耐这种生活，但脑海中充斥着这样的念头：我是为不朽和

---

* 切萨皮克湾（Chesapeake Bay）：美国东海岸中部海湾。——编者注

毁灭而生的。”

老水手说：“所有的小伙子都不免有这种想法，甚至女孩也不例外，连我都是如此。在我遥远的青年时代，我也是这么想的。不过事实证明，我的确是为了不朽和毁灭而生的。”

航行两小时后，阿四抬头看了看太阳——准确地说是用肉眼直视着太阳，问：“现在几点钟？”

阿扎尔回答：“上午11点。”

阿四研究起了地图。

他说：“岛在这里。”

那座岛真的在这里，比周围的岛都要高一些，大约比海面高出了2.5米，岛周围环绕着红树林，但是岛上也有几片真正的森林。

阿扎尔说：“能挖挖东西挺好，舒展一下身体。”

于是我们抛锚，涉水上了岸。这座岛比我预想的大一些，至少有80亩原始热带森林，里面有裂榄木、桃花心木、沙滩灌木，还有高大的无花果树、银棕榈。散落在脚下的叶子踩上去脆生生的，野生的咖啡花正在绽放。我看到了一只蓝蜗牛。

老水手说：“这就是铁梨木。它可以用来治病，这还是阿四教给我的。对吧，阿四？”

当时我们对找到财宝一事未抱任何希望，只是随意走着，漫无目的。但我们还没动手开挖，老水手就让我们先等一下。他向前走了几步，从沙地上捡起了一个小雕像，一个猫脸女人身的雕像。

他说：“不对，这不是那批财宝。”

242 × 2016

他失望地拍了一下大腿，一屁股坐在了沙地上。

“孩子们，忘了这件事吧。真是对不起，我们白忙活了。”

我们都盯着这尊神秘的雕像，它已经严重风化了，但仍能看出它颇具艺术性，风格独特。

阿扎尔说：“看起来像个古董，而且它恰好出现在了你说会有财宝的地方。”

阿四正在周围四处挖洞。他找到了一个生锈的金属盒子，上面的锁已经坏掉，里面装着磨损的护身符一类的东西，还有一张鬼脸面具和另一尊雕像，雕的似乎是鸵鸟。

阿四问：“这是什么？”

“肯定是‘黄金国’的东西，这是卡拉瓦鸟。”老水手说。

“‘黄金国’的东西？”阿扎尔问。他正盯着摄像机上的取景器，想问几个问题，让老水手打开话匣子，但他的问题显然没什么深度。

老水手说：“当然了，是‘黄金国’的。”

阿四问：“那些硬币去哪儿了？”

“我不知道。对不起。”

“没关系。我从来不在乎那些硬币。”

“但我还是很抱歉。你相信我，才把它们交给我保管。”

阿扎尔说：“我不明白究竟发生了什么。”

但没有人听他说话。阿四正在仔细研究沙地，我一下子无法消化这么多信息，以至大脑超负荷运转，接着停止了。

阿四说：“别那么过意不去。你可以把这些东西卖给某个博物馆啊。”

“是啊，”老水手说，“应该可以。”他似乎又振作了起来。

“你还记得那个帮我们偷硬币的孩子吗？”

“不记得了。”

“我对他还有点儿印象。我觉得他是个突厥人。”

“他才不是突厥人。”

他们两个站在一起，开始抽丝剥茧回忆往昔。我和阿扎尔插不上话，沉默不语。

老水手告诉我们：“但是我没有偷这些东西。”

阿四说：“现在这些都不重要了。”

“对我来说很重要。这批财宝不是我偷来的，是一位女神赐予我的。”

1560

进入安那齐托城后，我们并没有找到用黄金铺顶的房屋，也没有找到掺了珍珠粉的面包，更没有找到每天清晨往全身涂满金粉、进行沐浴仪式的国王。我们也没有找到白种印第安人，或是对基督教有些许了解的印第安人。

我们没有找到我记忆中的那座城市。

我们把双桅船留在上游的河滩上，沿着白色的大路行走。我们没有遇到任何障碍，甚至没有阻挡我们的大门。我们看到了巨大的土丘，这里曾经和秃子的头顶一样寸草不生，现在却零星地长着几棵树。我们看到了许多水道和溪流，有些被引到了木薯田中，有些被用来冲走污物，有些已经彻底干涸。鱼塘里也没有水。在阳光刺眼的白色广场上，玛卡树已经死去，无花果树肆意疯长，树根甚至顶起了铺路的石头。空气中飞舞着许多苍蝇。此时刚过中午，有几条街上出现了衣冠不整的醉汉，但更多的街道上空无一人，很多房屋已经开始倾塌。市场中售货的女人没有可以出售的货物。他们或许对我们有些反感，但并不惧怕。

我目睹了这一切，这是一座正在腐烂的城市，但皮拉奥人不会认为这座城市正在腐烂，因为在皮拉奥文化中，将现存的东西与更早之前存在的东西进行比较是不合适的。那些基督教徒也没有意识到这座城市正在腐烂，因为对他们来说安那齐托城根本不存在，呈现在他们眼前的是一座美丽的白色城市。他们看到的是“黄金国”，是人间天堂。

米格尔·奥雷哈感慨道：“这可真像阿玛迪斯的故事里的一个梦。”

这就是我出生的城市。我不会想起它，但它一直萦绕于心。这座城市不会毁灭，又终将毁灭，也许已经毁灭，世界上已经没有我的家了。

我们继续向城市里行进，但是什么都没有发生。我们伫立在白色的广场上向四周望去，默默等待着。空气呈现出印加豆的颜色。这里的美洲鬣蜥数量众多，我好奇，这是因为人们已经忘记了该怎么吃美洲鬣蜥？还是因为人丁稀落，人们捕猎的速度已经跟不上美洲鬣蜥孵化的速度了？很久都没有人来和我们搭话，最后终于来了一个疯子。他讲话语无伦次，乱糟糟的头发上都是猴子血。基督教徒们认为他是一个神职人员。我告诉他们，安那齐托城并没有神职人员，也没有宗教仪式，更没有神明。我试图让他们明白，安那齐托城与他们的世界截然不同，但我知道在他们眼中只有一个世界。

这就是我出生的城市。我曾经是这些人中的一员，但现在我已经忘记该怎样去看他们了。我只能看到他们的一部分，看不到全貌。一个老妪在我眼中就是一件棉布衣服和一对发黄的门牙；一个挨饿的小男孩在我眼中就是眉毛和肩胛骨，不会让我联想到我的童年，虽然我时常会回忆起那段时光。我没有想起放在篮子里的宠物猴、炖貘或是我在院子里挖出的旧陶器碎片。我也没有想起父亲教我如何为花园培育黑土的日子。我不去想这些事，因为回忆久远的过去是不对的，久远的过去已经不存在了。这些事都发生在一个名叫夏珂的姑娘身上，但她已经消失了，现在的我是马利亚。我既不是皮拉奥人，也不是基督教徒，我谁都不是。我不会想起这些事，也不会想起其他事。我就像一只被果酒灌醉的猴子一样愚蠢。

但是现在没有时间思考这些了，也没有时间在城中游览、感叹它的败落了。现在我们必须执行政治任务——将这些印第安人变为基督教徒。我们必须宣读《占领声明》。米格尔·奥雷哈兴奋得上蹿下跳，嘴里唱着歌，他的胡子本身就像一首又长又下流的水手之歌。

我试图向他们解释，这座城市中没有可以推翻的政府，没有可以与之商议谈判的国王、法官和市长。这座城市的运作方式和基督教城市大相径庭，而且看起来已经丧失了基本秩序。但是基督教徒听不懂我的话，为了让他们理解，我领着他们去见期颐会的人。期颐会这一团体由每个家庭中最年迈的男性组成，每逢月相变化，他们就趁着夜色聚集在屋子里议事。他们手中并无权力，因此虽能建言献策，但建议并不会被采纳。他们只是一群老人。我带着基督教徒来见他们，只是因为没有其他人可见了。

米格尔·奥雷哈却很高兴，他告诉我期颐会是这座城市的管理机构。他确信只要我向他们阐释了基督教教义，他们就会立刻自行创造出一个全新的基督教政体——"黄金王国"，这里的居民都将在上帝的眷顾下以兄弟姐妹相称。

于是我开始阐释基督教教义。我说："在天空之上有一个男人，他创造了这个世界。他有一个妻子，从未被其他男人侵犯。她的名字是马利亚。这个男人将自己的儿子钉在树上。这件事年代久远，已被遗忘了。"

一个老人重复着："马利亚。"

他微微扬起下巴，转向我。此前告诉过他们，我叫马利亚，他们以为我在讲自己的故事。

“是的。”我说。

他自言自语道：“她就是马利亚，是她的丈夫创造了世界。”

这一切都毫无意义，仅仅是一个玩笑。在皮拉奥文化中，只有当事人健在时，故事才具有可信度。但如果所有的当事人都去世了，故事便再也不会被人讲起。一尊精致的耶稣受难像是用来向受到迫害的上帝进行祷告的媒介，但耶稣受难这件事发生得太早，世上已经没有亲眼见证过它的人了。皮拉奥人怎么可能理解这一切呢？就算他们可以理解，也会认为这不合常理。只有基督教徒会对物件顶礼膜拜，对皮拉奥人来说，膜拜物件是毫无意义的。

我本以为期颐会的老人们听罢会哈哈大笑，但他们没有。因为他们知道，应该对基督教徒感到恐惧——这些教徒既陌生又可憎。我此时才得知这座城市经历了什么。老人告诉我，当年，第一次有挨饿受伤的基督教徒来到这里时，正好赶上瘟疫爆发，可以治愈世间一切疾病的皮拉奥医师对此束手无策。瘟疫过后，城市就凋敝如斯。现在皮拉奥人逐渐意识到，基督教徒本身就是瘟疫。我问皮拉奥人会采取什么对策，他们却无法理解我的问题。他们什么都做不了。我问他们是否觉得瘟疫会再次袭来，他们指着那些基督教徒说，不是已经来了吗？

对皮拉奥人来说，只有发生过的事情才是真实的；对基督教徒来说，没有发生的事情才是真实的，才蕴藏着真理，真理无处不在，真理是不可知的。我深知他们根本不可能相互理解——就连这一点，也没法让他们达成共识。

我离开了米格尔·奥雷哈和那个老人，米格尔·奥雷哈试图对他讲西班牙语。我穿过城市去寻找丹尼尔·笛福。我看到每个圆形的广场旁都整齐地排列着房屋，但房顶都塌陷了。我对自己说："你是马利亚，不是夏珂。夏珂再也不在这里了，她的苦恼从来没有在这个世界上存在过。"

彼时丹尼尔·笛福正在市场里，向一位妇女购买扎扎饼，那是一种用老鼠肉和木薯做成的食物。他咬了几口，感叹这是他此生吃过的最美味的东西。

他说："就算我活上一千年，也吃不上这么好的东西。"

他没有吃完。他站在阳光下，但身上没有一滴汗。

"我现在明白了，根本就没有什么财宝，你肯定早就知道了。你骗了我！"

"一切都不同了。是我的错。"

"我原谅你。但我们怎么回西班牙？我该怎么去找安娜·格洛丽亚？"

"你要寻找她所在的那个世界，只有用那里的语言，才可以叫出她的名字。如果找不到她所在的世界，就算你看到了她，也不会认出她。"

他说："这个建议很有用。"然后笑了起来，摇了摇头。

"要是她现在已经离开了西班牙怎么办？她可能在桑给巴尔、阿希姆，或者果阿。我每晚都梦到骆驼和沙尘。这意味着什么？是指她在亚丁吗？"

日落时分，人们开始聚集在中央广场跳舞。我很想知道皮拉奥人会不会为了控制瘟疫蔓延而谋杀基督教徒。不过他们并没有这么做，只是跳舞。在我看来，广场上只有一条条腿、一条条棕榈树果实穿成的项链、布满皱纹的胸脯和强健的下颌。这里也有地位低下的妓女，不同的是她们把牙齿染成了黑色。起初基督教徒拒绝和她们共舞，因为他们觉得这些音乐中充满了盲目崇拜，但很快他们就被腰果酒灌醉了。皮拉奥人很推崇醉酒，我从来都无法理解这一点。

很快大家便醉倒了，欢声笑语不绝于耳。宴席上有电鳗、巴西坚果、食人鱼、水獭、凯门鳄和西番莲。我吃了当地的野猪肉，这是一种生长在森林中的野猪，名叫巴霍斯。我想起了身在圣伊内斯的市长。这世上并没有什么好笑的事，但除了我以外，人们全都大笑起来。只有我觉得这一切是如此不真实。那些基督教徒边大笑边唱歌，米格尔·奥雷哈则一边赞美上帝，一边往嘴里狂塞扎扎饼。他现在感觉身处天堂，这个天堂与他之前构想的一样美妙。丹尼尔·笛福也乐在其中，他想着桑给巴尔，已经开始期待在东非与心上人重逢。

这场狂欢持续了好几周，处处充斥着欢笑、腰果酒、扎扎饼和舞蹈。米格尔·奥雷哈已经胖得穿不上铠甲了，副主教得到了可以让他双臂重生的药。这是一场侵略，它成功了，也失败了。它让我们每个人都变成了现在的样子：满口嘟囔着毫无意义的字句，嘴唇油腻泛光，腮帮子鼓鼓的，里面塞满了老鼠肉。

而我所看到的，只是行将就木的人、黑色的牙齿、棉布条做的衣服，还有将市郊割裂的森林。

真理是已经发生的事情。世界就是它所展现出来的样子，它充满了数字和神明。很快，这个世界就不再适合皮拉奥人居住了。这就是真理，这就是发生的一切。

2200

我们一刻不停地向前走着。我感到很疲惫 但海岸的景色很有趣 空气清新 鸟鸣悦耳 而且我的小帮手小猫咪克里斯托弗也坐在了我的头上。有一天我惊讶地意识到 我已经不再想喝玉米威士忌了。玉米威士忌在我身上撕开了欲望之洞 这个洞只能用更多的玉米威士忌填满 所以如果我不再喝酒 身上的这个洞也就愈合了。看来是海难解决了这个问题。真不可思议。我再也不阴沉低落了 感觉就像被施了魔法一样。我对自己说 我是一个探险者 我是一个乐观的人 是疯狂的卧室骑士丹基诃特的帮手。

我们正在向圣奥古斯丁进发 老丹尼尔管那个地方叫圣布伦登。我们还要去城外不远处挖出安那齐托城的财宝。我现在突然对财宝这种东西迷信起来 不知道为什么会这样。你看 我对财宝很执着 我坚信它可以改变一切 但现在一切已然被改变了。可是我现在感觉不错 我不希望现在的状态再被改变。老丹尼尔说 没有什么会被改变。我说 会改变的。他说 不 你必须相信我的话 我曾经得到又失去过很多财宝 但是什么也没有改变。我说 改变了 这个世界毁灭了。他说 对 这点你说对了。我说 你看吧。他说 我觉得你仍然希望得到那笔财宝。

行进途中船长一言不发 他努力迈开脚步 非常疲惫。桃子们却精神百倍 充满毅力 从不停下来 甚至在我们休息的时候 他都在不停地绕着我们转圈 眼球转来转去 脑袋摆来摆去 就像罐头里不停打转的豆子。即使已连续走了好几个小时 他也还没有恢复平日的模样。老丹尼尔说 哦 不 哈哈哈 可怜的桃子们还得熬上好几天呢 他应该在发疯之前就想到这一点的。

一路上老丹尼尔还会给我们讲佛罗里达的故事。他说 很久很久以前 这里是个非常美好的地方 人们从不同的地方涌来躲避寒冷和降雪。我对他的话深信不疑 因为我曾亲眼看到过一次降雪。当时我还是一个年纪很小的男孩 但是我清楚地记得当时有多冷 甚至冷到了可以冻死人的程度。很多树木植物都被冻死了 大雪持续了三个小时 但第二天天气又炎热了起来。老丹尼尔说 设想一下隆冬时节整个波士顿都被雪覆盖 大雪堆积到了最高的建筑物的房顶 人们通过雪地里的管道四处穿行 他们以海豹 海象 虎鲸为食 它们体格强壮 脂肪堆积得很厚 寒冷根本伤害不到它们 最后这些人就像被他们吃掉的海豹一样耐寒。我说 因为他们是富人 所以他们才那么肥胖。老丹尼尔说 是的 而且他们还摄入了化学试剂 因为他们爱死食品添加剂了 你以后也会喜欢的。我问 食品添加剂。他说 很好吃的。我说 我相信。他说 还有一件事 他们的生活中充斥着太多的电子光 所以丧失了在黑暗中看清事物的能力。

我问老丹尼尔 他们会不会给我讲佛罗里达独立的事 毕竟我自己也独立出来了 我对独立和分离很感兴趣。老丹尼尔问我 你指哪一次独立 他们独立过很多次。我说 那就讲讲最近的一次吧。老丹尼尔说 那一次没什么好说的 是合众国同意它独立了。我问 当时你正好住在佛罗里达吗。他说 是的 但我当时没有意识到它独立了。我

252 × 2200

说　那是因为没有爆发战争。他说　不　因为这在当时不算大事　当时有更麻烦的事　比如德韦恩龙卷风　以及和中国的机器人战争　还有很多其他的灾难　有上帝降下的灾难　也有人类引发的灾难。我说　你说什么　你信仰上帝吗。他说　我当然信了　我信上帝　信佛　信沙棘盖　还信森林之神南华。我问他　那桃子们呢。他说　对　我也信桃子们。我说　我的意思是桃子们就信仰上帝　但你因为这一点给他下了毒。老丹尼尔说　不是的　桃子们重复着耶稣的名字只是因为他疯了。现在我们都转头看向桃子们　他毫无疑问疯掉了　他正嚼着自己的手。他的手鲜血淋漓。

老丹尼尔对这个国家十分了解　但他说一切都变了　因为这里再也无法产松木了。船长说　这里现在已经变成了大西洋沼泽森林。老丹尼尔说　好吧　估计就是这一点不一样了。这里的确变成了沼泽　因为这里只有绿树水草　而且只有一种鸟　是一种黄蓝相间的鹦鹉。这里还遍布虫子　它们在我们的身上脸上肆意咬着　我们浑身都是伤口。甚至连小猫咪克里斯托弗都被咬了　但它有猫毛保护　所以没有我们这么狼狈。

有时会出现被藤蔓植物覆盖的老建筑。还有的时候我们会看到沉在泥水中的地基　因为海水曾经上涨淹没了海滩　缩短了岛屿的海岸线并淹没了海滨区域的财产。我看着这些沉在烂泥里的地基　开始想象很久之前人们在这里生活的样子　想象一下　你亲口告诉他们在不到两百年的时间里　他们的房子就只会剩下水泥碎屑和淤泥。这是你曾经的花园　现在也不过是沼泽和淤泥。这些巨变的确很不可思议　但我想起老丹尼尔说一切又变回来了。更不可思议的是　这些事情总是循环往复地发生着。

我和老丹尼尔很快就要和他们分开　去寻找埋藏的财宝了。船长不相信有财宝这回事　但就算相信他也得履行义务前往圣奥古斯丁。他会带走桃子们　因为我们不知道该拿桃子们怎么办。我们猜想船长会把桃子们托付给一家教堂。这些计划让人沮丧。我们在一片干燥的空地上停下来吃莓果时　船长告诉我们他的脚上有一只寄生虫。我说　是什么虫子呀。他说　是线虫。我问　它在你的脚上。他说　对　它藏到我的皮肤下面了。老丹尼尔问　你确定吗。船长说　这种事我至于开玩笑吗。老丹尼尔说　很好　我们必须去森林里找瓦剌卡草把你治好。船长听罢看向桃子们　想观察他服用了老丹尼尔的药后有无起色。然后他说　我把虫子挖出来就好。他还带着刀　刀就挂在他的腰带上　现在他开始用刀剜自己的脚。老丹尼尔说　哎呀　告诉你一个坏消息　伤口在这种温热潮湿的环境下是不会愈合的。船长突然非常愤怒　他骂了一句说　我知道我在做什么　你个破老头儿。

但是老丹尼尔是对的　到了早上船长的脚已经肿成了原来的两个大　就像一只长着脚趾头的南瓜。船长说　脚肿是因为线虫　不是因为他用刀剜了脚。老丹尼尔说　你走不了路我们该怎么办。船长坚持说　我可以走路。老丹尼尔说　你走不了。船长说　我可以的。很显然他的确走不了路。他连站都站不起来。

我们不想抛下船长　所以我们在这片土地上静待　看他的脚会不会好转。但他的脚非但没有好转　反而肿得更厉害了　现在已经变成了长着脚趾头的西瓜。我问　为什么他的脚趾头没有肿起来呢。没有人能回答这个问题。我们所在的地方偶有阴凉　但这里的蚊子太厉

害了　我甚至都难以用言语形容。再加上还有其他的飞虫　跳蚤　恙螨　蜜蜂等等　叮咬我们的腋窝。在这段时间里桃子们渐渐恢复了自我意识　因为现在他问我们　我在哪里。老丹尼尔说　你在佛罗里达。桃子们说　哦　但是之后他又问了一遍　我在哪里。这次我们全都选择无视他。虽然发生的这些事很难让人保持积极的想法　但是我努力了。

之后有两名男士和一名女士乘着小舟驶过了我们身旁。老丹尼尔过后和我们说　他们是非常典型的佛罗里达人。我们问他们　现在离圣奥古斯丁还有多远　或者还有没有比那里更近的城镇　现在船长需要帮助。船长挥舞着手臂高喊　我没事。他的脸色煞是苍白　有密密麻麻的叮咬痕迹。那位女士回答　从这里到圣奥古斯丁不到8千米　她的皮肤是小麦色的　脸上布满了皱纹　就像有人在皮制包具上画了一张脸一样。船长说　我他妈的能走。老丹尼尔问　你们来这里做什么呢。船上一位个头较高的男人问　老爷爷　你觉得我们看起来像在做什么。老丹尼尔说　我就是因为不知道所以才问的。那个男人说　我们不是出来游玩的　我们正在捕短吻鳄。他拉开了一块毯子让我们过目。下面是一条至少有1.5米长的短吻鳄　它长着深色的鳞片　粉色的嘴和骇人的牙。老丹尼尔说　哦　这还是只幼崽呢。那个男人生气地大声说　怎么是幼崽　它这么大个儿　你仔细看看它。老丹尼尔说　过去短吻鳄可以长到9米　就是从这艘船的船头到那艘船的船尾那么长。男人说　好吧　这位老人家　你说得对　然后他笑了起来。老丹尼尔说　好吧。

我们和这三个人一起吃了些雅卡面包。他们还带了腰果酒　但我

说 谢谢 我不喝酒 真的不喝 谢谢 并对自己感到骄傲。虽然经历了一系列挫折 我的兴致却突然高涨起来。但船长还是喝了些腰果酒 这个可怜的家伙开始狂笑 然后呕吐起来。之后老丹尼尔突然想到应该试着问问他们安娜·格洛丽亚的事。他说我正在寻找一个女人 你们可能认识她 她叫安娜·格洛丽亚。女士重复了一下这个名字 安娜·格洛丽亚。老丹尼尔说 我记得她好像在图书馆工作。船上的胖男人说 我不认识她。

船长突然开始大喊大叫起来。他试图引起我们的注意。我们问他 怎么了。他说 现在吃着喝着 我们已经偏离了谈话主题 我可以正常走路 我们最应该问的就是圣奥古斯丁在哪里。女士又重复了一遍 距离这里不到8千米 她对圣奥古斯丁的方位了如指掌。船长说 真是太棒了 我的折磨终于到头了。

那个胖男人正盯着桃子们看。他说 这个家伙现在也不太好。我说 对 桃子们现在的情况的确不太好。胖男人说 我从你手里把他买下来吧。我说 不行 我们不卖他。老丹尼尔说 你们稍等一下 让他把话说完 说不定最后咱们能把他卖掉呢。胖男人说 你们最好抓住这个机会 不然我保证你们以后肯定卖不出去。我坚持说 不 我们不会卖他的 这件事就到此为止吧。胖男人说 好吧 我也只是问一句 你刚才说他叫桃子们。我说 对 他叫桃子们 不是桃子。他说 有意思 我曾经认识一个叫燕麦们的人 你确定你不想把桃子们这家伙卖了吗。我说 我确定 我不会卖的。

很快他们三人就离开了 他们说自己非常喜欢佛罗里达 因为那是最好的国家 那是一片充满自由的土地 而且不用缴纳碳排放

税。尽管这里的天气非常炎热 但船长开始发抖。我们在这里待了两天 以沼泽昆虫为食 之后老丹尼尔把水上的一些烂泥拨开 我和桃子们把这些烂泥都吃了。老丹尼尔说 是不是味道很好 虽然他自己一点儿也没吃。他说 这是墨西哥的食物。我说 的确很好吃 毕竟我不想伤害他的感情。但其实这是我吃过的最难吃的东西。

第二天我说 好吧 我们的计划是什么。老丹尼尔说 嗯 船长可能会死。我说 什么。他说 是的 他可能会死 你还记不记得你问过我 如果我能从过去带来一样东西我会带什么 现在我想到了一个新的答案 我会带抗生素。我说 波士顿就有抗生素 但是不管用。老丹尼尔说 过去抗生素是有效的 就像有魔力一样。我说 那抗生素和益生菌是一个东西吗。他说 是的 差不多 但你服用抗生素之后 如果它们进入了错误的地方就会杀死益生菌 你看船长的脚上就有益生菌。我说 脚上有益生菌可不是一件好事 益生菌最好待在腹腔里。他称赞我 你说得太对了。我说 那我们能做些什么呢 我们又没有抗生素。老丹尼尔说 我也不知道。我说 也许森林里会有含抗生素的树叶 你提到过瓦剌卡草。他说 我正在找 但是我还没有找到。我说 你不知道其他类似的树叶吗。他说 我只知道这一种 过去阿四教我的时候我真该认真些 可恶 真是可恶。

现在船长像桃子们一样陷入疯狂了。在来这里的路上 我们发明了一个词“疯狂如桃”。老丹尼尔笑着说 别吃那些莓果 你会疯狂如桃的 哈哈哈。但这是后话了。现在船长正在发疯。他说 去他的树 去他的虫子 我他妈的会走路 别碰我。小猫咪克里斯托弗小心翼翼地躲着他。他和桃子们在发疯前都是不错的人 我们并不会轻视

他　因为我们知道是爬进他大脑的线虫搞的鬼。

第二天我的状况还不错　桃子们好多了　老丹尼尔则和平时一样　但是船长死了。可能是线虫或是脚上剜的那个洞使他走到了生命的尽头。船长的死让我陷入了深深的悲伤中　因为我觉得我和他很熟。而且对死亡的感知重燃了我对财宝的热情　就像目睹了卢比奥的死后　我对财宝不再挂念了一样。实在是令人费解　为什么相同的事情会引发完全相反的感情。可能因为人类的思想就像滚来的大理石一样　是随机的。

我说　好吧　我们去安那齐托城找财宝吧　看起来我们还是需要变得富有。老丹尼尔说　现在我一想到桃子们良心就感到刺痛。我说　我都把他忘了。老丹尼尔说　我们需要把他送到圣奥古斯丁。于是我们向桃子们看去　他咧嘴笑了起来。他有口吃　但是我们会照顾他的　因为我们已经看到了太多苦难。

我对圣奥古斯丁有种不祥的预感　果然我得非常遗憾地说　我们抵达不久　我又开始沉醉于玉米威士忌了。我不知道为什么会这样　感觉就像发生了一场事故。在那之后我所有的积极想法都消失殆尽。一开始我感受到了混乱　永生　死亡　暴力　然后渐渐幻化成甜蜜的罪恶感。我喝得越多就越觉得财宝对我来说很重要。现在我深切地渴求财宝　并再一次像过去一样开始幻想拥有空调。看来玉米威士忌在我脑子里腐蚀出的洞也可以用空调填补。

不过我至少大概了解了佛罗里达独立的原因。这是一个叫焕的男子告诉我的。他说　是因为堤坝　水坝和墙。本来有个提案　人们计划在佛罗里达建一堵隔开海水的高墙　就像纽约　波士顿　萨凡纳

一样 但是佛罗里达却沿着自己的边界线建立了一堵墙。政府不允许这种行为 所以佛罗里达就直接从联邦中独立出来了 不再向政府缴税。之后佛罗里达的每个人都参与修建了这堵墙 也就是著名的佛罗里达墙 其实它也不过32千米长。海水从南部和北部涌入 从地下涌出 到处一片混乱 无法控制 但水位仍在持续上涨。我对焕说 哇 他们到底是怎么想的。他说 他们只是在努力救自己。我说 哦。焕说 但独立运动一发不可收拾 现在听说明尼苏达也独立出来了 由一个国王统治。

之后我醉倒了。到了第二天早上我和平时一样意志消沉 但是为了补充水分 我喝了椰子汁 尽量保持着乐观积极的心态。我安慰自己 我有权利这么做 因为我是“詹姆独立州”的国王。

老丹尼尔向桃子们讲述了森林之神南华 这导致桃子们在街上被人暴打了一顿。他不停地说南华这个南华那个 所以他们理所当然将他打了一顿。他已经彻底疯了。我们把他带到一家教堂 给他驱邪 终于到了我们去安那齐托城找财宝的时候了。我说 我打算放弃寻宝了。老丹尼尔说 你完全可以等找到财宝之后再抛弃它们。

1750

高尔斯华绥太太没有出卖我，她真的按照我说的做了，让高尔斯华绥先生注意到他收藏的硬币有一部分不见了。于是他很快就忘记了失去医师的痛苦，转而更加悲痛于失去的财富。他在府邸中四处奔走，咆哮着把自己所有的衣服都撕碎了。此外，我还不得不承认另一件让我内疚的事：他折磨那些奴隶，逼迫他们说出究竟发生了什么，他并没有指责我，反而将我视作唯一可以信任的人。他做出了一个惊人的论断，他说："现在这种关头我也只能相信格林了，虽然他是黑人的后裔。"尽管这段时间让高尔斯华绥先生悲伤的事情一件接着一件，但他还是本能地察觉了这件事。

所以，亲爱的读者，他最终还是发现了我的真实身份，或者他早就知道了，但不以为意。他对这件事如此大度，是因为道德高尚吗？我不知道确切的原因。

我现在的处境需要强大的自制力和勇气，但我能感觉到我无法控制住自己。我在赌牌过程中已经输掉了丹尼尔医生所有的钱，当然还有我自己的钱。之后丹尼尔医生说他认错了人。现在我又发现高尔斯华绥先生一直对我的秘密心知肚明，而我却背叛了他，偷了他的东西。我满怀惊恐地重新审视自己，我能做什么？尽管我感到内疚，但除了继续执行阿四的计划外我别无选择。我现在知道了，在看似澄明的人心深处隐藏的事物比我所知的更多。

我要做的最后一件事是在科尔韦特先生的卧室里藏几枚硬币，因为高尔斯华绥先生正要搜查这个房间，就碰见科尔韦特先生匆忙收拾着行李准备离开。一名叫赫罗多特的奴隶发现了这些硬币，同时还发现了科尔韦特先生自己偷来的一些瓷器和银器。这至少没有让奴隶们遭到进一步折磨，他们被赏赐了一头肥美鲜嫩的猪。我的雇主以此表达歉意，奴隶们也可以借此机会，以悼念丹尼尔医生为由聚会。毫无疑问这比之前的老鼠肉让他们开心多了。

我后来只见过科尔韦特先生一面，那时他已被带到小镇上，被关在了那里。有时我的脑海里会闪过他的样子：怯生生地抹着泪，谈论着吹奏小号的事。我对自己给他造成的不幸感到悲伤，虽然大家都可以看出，他天生就长了一副走背运的样子。

为了不引人猜忌，这段时间我没有拜访阿四。出于羞愧，我也没有和高尔斯华绥太太交谈，我觉得她虽然没有出卖我，但内心肯定觉得我很愚蠢。我给她写了一封信，将我对她的所有感情诉诸纸上，再次解释了我做出这些事情的理由——其实这再一次验证了我没有理由行窃。我落笔时，觉得我是在对自己告白。我在信中请求她的原谅，原谅我此生所做的一切都只是为了自己。文字从我笔下畅然流出，却又洋溢着温柔。最后，我绝望地写道，期待与她来生再见。我停下了笔，去了白色的珊瑚礁海滩。

第二天我非常忙碌。我和萨姆森以及他的几位年轻朋友在一起，他们很享受高尔斯华绥先生赏赐的假期，当然此外还有与我熟识的马夫弗雷德。我和弗雷德的肤色接近，说不定他的肤色比我更浅。我怀疑是不是每个人都知道了我是黑白混血儿的秘密。

但是很快就到了第三个晚上，丹尼尔医生已经佯死了很长时间，阿四觉得是时候把他重新挖出来、唤醒他了。现在我们就要完成这个可怕的任务。阿四告诉我，有两种途径可以让丹尼尔医生复活：第一种是按照原计划唤醒他，让他恢复原来的样子；第二种是唤醒他的肉体，但束缚他的灵魂，让他变成僵尸，永远服从于阿四的指挥。我承认有一个可供驱使的奴隶是一件不错的事，但这次我们或许应该让丹尼尔医生恢复自由身，毕竟他是为了我们才冒此风险的。阿四同意了，尽管他也很遗憾，错失了一个制造僵尸的良机。

阿四停了下来，抬头望着月亮，说了一件有趣的事，大意是举行这场复活仪式其实是在治愈他自己，使他从奴役中解放出来。在认识他的这段时间里，这是我第一次觉得，有那么一瞬间可以窥见他的内心。

我们要做的下一件事情就是挖出丹尼尔医生的棺材，把它运到阿四此前搭好的一座藤架下。我们把棺材平放在土地上，撬开棺材板，此时丹尼尔医生已经相当清醒了。后来他告诉我们，他在棺材板打开之前的几分钟甚至几小时就醒来了，差一点儿窒息而死，因为棺材里的氧气稀少，甚至对于死人来说也太少了。他说在黑暗中醒来是他此生最不堪回首的经历，他陷入了一阵恐慌，表示再也不愿意做这种事了。

他四肢仍然僵硬，只有脚趾可以动一动。另外，我们关上棺材板时，他的一个手指甲被按进了脸颊。我对此深感内疚，虽然把指甲按进我朋友的脸颊里，只是诸多让我内疚的事情之一。

阿四掏出了一捆香蕉叶，里面装着他特制的药剂。他用两根手指夹着叶子，把它们贴在了丹尼尔医生的牙龈上，拼尽全力把药剂塞进他的嘴里。然后我们把丹尼尔医生从棺材里拉出来，扶他站起来。阿四随即开始吟诵，召唤他所需要的恶魔和幽灵，更让我吃惊的是他开始拿剑麻抽打丹尼尔医生。后来丹尼尔医生说起这件事时，想起的都是夜风的吹拂、棕榈树叶子的摇动以及鞭挞的疼痛，他说他也是在这一刻才意识到死而复生是一件多么美好的事情。

我们在藤架下面挖了一道窄窄的沟，然后帮助丹尼尔医生躺了进去，因为他现在还不能随意移动自己的身体。我们给他盖上了毯子，阿四在他身旁放了某种森林小动物的头骨、一个吸盘，以及临时准备的其他一些东西，例如一块石头、一只葫芦和一截折断的蜡烛。之后阿四在丹尼尔医生的头顶上砸碎了一个水缸，使劲往他头发里揉蜡，并用脚踢土、唱歌、念诵上帝的祷告词，最后把一只鸽子放在丹尼尔医生的头顶，让它吸收他体内的死灵。之后鸽子的表现就不太正常了，真的不太正常，直到今天我才开始怀疑，那只鸽子是他从哪里变出来的？（关于阿四我还需要了解的事情太多了，如今的我有一种感觉，在阿四的故事里，我不过是一个小角色。）

现在丹尼尔医生已经缓过来了，阿四让他站起来，他真的站起来了，这是一个从我们未知的死亡国度中回来的人。

阿四说，我们现在必须把这些硬币取下来，然后送你离开。丹尼尔医生点了点头，但他问道，你说的是什么硬币？当他意识到是西班牙硬币时，他就开始讲故事了，说自己曾是“飞翔的荷兰人号”上的水手，这是一艘无法返乡的幽灵船，船上的人永远无法离开，除非拜托路过的船只给他们捎信。丹尼尔医生就托人捎了一封信，他把信装进麻布袋里，然后往袋子里塞满了西班牙硬币。我们无法让他明白现在形势有多么紧急。他一遍又一遍地讲述“飞翔的荷兰人号”的故事。

他边说我们边从他的皮肤上取下硬币，把棺材里的那些硬币也拿了出来，然后把墓园里的一切恢复如初。

现在丹尼尔医生说他必须要走了，要不然就赶不上和一个人的约会了，他们说好了要去买弗兰德斯花边，他们有门路，能用低价买到花边。再说船也不会等他，船长克里斯托弗·哥伦布是一个没有耐心的人，一心渴望回到西班牙向世人宣布他的财富，就好像之前炫耀得还不够似的。丹尼尔医生还需要再做一件事——从他见到的一位年轻女士那里买鱼，尽管他根本不需要鱼，但他不希望对方发现这一点。他只想和这个女人说说话，如果不去搭讪，他将会悔恨终生。

墓园里，是我们三人的最后一次相见，然后便要互相告别。丹尼尔医生和我沿着一条长路走去镇上，我知道我必须护送他去国王港，虽然我也非常想逃走。这是我向世界交出的第一份答卷，却被我搞得一团糟，我需要去一个新地方开始新生活。我把那封写给高尔斯华绥太太的信（关于她我还有一件事要说）交给阿四后，便和他挥手告别了，心里深知在大限之日如约到来之前，我不会再见到他了。

2500

某天晚上，乔治·华盛顿和他的父亲——杰出的参议员华盛顿先生——一道来到宫殿与我们共进晚餐。他们还带来了几名演员，当然也有可能是宦官，或者是他们包养的情人。乔治·华盛顿谈论了很久蜥蜴，以致他父亲一脸失望。他父亲的罂粟花植株因病死去，他最好的河滩耕地渗出了盐，雪上加霜的是密西西比民主邦联的人民还盗取了他的水。但是他发誓要顺应天意进行忏悔，比如不再洗澡，每天吃十二个枣核，吃用芝麻壳和泥土做成的面包，并且不会和任何女人、孩子或穷人成为朋友。这些都是非常传统的习俗，但我知道我父亲觉得它们是迷信和过时的思想，因此深恶痛绝。

参议员演讲的时候，一阵匆忙的脚步声从大厅传来，伴随着大声关门引发的骚动。智囊团的两名副秘书长跑进房间，一脸凝重地对父亲耳语着。很快猜忌之声四起，有人说是密西西比民主邦联前来偷袭了，有人说是沙漠里的恐怖分子攻城了，还有人说是明尼苏达多年以前的封建领主反叛了。但他们都猜错了，事实上只是我们缔结的社会契约摇摇欲坠了。暴动分子杀死总统警卫后，开始在城里到处烧杀抢掠。

父亲把刀叉放在盘子上，穿过房间走进了办公室，他的举止非常具有总统风范。尽管对目前发生的一切困惑不解，他仍然维持着总统的礼仪规范。现在我们都被推到了风口浪尖，他却好像游离在外。他只是历史长河中的众多暴君之一，同其他暴君一样，他敞开大门，让暴乱之神扑扇着翅膀嗡嗡飞入。我有一种强烈的感觉，在他梦到自己之前，历史就已经梦到了他。这对我而言意味着什么？我是一个梦做出的梦。

现在看来，保障我的安全变得极其重要，因为我是这个王朝的唯一继承人，因此丹尼尔·笛福为我制订了一个出逃计划。街对面的仓库是逃生通道的入口，里面安置着一辆四轮马车、几头骆驼、求生用品，以及几罐水。副秘书长们乔装打扮后，从宫殿前门鱼贯而出，误导恐怖分子认为我也在其中。我会在爱德华·哈洛韦恩和丹尼尔·笛福的陪伴下偷偷溜出去。丹尼尔·笛福坚称这一点很重要，和我一起逃跑的人必须非常不引人注目。按照计划，我们将在北部一个叫温菲尔德的地方与父亲会合。

我们不再浪费时间喘息或思考，立刻离开房间爬进了通道。猫咪克里斯托弗·斯马特跟在我们后面，不时四处张望，不希望我们发现它在跟踪——它只是恰巧和我们走了同一个方向。我们看起来就像普通至极的人，谁会想到罗列特王朝最后的血脉刚刚走出了宫殿后门呢？

我没来得及和父亲道别、祝他好运。四周混乱的声音和来回扫射的光线，以及武器发出的响声也让我们无法好好说再见。这一切就像是我们两人之间关系的隐喻。于是我转而在心中说道：再见，乔治·华盛顿。

我们并没有向北走，而是向南进发。当天深夜，我们经过了圣路易斯国境线最南端的破败城市，第二天早上太阳升起，晨光将这个无人居住的新世界彻彻底底地笼罩在寂静里。这里是乡下，几座废弃的小藤屋嘎吱作响，像草木深处的蚂蚱叫声。光秃秃的树只待火花飞至，化作火焰和灰烬升入天空。我想这片土地可能淤积了很多盐分。这是这个国家留给我的最后景象。

爱德华·哈洛韦恩环视四周后开口说："真好笑，在这种荒地上我最担心的竟是找不到地方理发。我的自理能力退化了。"

丹尼尔·笛福说："我会给自己理发，我曾是可口可乐之王的宫廷理发师。你瞧，现在我才发挥了自己的专长。我在政策制定和政府管理方面或许没有取得成就，但我是上帝钦定的旅行者，只要愿意我可以永远流浪。"

我紧闭双眼，感受马车的四个轮子在这条老路上转动，它承载的似乎不仅仅是古老岁月的回忆。在我装睡的时候，丹尼尔·笛福问爱德华·哈洛韦恩是否去过阿肯色，爱德华·哈洛韦恩说没有。他在圣路易斯边境附近一个贫穷的国家里长大，没有机会见世面。

"那我就给你讲讲阿肯色的故事吧，它的首都叫马诺阿。它的统治者住在泥房子里，房中还有一个美丽的印第安女人，名叫马利亚，对吧？我对阿肯色的了解也不多。我给你讲过得克萨斯吗？它是一个颇具争议的墨西哥省份，横跨阿肯色的边境线，美国非法移民和墨西哥原住民之间永远冲突不断。美国人身高 2.4 米，由于太胖，甚至无法享受床笫之欢，最后就此灭绝，解决了移民问题。墨西哥人身高不到一米，他们更加狡猾，也更勤劳。这不过是又一个奇怪的边境故事。"

我没有睁开眼睛，开口说："我知道这个故事。美国移民因为喝下了太多油而变得肥胖，油是他们从地下抽出来的。他们把油装在帽子里四处走动。最后，他们因油瘾发作而死。他们还面临着一个生存问题，就是他们的城市不停地爆炸。比如有一个叫休斯敦的地方，最后就被炸没了。”

丹尼尔·笛福说：“你说得对。”

是的，至少有一部分是对的，因为休斯敦大爆炸是一起非常著名的历史事件。

爱德华·哈洛韦恩说：“是的，还有一座叫阿卡德的城市充满了狂喜，一座叫威尼斯的城市到处都是水下通道和房屋。我也可以信口开河。”他做了个嘲讽的手势，笑了起来，因为他说到了点子上。“不过把城市建在水下是很自然的事情，因为人类原本就是水生生物。我们是原始生物，其他生物都由我们进化而来。我们没有爪子、牙和头发就已经证明了这一点。以前我们的头可以让我们在水中漂浮起来，所以它们又大又圆，就像水里的浮标。人类就是依靠这样的脑袋在远古的海洋里活了下来。”

丹尼尔·笛福说：“但这也是事实。一切都是真实的，你却以为自己只是在开玩笑。”

我们爬过了平原上的崎岖地区，那片广袤的土地弥漫着无孔不入的孤独感，险峻的山峰将我们的城市和南部的原始森林分割开来。古老的化学物质渗入土地，这里已经无法孕育生命，这片被干旱侵蚀的地区毫无生气，没有穿着破烂衣服的人、荆棘树和盐地棕榈树。我躺在四轮马车上，心中对宫廷生活的厌倦就像爱德华·哈洛韦恩棉制长袍上的条纹那样被逐渐消磨殆尽。夜晚的天空挤满繁星，白天则举目可见混凝土、有色塑料和人类在沙漠里丢弃的其他垃圾。我们挤在四轮马车上睡觉，像撒丁岛*人一样。我们以腌渍的骆驼肉、干瘪的水果和神奇的叶子粉为食。我反复对自己说，再见，乔治·华盛顿，仿佛这是一句祷告词。在分离的时刻我还非常理性地思考了父亲的命运，新美利坚合众国的总统罗列特先生，直到那时，我对他的了解也只像你们对梦中幻影的了解一样少，在梦里，你知道他们并不是你所以为的那些人。

我们持续不断地赶路，骆驼早已疲惫不堪，我们喝干水罐里的最后一滴温水后，滑下山坡，到达密西西比的水沟边，很快注意到前方有大片的蔬菜，刺鼻的土味让我们欢欣鼓舞。旧日的碎石堆在平原上一览无遗，上面覆盖着灌木和沉积物，这里是完全焕然一新的世界。骆驼们在一个黑乎乎的池塘边急不可耐地喝水，很快便肚大腰圆，像鼓起来的酒袋子。我们一起休整，猫咪克里斯托弗·斯马特吞掉了一条蜥蜴，虽然它很讨厌蜥蜴的尾巴。

密西西比河谷中有人居住，但我父亲对他们也只有名义上的统治权，或者说他们只在理论上是我父亲的臣民。他们就像参议员格林宣称的那样，为自己争取到了自由，但是这类革命比分开河里两艘碰在一起的独木舟还要温和。看起来我们的统治领域自然而然地缩小了，就像焦干藤条上萎缩的果实，一定是在很久很久之前，在我那位饱受众人痛恨的祖父执政时，这些果实长成了最成熟的样子。我们对这个河谷里的居民没有丝毫恐惧，因为他们无从得知我们的真实身份，于

* 撒丁岛（Sardania）：意大利西部的一座岛屿。——编者注

是我们向他们打招呼："你们好啊，朋友们，最近过得怎么样？"

我很敬佩丹尼尔·笛福，他才刚刚获得自由，就已经开始思考安娜·格洛丽亚的事了。但生活的剧变让爱德华·哈洛韦恩很泄气，现在他再也不是小丑了，又回到了最初的贫困之中。但是我似乎很久以前就预见到了此情此景，所以没有感到惊奇。新美利坚合众国的崩塌就像我从前看过的某出戏一样，我知道接下来的情节走向：圣路易斯的新一任国王将从革命领袖中选出，和我的祖先取得王位的方式一样，但很快一场新革命会在城市中爆发，将新领导人的政权推翻，然后再一任新国王掌权，再上演一场推翻他的革命，历史就这样循环往复、轮回不休，总会有新的贾斯敏·圣罗列特公主和一位从前的宫廷小丑、一只老猫和一个她爱的男人逃出城市。这件事将不断发生，直到时间最终从再无生命的地球上消失。这个念头是如此美妙，我将不会被历史遗忘。

日日夜夜，夜夜日日，炎热加剧，空气越发沉重，就像回到了我在圣路易斯度过的少女时期。藤蔓的新绿漫上山丘，无数的树苗拔地而起，绿色的小鸟在天上纵情肆意地飞翔，圆胖的云朵在地上投射出壮美的影子。但是这里也疾病肆虐，因此只有一种树得以繁衍壮大，森林鲜有草本植物，但这不妨碍被毒害的土地重新焕发出蓬勃生机。过了一段时间我们别无他法，只得卖掉了骆驼和四轮马车，它们在这种荒野里丝毫派不上用场。我们把这些东西卖给了一个叫阿维亚内达的独眼男子，他独自居住在一架飞机的残骸中。

第二天我们抵达了巴比伦镇，丹尼尔·笛福一直向我们吹嘘这个地方，并建议我们将它作为此行的第一站。镇子的街道上有猪在打滚儿，还有患了狗疟疾的人赤裸着身体游荡，路旁的房屋都没有墙。对一个逃亡中的公主来说，这的确是一个贫穷的地区，好处是它直接把我和最底层的人联系在了一起。

之后发生的事情让我们大吃一惊。丹尼尔·笛福举起一只手，一脸笑意地凝视着木薯和甜瓜地，开口说道："你好啊，阿四，原来你在这里。你是不是在躲我呢？"

我们就是这样和阿四再会的。上次见到他，是在另一个世界，那是在另一个时间，另一种情形下，而此时他坐在一截木头上，正在将旧塑料纤维编成绳索，不带任何感情地说道："哦，你好。"

然后他看到了猫咪克里斯托弗·斯马特，又补充了一句："你好，克里斯托弗。"

我有几个问题想请教这位黑暗神秘的男巫。我想知道他是否真的给该死的安东尼·科尔韦特下了毒，若果真如此，为什么他这样的人会对我这样的人产生同情？但我还是退缩了，没有胆量问出，不过现在对我来说这已无关紧要了。最后我问阿四，是真的如丹尼尔·笛福所说，他把旅鸽杀死了吗*？

他点了点头。

丹尼尔·笛福说："给他们讲讲那个故事。"

"我杀死了那些鸽子，想用饥饿把白人赶出美国。"

"有效果吗？"

"有，很多人因此挨饿。"

---

* 见 121 页关于旅鸽的情节。——编者注

丹尼尔·笛福又说："再给他们讲讲你是怎么施法改变气候的吧。"

"我想让气候变得更温暖，这样就可以种小麦了，我担心白人无法仅靠木薯维持生命。"

我说："我倒是很喜欢吃木薯。"

丹尼尔·笛福说："但是亲爱的公主，你不是白人。"

"我怎么不是白人了？"

"你的皮肤是咖啡色的。你很美。你喜欢木薯是有道理的。"

阿四接着说："气候改变也带来了经济灾难。你们一定很高兴我想破坏他们的实体财产。"

说话期间，爱德华·哈洛韦恩蜷缩着，像木头一样一动不动。我无从猜测他在想些什么。灌木丛后有小孩儿注视着我们，他便拍手、跺脚，甚至用力大声叫骂，把那些小孩儿吓跑。

爱德华·哈洛韦恩说："会有人认出我们吗？会不会有人偷偷把我们运回城里？"

阿四说："这里的人什么都不知道。"

"你怎么能肯定？"

丹尼尔·笛福说："阿四会施法，让人们忘记一切。对吧，阿四？"

阿四叹了口气。他会帮我们这个忙，但看起来他觉得这件事索然无味。

我们在巴比伦镇停留以恢复元气。我们以蜜蜂卵、捣碎的车前草为食，阿四给这种食物起名叫"糊糊"。我们将松脂涂抹在身上，避免蚊虫叮咬。我们还迷上了木薯啤酒、葫芦糊、印加豆、牛油果、杧果，以及袖珍的红色早餐香蕉。这个地区也遭受着季节性降雨的侵扰，巴比伦镇的人对此感到厌恶，但还没到痛恨的地步。某个舒适的清晨，大雨倾盆而下，这是我们这两年间见过的唯一一场雨。我开心地走来走去，不顾腿上沾满了泥水，一路走到了高处，男人们喜欢站在那儿。就像丹尼尔·笛福有时会说的：慰藉是大脑创造的艺术。唯一真正的慰藉就是乐观地思考问题。

其实我们毫不担心会被革命恐怖分子抓去，遭受折磨。我们顺利穿过了新美利坚合众国，完全没有引起别人的注意，我父亲对这里来说只是一种可有可无的存在。巴比伦镇的居民对法律一无所知，但一直遵循着古老的自然规律和传统。他们相信水蛭是死者对生者的报复，相信人可以乘着一道闪电飞上天堂，相信耶稣和马利亚一直注视着他们，还相信你需要在这一世猎杀动物、食用肉类，才可为来生储备充足的食物。

这里简单原始的生活让我很快乐，除了丹尼尔·笛福总是不断推测安娜·格洛丽亚的下落，这件事是我脑中的一根刺。他觉得她是自己在丛林里遇到的一位女神，后来又确信她在阿肯色的“黄金国”等他。他说他必须去那里见她。于是我再次向阿四吐露心声，阿四之前就留意到了我的悲伤情绪。我问阿四是否见过安娜·格洛丽亚？她是真实存在的人，还是编造出来的？

阿四回答：“这可不好说，但这两者有什么区别吗？”

我期待着一个让我屏住呼吸、顿住心跳的回答，但他再也没说什么。

我祈求道：“不要拐弯抹角。我从宫殿的后门逃出来，吃蜜蜂卵，染上狗疟疾的时候瑟瑟发冷，我做出这么大的牺牲，就是为了得到答案。”

他的眼神似乎在不易察觉之时变得柔和了。他指了指脚边的水坑说：“看看这里，你看到了什么？”

我只看到自己的脸在泥水中摇动，然后看到了从身后偷瞄我的爱德华·哈洛韦恩，一路舟车劳顿，几周只吃骆驼肉干，我们都瘦了不少。

爱德华·哈洛韦恩咧嘴笑了起来，嚼着香蕉：“是她。”他伸出一只脏兮兮的手指对着泥潭：“她就是你。”

我注视着水中的自己，那一刻真相突然涌至心中，如同找到了安顿之所。我说：“我早该想到的，现在用蜡笔为我化妆吧。”

那是爱德华·哈洛韦恩的事，这个天才、宦官、小丑和诗人。

“是她。”他重复道。阿四微笑了。

2016

回到基韦斯特后，老水手说他要收拾行囊，是时候离开了。是时候离开这座岛屿，是时候重启寻找安娜·格洛丽亚的无尽旅程，一刻都不能再浪费了。

他一边拍着衣服口袋一边问："我的钥匙在哪里？"说完他就在桌子上看到了钥匙。

这些钥匙非常大，每一把都足有 1 公斤重，8 厘米长，因氧化而发绿，像博物馆里展出的古老钥匙。

我递给他我们挖出来的一尊雕像："能给我们讲讲这是什么吗？"

"这大概是古代的垃圾吧。"

我发现我无法集中注意力思索与财宝有关的问题，那笔财宝就像约翰·巴克斯特海洋馆中的照片，是一个我难以理解的谜团。我下意识地想起了绿色药片、蓝色药片和白色药片，这含蓄地表明我已经对药物上瘾了，但我不在乎。

我问他："你年纪那么大了，精神却还是这么好。你的秘诀是什么？"

老水手说："如果扁桃体发炎，就吃肉桂，如果脱水实在严重，记得你是可以喝一点儿海水的。如果刮起了西蒙风*一类的毒风，就躲进屋里往脸上拍水。"

* 西蒙风（Simoom）：阿拉伯与北非沙漠地区常刮的挟带飞沙的热风。——译者注

“我问的不是这个。我只想知道，这些年你是怎么挨过来的？”

他试着用其中一把钥匙打开一只旧行李箱里，微笑着说：“你们这些年轻人啊，应该学会不要对自己过分苛刻。”

“我不想当个笨蛋。”

“我就是这个意思。”

“你是怎么明白这个道理的？”

“时间能教会你一切。”

他打开行李箱，翻出一件被风化的艺术品：一块刻着圣母马利亚的木板，她怀里抱着干瘦、丑陋的婴儿耶稣。

他说：“这东西我能卖上亿美元。”

他环顾四周，船屋里有几只银勺、一本古旧的皮面《大卫·科波菲尔》、一块开始发芽的生姜，一张低矮的木头桌子和两把学校里用的橙色塑料椅，此外还有一张吊床。似乎没有什么他特别留恋的东西了。

阿扎尔问他：“你现在就要走吗？”

“很快就走。”

“你会想念基韦斯特吗？”

“我觉得终有一天我会回来。”

“如果这里被水淹了就不会回来了吧？”

但是他没有听到我的话。

“我要去东印度，我一直都想回到果阿。出于某些原因，我一直对东印度念念不忘，似乎在那里我有未竟之事。”

“现在那里可能很危险。”

“你觉得我能活这么大岁数是因为每次都把自己置于危险境地吗？

我知道怎么活下来。”

阿四说等水漫到门口他才会离开。没想到他也住在有门的房子里。

我说：“但那时已经太晚了吧？”

“什么太晚了？”

“什么都太晚了。气候变化会毁掉一切，会毁掉我们社会进步的物质基础。”

阿四咧嘴笑了，空气中弥漫着一种力量。我以前从来没见过他笑。

“是你们社会进步的物质基础。”他说。

最后，老水手去睡觉了，阿四信步离开。我们太过兴奋，难以入睡，于是我给琳娜打了个电话，问她们想不想出来和我们碰面。她说阿蜂正在工作，她可以自己过来。她想把弟弟带来，希望我不会介意，明天早上她要送他去戒毒所，在此之前必须照看他，确保他不会逃跑。她毫无保留地告诉我这些，是因为先前我也很坦白地告诉了她绿色药片的事。

我们去了一家叫“蓝色金刚鹦鹉”的酒吧。我们等着琳娜，看着迈阿密热火队与印第安纳步行者队的比赛，不知道该聊些什么。

阿扎尔问：“你说这次寻宝是成功了还是失败了？”

“我觉得二者兼有吧。”

“到底发生了什么？这人真有 560 岁了？”

“我不知道。这很难想象。”

他吃了些花生，皱着眉头，四下张望：“美国可是无奇不有。”

“我们不能让这件事影响影片的拍摄。”

“真让人大失所望。我真的希望他们能找到那些硬币，这么想是不是很疯狂？”

周围都是大声聊天的游客。有个男人在抽烟，鼻子上还插着输氧管。外面长着寄生无花果树和古老的桃花心木，几棵棕榈树像平日一样在风中摇曳。我们只是游客，身处美利坚合众国。这是一个越来越热、越来越拥挤的世界。

阿扎尔说：“能用碳定年法*计算出一个人的年龄吗？”

“对象不能是仍然活着的生物。”

他吃了几颗花生：“我觉得这就有点儿质疑倾向了。我是想和你说，我想起了克尔凯郭尔†有关反讽和真诚的一番话。”

“你要引用克尔凯郭尔的话？这不公平。”

“我无法引用原句，核心意思是反讽和真诚并不是互不相容的。他对纯粹的真诚似乎持否定态度。”

我们俩又沉默了一小会儿。

我说：“让我难以接受的是老水手身上的平庸，但平庸才是事物本来的样子，想想手机吧。”

“我一直想着呢。”

“手机就是一块反光玻璃，你可以从里面看到全世界的信息。这本该是个有魔力的东西，但我恨我的手机。”

---

* 碳定年法：又称碳 14 测年，即根据测量对象的碳 14 衰变程度计算其年代的方法，多用于测定古生物化石的年代。——编者注

† 索伦·奥贝·克尔凯郭尔（Søren Aabye Kierkegaard）：丹麦神学家、哲学家及作家，一般被视为存在主义之父。——译者注

“是的，因为它是生活的一部分，不是魔法。”

“因为它是生活的一部分，沾染上了生活的烦恼，随时会给你带来坏消息。唯一有魔力的是那些不存在的东西。”

阿扎尔说：“但老水手是存在的，所以我们不能说他在某些方面具有魔力。只要存在，便没有魔力。只要你能从商店里购得手机，它的魔力就消失了。”

所以我们才会对所见之事震惊不已。约翰·巴克斯特的照片、画在墙上的藏宝图以及宝藏本身。生活仍然如故：花生、温热的空气、药片和宿醉。我突然意识到，就算老水手真像他所说的那样年老，就算他真的做过那些不可思议的事情，他的生活也和我们的大同小异，充满了日常的无趣。即使是在那些具有重大历史意义的历险中，他最关心的事情也无外乎手有多冷或不值班时打算去吃点儿什么。他也会为做过的梦焦虑，也不得不缝补裤子上的破洞。这些琐事都与魔力无缘。魔力在于他创造了什么，而不在于他是 70 岁还是 700 岁。

我说：“老水手的魔力在于他撒的那些谎。”

有那么一刻，我觉得自己马上就要领悟到什么了，道理已经到了嘴边，但这时琳娜来了，打断了我的思绪，不过这也很重要，让我学到了新的一课：现实生活就是不断被打断。

她用拇指指向身后那个高大英俊、不停摇晃着身子的男人，向我们介绍道：“这是我弟弟，他叫本。”

本咧嘴笑了。我本来以为他是个鬼鬼祟祟、让人害怕、眼神狂乱的人，但他引人注目、结实可靠。我突然觉得他应该是故事的主角。

他说：“不要错过鬼屋之旅！明晚 10 点在杜瓦尔街南边集合，这是我们见到基韦斯特鬼魂的唯一方式！每个街角都有宣传册[*]！”

琳娜垂下头，揉了揉眼睛。本笑起来，他说：“我觉得自己要大赚南方人一笔了，你们呢？”

阿扎尔说：“本，你是做什么工作的？”

“刚才已经告诉你们了，我是导游。我们都是导游。在基韦斯特长住居民不是导游就是穷光蛋。”

他具有一切不同凡响的特质：有力的手势，迷人的微笑，不幸的缺陷。

琳娜说：“真是对不起，我们本该待在家里的。真不知我是怎么想的，竟把他带到了酒吧来。今天很难熬。”

阿扎尔说：“我们也是。”

“肯定比我轻松。”

本向我们解释道：“因为明早要去戒毒所。”

阿扎尔快速地点点头，好像他对“戒毒所”这个话题了如指掌似的。我担心他会提起我的药瘾，但他却问：“你去戒什么？”

“不戒什么。”

琳娜说：“那些止痛药、酒精，当烟一样抽的东西。鬼知道还有什么。还有疯病。”

“诸如此类，他妈的。”本说。

我试着向他复述了老水手提起海盗时说过的话：他们自觉时日无多，纵情生活，但总有一天清晨，他们得还债。

---

* 基韦斯特有不少以鬼屋探险为主题的旅游活动，很受欢迎。——编者注

本问："哪天清晨我不用还债[*]？"

琳娜突然哭了起来，又戛然而止。阿扎尔看着我，我知道，他觉得这番话也适用于我，我也终将还债。

本说："让我们喝一杯，忘记这个吧，就像海盗那样。"

阿扎尔摇了摇头："我们在时可不行，伙计。"

我又想起了老水手，更确切地说是奇怪我们竟然没有谈论起他。我们没有讨论阿四，没有讨论被埋藏的财宝——不管那到底是什么。

现在本开始大谈勒布朗·詹姆斯[†]，阿扎尔在笑，那个一边抽烟一边吸氧的男人也笑了。

琳娜说："真该死，我就不应该来。我原本只是想来打个招呼的。"

我说："很高兴你来了。"

"真是太尴尬了。"

"有一次我从阿姨那里偷来了治头痛的药，一不小心吃多了。还有两天就是圣诞节了，还是表弟在厨房里找到了步履蹒跚的我，其他人全都出门购物或是做别的事去了。那年我表弟才9岁。"

"如果真是这么一件吓人的事，倒也没那么尴尬了。"

"嗯，"我一边说一边看向本，"我确信这件事对你来说吓人多过尴尬。"

"只是很难想象我和我弟弟会遇到这种事。这更像是你道听途说或

---

* 老水手的意思是海盗们生活得太放荡，总有一天会付出代价（there is an accounting）。"我"试图用这番话劝诫本珍惜生命，但本曲解了"我"的意思，说自己每天早上都得去还账单。——编者注

† 勒布朗·詹姆斯（LeBron James）：职业篮球运动员。——译者注

是从电视上看到的故事，难以相信这竟会发生在自己身上。本是一个好孩子，大家都很喜欢他。”

“现在大家也很喜欢他。”

“现在他没什么可喜欢的，他无足轻重。说到‘质疑’，他可是一个信奉虚无主义的瘾君子。”

但是每个人的确都很喜欢他，我很喜欢他，现在他聊起了胡子。他说：“络腮胡是不经意间慢慢成形的，就像大峡谷；上唇的小胡子是人为修剪出来的，充满匠气，就像米开朗琪罗雕刻的大卫像。”

这段话听起来倒像是我和阿扎尔会说的，但是从本的口中说出来感觉更好。

琳娜要带他去博卡拉顿的戒毒所。她打算凌晨三点出发，这样刚好可以赶上开门时间。她只能亲自跑一趟，她担心他不同意去那儿。我说他到现在为止都表现得非常讨人喜欢，但这话也只是出于客套。我深知他不会一直表现得这么好，我知道那些药片的威力。我现在的意识很敏锐，但就在昨天，我还服用了大量的绿色药片，以至忘了睡觉。

她说：“我只是带着他四处逛逛。我不能睡觉，不然他会趁机跑掉，所以还需要带着他再逛几个小时。”

我不知道该说些什么。我说：“如果我告诉你，牛顿计算出世界将于 2060 年终结，你会不会开心一些？”

“会。”

“他还认为耶稣曾降临人间，为了操控重力的杠杆*。”

---

* 牛顿死后留下了大量神秘的手稿，其中他预言 2060 年会迎来“世界末日”，并用复杂的公式破译“《圣经》密码”。——编者注

1560

这是一支死人军团和一个叫马利亚的皮拉奥女孩，但马利亚不是皮拉奥名字。我们给别人讲述一个叫上帝的男人的故事，他住在天空中。我们还会讲他儿子希苏的故事，他必须要和父亲一起住在天堂，为此悲伤不已。父亲恨他，正如恨世间万物，然而父亲有多恨这个世界，希苏就有多爱这个世界。他最爱的还是母亲，她叫马利亚，与我同名。皮拉奥人听得很认真，他们认为我讲的就是自己的故事。不然为什么要讲这个故事呢？我就是马利亚，希苏的母亲。

因此我便成了神明。这个世界上已经没有我的家、我的语言，我迷失在了言语与思想之外的空间里。

丹尼尔·笛福说："你做得真不错，让别人相信你是神明不是件容易的事。我曾经被阿玛哈玛古普塔人奉作神明，但那是在一个非常小的岛屿上，而我的'神迹'也仅限于让椰子生长。我觉得就算我什么都不做，椰子也会自己生长的。还是当美洲的神明比较好。"

其实安那齐托城的居民并不需要神明，因为这里本来就没有信神的习俗，但是这里已不再是原先的安那齐托城了。现在的我是"黄金国"的神明，皮拉奥人都接受了这件事。每个皮拉奥人一生中都在频繁地更改自己的名字，因此让他们接受整座城市的更名也并非难事。

但是他们此前从未有过神明的概念，丹尼尔·笛福必须向他们解释应该怎么做。于是他告诉大家要给我献上礼物，例如金子、珍珠等，但是他们并没有这些东西。丹尼尔·笛福还教授他们该如何向我祈祷，但是他们并没有祷告词。

接着丹尼尔·笛福试图解释了神明与凡人的区别。“神明就像一个在河流转弯处消失不见的人。神明不是具体存在的，是不会再出现在这里的。”

他们接受了自己必须改变思维方式一事。他们接受了我是一个来自异域的、与他们不同的存在，因此他们需要用不同的方式对待我。他们能明显感受到基督教徒的威胁。

此时米格尔·奥雷哈已经对我恼羞成怒了。他说他早就知道我是一个女巫。他曾目睹我与秃鹫对话，也曾目睹我食用美洲鬣蜥的卵。他曾听到我说过梦境之语。我解释这世上根本没有梦，那些都是我们入睡后真实做过的事，但他的理解是我在夜幕降临后便出门到处施法。因为胡吃海塞扎扎饼，他已经胖了很多，此外皮拉奥人的漠视也让他感到痛苦。他们虽然承诺会追随基督教，却没有采取任何行动。奥雷哈声称我迷惑了他。他说他终将毁灭这座城市。我告诉他要抓紧时间，才能赶在这座城市自行毁灭之前摧毁它。

丹尼尔·笛福不仅教授皮拉奥人该如何对我做礼拜，还指导我该如何表现得更像一位神明。神明和信徒一样，有必须遵从的习俗和规矩。

他用西班牙语问我：“神明的特点是什么？那就是他们从不道歉。”

“皮拉奥语中没有道歉的话。”

他继续说：“他们喜欢上好的衣服，他们健忘，他们永远不会死去。”

“你是在说你自己吧？”

他大笑起来，之后却说：“记着，神明是不会开玩笑的。”

我将裙子的下半截裁去，让它只垂到肚脐，然后在下半身裹上一条棉布。这就成了“黄金国”神明的装束。这身装扮让基督教徒气得发狂，神明的美丽无人能及。

但其实他们早就发狂了，他们在城市里漫无目的地游荡。他们就是疾病，但这种病不是瘟疫。它叫未来，它叫时间，它叫思考方式，它还没有置人于死地，但它杀死了一些事物，它开始屠杀这个世界。山丘在雨中消逝,树木吸尽城市边缘的土堆。哪怕是一个没有神力的人，都可以清楚地看到正在发生的一切。

最终，皮拉奥人还是没能学会以基督教徒的方式看待世界。他们已经尽力了，只不过他们居住的环境里并没有记录时间的习俗，只能用物体来形容颜色，沮丧的时间不能超过月相变化的一个周期。现在我是这座城市的神明，但对他们来说，我并不比时间真实，我是一个会在河流转弯处消失的人。

所以这里的人最终还是按照自古以来沿袭至今的方式继续生活。他们只活在当下。他们不说“晚安”,而说“我要走了”。他们总是在说话，但都是自言自语。他们会说自己正在做的事、正在思考的问题——“今天我会吃鱼”“我会在阳光下散步”“休维给我带来了一只犀鸟”。每当他们去河水中排泄时，都会快乐激动地大叫：“我是一条南美巨蟒！我是一只美洲虎！”过去的瘟疫让这座城市空旷了许多。这是一座逝者之城，每个人都失去了自己最爱的人，这么说并不为过。生者站在河水之中，喊着：“我是一条南美巨蟒！我是一只美洲虎！”

丹尼尔·笛福也终于要离开了。他必须去寻找安娜·格洛丽亚。这是一场没有终点的寻找，因为她是神明，她不是具体存在的，能叫出她真正名字的语言尚未被创造。

我送了丹尼尔·笛福几件礼物：一尊我亲手做的黏土小雕像、护身符和雕刻了花纹的骨头。这些都不是皮拉奥人的物品，而是很久以前给死者的供奉，早已被人们遗忘。这里没有给圣伊内斯市长的金子，这个可怜的男人。

丹尼尔·笛福说："我想和你告别，但我知道我们还会再会的。"

"就说'我要走了'吧，不要说'再见'。"

"我们会在文兰再会，在圣布伦登岛上再会，在桑给巴尔再会。"他笑了起来，"我们会一起去'黄金国'，你会完成复仇，我会找到心爱的女人。我们拥有世上的无尽时光，但我希望那一天来得不要太晚。"

于是他真的走了。后来妓女们杀死了三名基督教徒，于是其他基督教徒离开了这座城市，剩下的几个人在奥马瓜城附近的森林里被杀害了，但这只是已经发生的事。

当神明并不比当印第安人、皮拉奥人、奴隶、妓女，或基督教徒轻松，但终究轻松过谁也不是。现在——只有现在——我就是神明。这是已经发生的事，这是真理。

2200

现在老丹尼尔向我讲起了“黄金国”。那当然是一座伟大的城市　就像过去所有的城市一样。根据他的回忆　其实安那齐托城只是“黄金国”中类似郊区的地方。当地人喝腰果啤酒　吃快餐　还看电影　电视　使用流媒体　乘坐翻滚过山车。他也是在这座城市中见过安娜·格洛丽亚一面　但很久以后才记起那是她　已经太晚了。

现在我们身处圣奥古斯丁郊外一处高地的小山坡上　终于要开始动手挖掘了。好笑的是　我本来是拒绝去挖这笔财宝的。我究竟是怎么想的　竟然不想要财宝。

老丹尼尔也给我讲了多年以前被西班牙人统治的佛罗里达　还有圣布伦登　那时它还不叫圣奥古斯丁。他说圣马可斯城堡[*]曾有一间可以控制水流的公共厕所。他告诉我那时他是一个牙医　后来他就再也不是西班牙人了　变成了英国人[†]。我承认跟上他的思路很难。

我们挖了一个接一个的坑　但还是没有找到财宝。这时我们已经汗流浃背了。我说　我的络腮胡里非常痒　你呢。当然痒了　老丹尼尔说　毕竟这里有几万摄氏度呢。我怀疑小猫咪克里斯托弗是不是也觉得浑身痒痒。可能确实如此　不过它正忙着猎杀蜥蜴呢。

---

* 圣马可斯城堡（Castiyo San Marcos）：正确的拼写方式为“Castillo de San Marcos”，是西班牙人 17 世纪在佛罗里达修建的海防要塞。——译者注

† 佛罗里达最初是西班牙的殖民地，后来被割让给了英国。——编者注

我问老丹尼尔 你究竟活了多少岁 为什么可以这么长寿。我问他 你是吸血鬼吗 是我问你的 不是桃子们问你的*。他说 我不是吸血鬼 人和吸血鬼是很好区分的 吸血鬼有长长的獠牙 而且脸色苍白。我问 那你永生的秘诀是什么呢。他说 我也不知道 我只是这样一路活下来了。我提醒他 你提过益生菌的事。他说 不是因为益生菌。我问 你是衰老得非常迟缓 还是一直都很年轻 然后在某一天突然变老了。他说 有趣 这真是个有趣的问题。我问 那你的答案是什么呢。他说 答案吗 我记不住了。我说 我不相信你的话。他说 我说的都是真话 当你老了你也不会记得自己是怎么变老的。我说 我恐怕活不到那么大年纪 现在已经没有长寿的人了。他说 你会长寿的 你的身形会缩小 你会长出白发 显露出一切变老的迹象 你会非常庆幸你再也不是一个多愁善感的年轻人了。我说 我再也不会感到沮丧悲伤了 我觉得我已经克服了它们。他说 哇 那不错。我说 谢谢。我又问 那安娜·格洛丽亚怎么办。他说 她现在应该也非常老了 虽然没有我这么老 我记得她比我小 50 岁。我说 你喜欢女人年轻时的样子。老丹尼尔笑了起来说 哈哈 是的 我喜欢年轻女人 给我一个只有 700 岁的年轻女人吧。

说到这里我们都不再出声 静默了好一会儿 陷入了沉思。我问 可是她如今身在何方。他说 我不知道。我问 那你怎么知道她还叫安娜·格洛丽亚。他说 这是个好问题。

他向四周看去 观察着树木 然后低头看着自己的脚。他说 就

---

* 见前文情节，桃子们曾问过老水手他是不是吸血鬼。——编者注

在这里　那些财宝就在这里。哦　当然了　我说　哦　当然了　哈哈。我本来对找到财宝不再抱有任何希望　但是管他呢　我很高兴　我是“詹姆独立州”的国王了。他又重复了一遍　财宝就在这里。我挖了几下　笑着说　我们是在大海捞针　对吧。他说　不是的　就在这里　你往后退两步。他弯下腰去　嘴里呻吟着　我的后背　我的后背　然后刨开沙子拽出了一个塑料盒子。哦　我说。盒子里面装了一些塑料袋　袋子里面是金币。我说　真不可思议　太神奇了　哇　这就是那些财宝。但是老丹尼尔没有什么情绪波动。他朝装着金币的袋子底部看去　然后又在另一边刨了起来　寻找其他财宝。他说　有趣　这不是我所说的财宝。什么　我说。他说　这不是安那齐托城的财宝。我说　这是财宝　这是金币　除了金币还有什么是财宝。他皱着眉一脸失望。他说　我好像明白这里发生什么了。我说　老丹尼尔　你还不明白吗　这就是财宝　这是金币　我们发财了。但是他没有听到我说的话。他说　我好像明白这里发生什么了　这是我从那个突厥人那里抢来的财宝　他和他的朋友是一部热门电影的制片人。

我现在和他说什么他都听不进去。我说　现在我们富有了　我们想要什么就有什么　你还不明白吗。他说　我明白　我只是在思考。我说　我们现在可以为所欲为了　你想干什么。他说　是啊。我说　你打起精神来。他说　对不起　是的　这是财宝　我现在明白了。我说　那我们做点儿什么呢。他说　我不知道　我觉得咱们可以去当海盗。我哈哈大笑起来。他说　我可没开玩笑　我曾经当过海盗　就像圣弗朗西斯·德雷克* 那样。我说　好吧。他说　我可以重操旧业　这和过去有什么区别。我说　你不高兴。他说　一笔接一笔的财宝　没有一个是我想要的。我什么也没说　但是我明白他指的是安娜·格洛丽亚。

之后我们步行返回了圣奥古斯丁。他在半路上说　为庆祝我们挖到了财宝　我们去大吃一顿吧　随即便情绪高涨起来。我们进了一家餐厅　我吃了一些洒着酱汁的美洲鬣蜥肉　还有面包　老丹尼尔嗅了嗅花就吸收了所需的营养　像一只甲虫。吃完美洲鬣蜥肉　我开始大口咀嚼水果硬糖。财宝就藏在我们的桌子下面　装在一个老旧的盒子里　没有人能猜到里面是什么。小猫咪克里斯托弗正吃着鸡蛋守卫着我们的财宝。此时我沉浸在极其快乐的情绪中。但和你们所想的不一样　我高兴只是因为现在我们拿到了财宝　可以想做什么就做什么了　但我发现我想做的还是以前想做的事情。我想找到更多财宝。我想帮老丹尼尔找到安娜·格洛丽亚　如果有可能　也找到我自己的安娜·格洛丽亚。这一发现就像是金币之外的另一笔巨大财富。

圣奥古斯丁在被水淹没之后又重建了　但是有一部分老城区还沉在水里。我们吃过饭后走到水边　看海水拍打着破裂的石头　碎裂的水泥　死寂的建筑　坏损的汽车　还有在废墟中穿梭的蜥蜴。我说　他们应该把这里清理一下　怎么能把这些垃圾全都丢弃在这儿呢　他们应该让自己从旧日的废墟中摆脱出来。我们沉默良久　太阳从我们的背后落下。我看到树上的杧果闪闪发亮。即使情绪已经变好

---

* 圣弗朗西斯·德雷克（Saint Francis Drake）：指弗朗西斯·德雷克爵士（Sir Francis Drake），16 世纪英国航海探险家、海盗，曾击败西班牙无敌舰队，被王室封爵。——编者注

了 我还是想知道究竟发生了什么。我说 这个世界是怎么沦落到如此境地的 人们那么聪明 为什么没有阻止一切的发生 他们为什么不想想办法呢。老丹尼尔笑了起来说 哦 他们只是没能及时采取行动 所以无法扭转最终的结果。我说 但是他们试着补救过。他说 哦 是的 但我记得曾经有个家伙告诉过我 一切的问题都是经济问题 拯救世界的代价太高了 不如直接毁灭它 这样代价小一些。我说 这听起来不太对 这太疯狂了。他说 不管怎么说 他们之后的确试着补救过 例如征收碳排放税 用潮汐能发电 推行可持续放缓[*]等等。我说 但这只是徒劳。他说 是的。我说 唉 闻着海水的味道 这个问题已经不再重要了。他说 是的 世间的真理就是总有一天真理不再重要了。

我们伫立在这里的时候 再一次遇到了焕 是他给我讲了佛罗里达高墙的故事。他的两个兄弟也加入了我们 他们本来是要去船上休息的。他们名叫霍西和加百利。霍西 我说 你叫霍西啊。他说 是霍西。我说 霍西。他说 霍西。老丹尼尔说 霍西。我们这一群人都在叫着霍西的名字 包括他自己 他一直在重复念着自己的名字。最后这场闹剧终于结束了 他们说明天要开船前往萨凡纳并邀请我们同行。我说 我们考虑一下。老丹尼尔也这样回答。我觉得这个回答并没有多少诚意。之后他们三人离开了铺着碎石的防波堤 向他们的独木舟走去 他们将乘着独木舟驶过酒吧 然后在那里抛锚停船。

我和老丹尼尔以及小猫咪克里斯托弗一直目送着他们远去。我嚼

---

* 可持续放缓（Sustainable Divestment）：指可持续发展（Sustainable Development）。——编者注

了一大块菠萝 任由汁水沿着胸脯淌下。我们现在可以想做什么就做什么了。我们可以在豪华的汽车旅馆开房 或者买上好的亚麻布 甚至是空调或者其他任何东西。我们有财宝。财宝不一定会改变我们 但只要我们想改变随时都可以改变。

我对老丹尼尔说 我们会找到她的 我们会找到安娜·格洛丽亚的。他说 哦 那当然了。我说 我的意思是我们肯定能找到她的 你要乐观一点儿。他说 现在轮到你和我说这些话了 看来你已经成为真正的帮手了。我说 按理说我们一定能找到她 因为我们连那些不可能找到的硬币都挖出来了。他说 我希望你是对的。我说 我们会找到她的 这段时间里我们可以当海盗 可以打劫焕 霍西和加百利三兄弟 我们可以偷他们的船。老丹尼尔听罢大笑了起来。这只是个玩笑 但我们的确可以这么做 因为我们现在可以为所欲为了。这真是个了不得的想法。其实我们一直都可以想做什么就做什么 但直到现在我才意识到这一点。

今天的落日柔和又动人 太阳在我们背后落下 最终掉入沼泽地中。海湾中起伏着粉色波浪。从这一刻起 我暗自给“詹姆独立州”颁布了一条法令 从今往后不欣赏日落就是违法行为。这是我作为国王颁布的第一条法令。之后我又颁布了一条 如果有菠萝但是不吃也是违法的。不可思议 我在此次旅行之前竟然没有吃过菠萝。我以前根本不知道世上竟有如此美味的水果。还有一件事也很不可思议 以前我竟然从来没有想过将自己从那些让我生气和悲伤的事情中解脱出来。这世上还有太多不可思议的事情等待着我。谁还顾得上垃圾和废墟之类的东西。尽管世界已经走向末日 但我的人生才刚刚开始。

1750

丹尼尔医生每走一步，就会恢复一些体力，等到朝阳升起时，他说感觉自己已重获新生，重返青春。国王港挤满了售卖车前草和其他种种货物的女人。我们雇了一艘敞篷船，一路开到了大赫伦礁，在那里，一个不知是海盗还是走私犯的人同意带我们前往波士顿。丹尼尔医生说那些新英格兰人对我们风尘仆仆的样子毫不在乎，只要我们有足够多的钱就行。

但是亲爱的读者，我们的历险到此并没有结束。我们刚刚在巴哈马运河登船，就被一阵与航行方向相反的大风向西吹去，被吹到了佛罗里达的海滩上，船只破损，人员伤亡。据我们所知，我和丹尼尔医生是仅有的两个幸存者，因为水手们通常都不会游泳。我们还找到了一只行李箱（这只箱子中有我们一半的硬币）——丹尼尔医生手法灵巧地把它打捞起来，堪称奇迹，并用一只小船锚把它勾上了岸。

所以我们就像鲁滨逊·克鲁索一样被冲上了海角，这里是美洲的尽头。我得知这不是丹尼尔医生的船第一次在这里失事了，在假死造成的恍惚中，他搞错了年份，忘了现在是哪个世纪，他一直絮叨着那些陈芝麻烂谷子的事。当我终于找到机会让他停止高谈阔论后，他向我道歉，说他的想象和记忆纠缠到了一起，并向我保证他知道现在身在何处。“现在应该是 1870 年前后，对吧？”为了不让他感到更加尴尬，我告诉他，他已经非常接近正确答案了，但如今身陷孤岛，我们并不需要搞清确切的年份。之后我让他讲讲他第一次在佛罗里达遭遇船只搁浅的经历，因为我们现在一无所有，唯一拥有的就是大把的时间，当然还有贝壳。

这是很多年前的事了，他说。

“在这个海角以南的几座岛屿上，地上全是骨头，我给其中一座岛命名为‘基韦斯特’[*]，然后在距离它不远的地方埋下了我从‘黄金国’中得到的财宝。不久前我去了‘黄金国’。那伙教徒说那里是‘黄金国’，但印第安人称其为孟菲斯，要么就是阿希姆、帕尼奥、阿卡德，过了这么多年了谁都记不清了。我没给你讲过这座城市的故事吗？我不记得有没有讲过了，但我清楚地记得它的样子，还有森林深处弥漫着的，混杂着柠檬、芫荽和薄荷味道的香气。除非我把它和另一个地方记混了，那里根本就不是阿希姆或者帕尼奥。”

我想告诉他我是个十足的傻瓜，然后如果可能的话，从他那里得到某种赦免，但我什么都没有说，只是问他，是不是就在那里，他认识了美洲的女王？

他说是的，然后说起了下面的事：

“她的名字是马利亚·雅珂[†]，也可能是我把两位女王的名字混在了一起，一位叫马利亚，另一位叫雅珂什么的。其实我也记不清了。但不管她叫什么名字，她美貌惊人，她就像是骑着白马从天堂降临人间的。其实所有男人是出于对她的爱和占有欲，才占领了帕尼奥，也

---

[*] 原文为西班牙语。——编者注

[†] 雅珂（Yako）：应为夏珂（Xiako）。——译者注

就是‘黄金国’，根本不是为了追求财富。有一段时间我想也许她就是安娜·格洛丽亚，但我觉得自己弄错了，就像这次我也弄错了一样。她只是她自己，就像你只是你，我只是我。”

他追忆起这段时光，想起与西班牙人共度的日子，回想起那些坏蛋教徒……丹尼尔医生突然害怕起来，蓦然想起我们正身处西班牙人的土地，如果此时开来了一艘西班牙船只，我们两个就要倒霉了。接着，他开始在沙子里摸来摸去，说一定要把金子埋起来，因为我们不能在逃亡过程中冒险把这仅剩的一半金子也弄丢。我没有与他争辩，只说希望拿走我的那部分金子，这样我们就互不相欠了，之后我还可以帮他把他的那一部分埋起来，像现在这样乱挖是行不通的。

最后真的有一艘船开了过来，这件事仅仅发生在一周之后，这一周中，我们从挣扎中渐渐平复下来，虽然只有海螺可以果腹。这是一艘来自新普罗维登斯的英国船。船员分给我们朗姆酒、腌渍牛肉和饼干，我从来没吃过这么美味的东西，但是第二天早上醒来时，我们发现这艘船已经起航了，每一分每一秒都载着我们远离那些被埋在沙子里的金币。丹尼尔医生说他要下船，再向南走把那些金币挖出来。我不想听他这么说，因为我惧怕独自一人向北航行。我提议让他拿走我的金币，其实这不是提议，而是请求，但是他不愿意。他在查尔斯镇下了船，我则向波士顿航行，期望在那里开始新生活，以黑白混血儿的真实身份生活下去，因为这就是真实的我。通过这段经历我至少学会了一件事：做真实的自己比做伪装的自己更简单。

与丹尼尔医生的分别对我的影响很大，此后我永远也无法得知他经历了什么，是否还能找到那些硬币。不过不管怎样，两年之后，他的确雇了一位代理人为那位他误认成安娜·格洛丽亚的女子赎了身。我是怎么知道这件事的呢？我现在就告诉你，事情很简单。

正当我埋头写作这一章节、这个故事时，一阵覆盆子蛋糕的香气飘进书房，让盛夏花园里所有绽放花朵的清香黯然失色。如果你们想知道今晚是谁正等着与我共进晚餐，答案就是高尔斯华绥太太，或者说是从前的高尔斯华绥太太、现在的格林太太（因为我还使用着格林这个姓氏）。她是我的新娘，我的安娜·格洛丽亚，是我的慰藉和避风港。那时阿四帮我送了信，她也亲笔给我回了一封，因此不久之后当高尔斯华绥先生前去接受封赏时，她趁机来波士顿找到了我。在经历了一番找寻和一场惊讶的相认后，我们决定共度余生。这个结局多少是圆满的，就像我们的学者儿子所说的那样，它将这段黑暗的故事变成了喜剧。

2500

某天早上我们和阿四告别之后向南出发，离开了巴比伦镇，向“黄金国”、阿肯色、丹尼尔·笛福认为可以与安娜·格洛丽亚重逢的地方出发。但我知道，安娜·格洛丽亚一直都在，在他走过的每条大道上、每条小路边。但是，由于我太过胆怯，又内心敏感，至今仍不知道应该如何向丹尼尔·笛福坦诚这一切。有一天我试着委婉地提起这件事，问他有没有在森林的神秘水池里看到什么。

他说：“我看到了我们大家、几条蠕虫和水熊虫，可能还有线虫，以及各种各样肉眼不可见的浮游生物。微生物的数量其实比人类要庞大许多。”

之后我们向南进发，一路上我都沉默不语。刚开始我们一直避开河流，防止在那里遇到抓捕我们的人。我们遇到丛林居民的次数不是很频繁，但每次一遇到，丹尼尔·笛福就会用一种叫皮拉奥语的语言对着他们大声叫喊。他说这就是“黄金国”的居民使用的语言。但是事实证明这是一种非常古老的语言，已经没有人能听懂了。大部分时间里我们都边沉思边走路。我们睡在丹尼尔·笛福亲自设计的用棕榈叶搭成的草屋里，我会嚼柠檬草吃，猫咪克里斯托弗·斯马特开心得像牛奶里的蛤蜊，显然它已经适应了在森林里旅行。爱德华·哈洛韦恩一直是一副焦虑苦恼的样子，因为他边走边构思着一部关于圣路易斯的小说。对我来说，历史以这样的姿态消逝是最为正确且合适的，它最终会凝结为宦官脑中的一个诗意回响。我很感激他没有怂恿我向丹尼尔·笛福表明心迹，虽然有时他很期待我能这么做。

帝国昔日的繁荣幻化为残垣断壁散落在我们四周，被森林或其他事物深深掩埋。化学试剂渗入了土地，使得土壤有了毒性。土地上覆盖着石灰，还散落着塑料。这些景象引人沉思。某天晚上，我躺在我们临时搭建的小屋内，而屋外的火堆旁，爱德华·哈洛韦恩正在试图说服丹尼尔·笛福给他讲讲四海一家、科技发达的人类社会为什么突然间就崩溃了。

丹尼尔·笛福说："哦，你看，它回归到天地初生时的那种混沌状态中去了。我既看到了发展，也看到了衰退。"

爱德华·哈洛韦恩继续发问："那么它是怎样衰退的呢？为什么会发生衰退？"

"我可以以铆钉为例来解释这个。如果你试图接近太阳以熔化铆钉，那在铆钉熔化之前，你的宇宙飞船会先掉下来。你能理解吗？"

爱德华·哈洛韦恩说他没有理解。

"或者你这么想：曾经有一种叫作白颊黑雁的生物，它们通过两种方式繁衍后代。第一种是在水中漂浮的冷杉树枝干上孵蛋，幼鸟要在枝干上待到全身都长出羽毛，并且自己学会飞翔；第二种是从高耸的悬崖上将蛋同粪便一起排到水里，小黑雁便以粪便中的微生物为食，最终'破水而出'*。现在你来想象一下这个结果：当气候变暖，众所周知，水会变得更具腐蚀性，粪便中的微生物在幼鸟成年前就会被腐蚀殆尽，

---

* 白颊黑雁为躲避危险，通常将巢筑在悬崖上孵蛋，与老水手所说不同。——编者注

水也会腐蚀生活在浮木上的幼鸟的羽毛。你可能想不到水温升高与白颊黑雁的灭绝之间会有联系，但这个故事表明万事万物都是相关的。铆钉的故事也说明了这个道理，所有的铆钉都必然会熔化，但只有等到最后一颗铆钉熔化时，飞船才会从天上掉下来。”

我在芦苇席上舒展了一下肢体。这张席子铺在柔软的叶子上，睡起来很舒服。丹尼尔·笛福开始高歌，歌声如白昼一样点亮黑夜。我对这种错综复杂的联系深有体会，这才是世界真实的样子，爱德华·哈洛韦恩显然和我的想法一样。他说：“这个故事太美了，这才是真正的启示诗。”

当我们完全离开了新美利坚合众国的领土后，便慢慢挪向河畔有人居住的国家，这里熙熙攘攘，却不是法律承认的国家。丹尼尔·笛福在这里买了一袋坚果和一把用来做独木舟的猎刀。独木舟是用劈开的树干做成的，我们迫不及待地掏空了树心。有了独木舟后我们的行进速度更快了。

我对自己发誓，等到达“黄金国”附近时我便要对丹尼尔·笛福说出真相。但是某一天，通过向河畔居民求证，我们确定自己已经正式抵达了“黄金国”时，我却不敢开口了。我们沿着一条细长的道路向内陆走去，丹尼尔·笛福开始寻找那些古老的、传说中的城镇，尽管一路上爱德华·哈洛韦恩都在鼓励我，尽管他对丹尼尔·笛福预言安娜·格洛丽亚很快就会出现，可我还是没有找到机会向丹尼尔·笛福表白。

丹尼尔·笛福正沉浸在兴奋之中，不停地向我们介绍着“黄金国”。

他对这座城市一直很喜爱，也渴望再次来到这儿。他说：“如果我们看到了他们的女神或女王，要由我负责交谈。一旦了解了她，你就不会觉得她可怕了。”

我说：“在巴比伦镇时，你说这位女神就是安娜·格洛丽亚。”

爱德华·哈洛韦恩意味深长地看向我，我躲开了他的目光。丹尼尔·笛福问：“我真的这么说过吗？我不记得了。”

但是最后我们一座城镇都没有找到。我们可能一直都在“黄金国”中游荡，却在杳无人迹的野外迷了路，因为现在的“黄金国”早已不是从前的“黄金国”了。

丹尼尔·笛福颇感奇怪：“‘黄金国’去哪儿了？那些土垒、圆圆的白房子、吃老鼠肉的地方都去哪儿了？不过这就是‘黄金国’最大的特点：非常隐蔽。”

最后我们都劝他离开这里。他感到失望透顶，但还是跟着我们走了。直到离开“黄金国”，我也没能对他开口。我们向南前往三角湾寻找驳船，丹尼尔·笛福已经看腻了陆地，想念起那种随着波涛起伏的感觉。

爱德华·哈洛韦恩对我说：“你一定要告诉他。这个男人已被他自己的渴望折磨得发狂，殊不知梦想就在眼前。你一定要告诉他，哪怕只是出于怜悯和仁慈。”

“我开不了口。你得让我分分心，给我讲讲你新写的小说段落吧。这部小说是讲什么的？”

“讲城市的衰落。圣路易斯、阿卡德、纽约和‘黄金国’。但它也讲了一位永生的旅行者和总统女儿之间的故事。其实还不如你来讲呢，”他笑了，“不如你给他讲讲这个故事。”

300 × 2500

“对，”我说，“我应该这么做。”

“你应该这么做。”

他向我竖起了大拇指，但我将这理解为体贴。我问：“你的故事里也有一个小丑吗？”

“是的，但是他再也不是小丑了，他是谁呢？”

“他只是他自己。”

“对，但我不清楚他之后经历了什么：他是否会穿过河流进入另一个国家，然后变成流浪千年的人？还是回到了巴比伦镇，在那里一个男巫教会了他怎样和上帝沟通？这个故事的结局是什么？”

我想不出故事的结局，它没有结局。但是爱德华·哈洛韦恩并没有因此感到悲伤或忧郁，现在他只是向着绿树绽放出灿烂的微笑，然后亲吻了我的手。我内心充满了对这个亲密老友强烈的爱意，如果我足够感性此刻肯定已经哭了出来，但我并没有哭。

他说：“或许这个故事并没有讲他未来变成了什么，只要提到这个小丑不再是小丑，这就足够了。”

当天下午我和丹尼尔·笛福、猫咪克里斯托弗·斯马特一道走过崎岖的碎石小路，来到三角湾，这里和我梦到大海时看到的海湾不同，而是一个挤满了水母的大泥坑。坑中净是长着棕榈树的小岛和杂草。它向远方无限延伸，在尽头处，水已经浅到可以直接步行通过。不过神奇的是这里栖息着种类繁多的鸟，至少有200种，甚至可能有300种。

丹尼尔·笛福说：“有趣，那些消失的鸟又回来了。这让人奇怪：在此期间它们都去哪里了？”

他告诉我在很多很多年前——由于年头太久，他已经记不清了——那时他的船在三角湾南侧的一个小岛上搁浅了。那里的海水既深又蓝，小岛是在海怪的骨头和残骸上建立起来的。他和一个叫詹姆的男人被一同流放到这座岛上，詹姆是一个电影制片人。他们一起去挖掘丹尼尔·笛福在几百年前的另一次搁浅后在这座岛上埋下的金锭。

他问："你知道电影制片人是什么吗？"

我知道，或者至少在曾经存在过的那么多事物中，有我知道的，也有我不知道的。但是我什么也没说，我在等待开口的时机。

"我们把财宝挖出来后，我本打算用这笔钱帮安娜·格洛丽亚赎身，让她永远享受自由。她在巴西一座岛上的咖啡种植园中当奴隶。但问题在于我不能直接回到巴西，因为在那里我是个通缉犯，我是海盗'黑眼'。詹姆在某天被船队救走了，但我留了下来，等待着摆脱海盗身份。某一天我小睡了一会儿，结果一觉睡了50年。等到醒来时，我不得不学习和长尾小鹦鹉对话。它们给我讲了许多有趣的事，但我知道我沉睡得太久了，而安娜·格洛丽亚可能已经放弃了等待。"

可能因为太过焦虑，他就这样一直滔滔不绝地说了下去，似乎确信真实的瞬间会很快向他涌来。他说最终他回到了西班牙，那里的人也终于遗忘了他的犹太人身份，他居住在一个叫拉曼恰的小镇上。

我深深地吸了一口气，转过身温和地看着他，开口道："现在让我给你讲一个故事吧。"

"听故事的人变成了讲故事的人，非常好。"

"故事的主人公是一位永生的旅行者。"

"啊哈！"他说。

“很久很久以前，在超越了我们记忆极限的年代里，他被奴隶贩子抓住，卖给了一个国王。国王住在圣路易斯一座位于沙漠边缘的废城里，处处可见骆驼和烧焦的杂草。旅行者在这里祭拜了美洲大陆上消失的神明。”

“我知道这个故事。”

“不，你不知道，现在听我讲。后来再也不下雨了，种出的高粱也有了毒。托马森·杰弗斯掀起了一场革命。我们的主人公在皇家马厩里，目睹了这场灾难，他仅有的伙伴是一个小丑、一只猫和一位公主。与此同时，他幻想着逃走去寻找未婚妻、梦中情人安娜·格洛丽亚。直到南部荒野带来的孤独感和散发着恶臭的港湾让他意识到了自己的错误：其实圣路易斯的公主就是安娜·格洛丽亚，就是他永恒追逐的终点。”

说到这里我停了下来。他一言不发，脸上浮现出我从未看到过的表情。空气很凉爽，鸟儿伸头张望，猫咪克里斯托弗·斯马特则全神贯注地盯着鸟儿。这个季节白天很短，太阳在低空中柔和地放射着粒子。现在我把该说的都说出来了，我觉得内心很平静。

他说：“我喜欢这个故事。”

“希望你会喜欢。”

他笑了起来：“你让我讲了我所有的故事，但从始至终你都知道故事的结局！”

“不是的，我的朋友，我只是最近才想到的。”

他摇了摇头，又笑了起来，用两只强健有力的手臂抱起我，在我的胸口叹了口气：“我真是迟钝得要命，我总是最后一个才明白。”

2016

老水手要离开基韦斯特了，就像他之前也在不同的年代中离开了那么多的地方，至少他自己是这么说的。他对于即将远行感到无比欢欣鼓舞。他说他不喜欢停留在同一个地方，他也不明白自己为何在这里逗留了这么久。阿扎尔计划和他一起走。阿扎尔希望完成影片的拍摄，学习一些东西，延长和老水手共处的时光，不管他到底是不是个老水手。我很惊讶，但阿扎尔显然已下定了决心，颇具成年人的风范。

正午前后，阿四又出现了，阿扎尔拍摄了他祈祷以及在厨房小棚里烧叶子的画面。老水手给我们讲起了自己去过的所有地方，以及计划前去的地方。他讲起了安娜·格洛丽亚，然后他挥舞着双臂把东西扔进了行李箱里。

但是我的脑海中只有琳娜。我努力融入这古怪的一幕，根据经验来看，这大概会是发生在我身上的最有意思的事情了，但我的脑中只有琳娜。于是下午晚些时候我离开了正在吟诵祷词的人、正在收拾打包的人和正在拍电影的人，去琳娜家找她。这也是一种解决之道。

她像此前计划的一样，已经将本送去了戒毒所。现在她正坐在门廊上，看上去情绪崩溃。这是一间小小的白色平房，外墙上的巴哈马蓝边装饰已经剥落。门廊上放着一个轮胎、一个瘪了的篮球，还有一台旧冷藏箱，盖子已经不见了。院子里种着槟榔树，篱笆围栏已经没了，长着一簇簇勒杜鹃。这让我想到了未来，这是一座热带废墟*。她和弟弟、爸爸一起住在这栋房子里，但是她爸爸去了别处，爱达荷或是爱荷华，现在她弟弟也去了别处。

她说："别告诉我你喜欢这栋房子。你喜欢它，是因为它很小，因为它是一座热带地区的平房。"

"对。"

"但想象一下和那帮家伙一起在这儿长大的情景吧。这房子糟透了。"

"它才不糟。它是一座热带的平房，我喜欢它小小的样子。"

"真好笑。不过真相是，只有当你知道未来在某种程度上会比现在更好，才会乐意住在这栋房子里。除非你就想过这种生活。"

我们一起坐着，看一个上了年纪的女人把她的衣服塞进绿色购物车里送往自助洗衣店。购物车的颜色让我想起了我的药片，尽管那不是同一种绿色。

我说："我其实没太记住你弟弟，那天我服用了大量药片。我一直在说这件事，我不是想轻描淡写。"

"没关系。"

"其实很有关系，这很糟糕，我让自己陷入了一个糟糕的境地。"

她说："是的，你的人生被毁了。"她是用一种甜美的语气说出这句话的，还拍了拍我的肩膀。

"也许某一天我会突然顿悟，然后得到救赎。"

---

* 前文提到的槟榔树和勒杜鹃都是热带植物。——编者注

“你说得对。”

“我是说，也许某一天我能从中解脱出来。”

“我明白，我想那是可能的。”

的确可能，还是有希望的。我可以想象这样一幕：我身心健康轻盈，既不用吃药片，也不会再因恐惧而冒汗，我从事着某种轻松的工作，爱慕着这位可爱的女士。这一幕还很模糊，但我能想象出来。

琳娜的椅子下面有一瓶伏特加。她抿了一口，眼眶突然湿润了。然后她大口喝了起来，就像从来没喝过酒。

她说：“刚把弟弟送到戒毒所就喝伏特加可不太好，但是换一个角度看，还有什么时候比现在更该喝呢？”

勒杜鹃的美丽果然名不虚传。天空清澈，气候炎热，我忘了自己是从哪儿知道的，槟榔树会结出让人精神兴奋的果实。但知道这件事并不代表它就一定是真的。琳娜又喝了一点儿伏特加，露出了沮丧的表情。

“给我一粒绿色药片吧。”

我身上只带了一粒，但我还是给了她。她直接咽了下去，五官皱在了一起，看得出她也不常吃药。

她说：“我本来不希望你看到这栋房子的，也不希望你见到我弟弟。我不希望你对我有所了解。”

“是你自己把本带来见我的。”

“是的。”她思索了片刻，“因为我想让你知道，我多少也有着和你相似的经历。”

“没事的，别担心。”

306 × 2016

“但一切都那么糟糕！你的生活一塌糊涂，我的也是。”

“的确如此。”

“而你很快就要离开了。”

我还没有考虑这件事，事实上我根本无处可去。我没有任何计划，更没有任何退路。

我说：“我还能去哪里呢？”

“你会回家的。难道你没有家吗？我只是你在度假时偶遇的惊为天人的女孩。”

“故事不是这样的！还记得汤姆·拉斯给我上的那一课吗？我们的故事很简单，它只是个次要情节。它被讲了一遍又一遍，讲的次数太多了，甚至无须再讲了，只需要在推动主线情节时提及一下。在我们的故事里，没有地方留给阶级斗争，没有地方安置对未来的担忧。我们只是坠入了爱河，这就是我们的故事。舞台中央是主线情节，有侵略、战争、政治之类的，但我们不用担心。”

她重复道：“我们不用担心。”

“是的。”

“很好，我喜欢这样。想想那些身在别处的主人公，总是在汗流浃背地争吵。”

“而我们则坐在这美丽的门廊上。未来还有各种事情令主角们担忧，但那就不需要我们来操心了。”

鸣谢

本书曾从以下著作中获得灵感：

1	《永恒的世界》 （*The Once and Future World: Nature As It Was, As It Is, As It Could Be*） J.B. 麦金农（J.B. MacKinnon）/ 著
2	《忧郁的热带》（*Tristes Tropiques*） 克洛德·列维－施特劳斯（Claude Lévi–Strauss）/ 著
3	《皇帝：独裁政权的倾覆》（*The Emperor: Downfall of an Autocract*） 雷沙德·卡普钦斯基（Ryszard Kapuściński）/ 著
4	《伊朗王中王》（*Shah of Shahs*） 雷沙德·卡普钦斯基（Ryszard Kapuściński）/ 著
5	《黑暗之路：海地僵尸研究》 （*Passage of Darkness: The Ethnobiology of the Haitian Zombie*） 韦德·戴维斯（Wade Davis）/ 著 以及该作者的其他所有著作
6	《西班牙宗教裁判所：1536—1820》 （*The Inquisition in New Spain, 1536-1820: A Documentary History*） 约翰·F. 楚什雅克五世（John F. Chuchiak IV）/ 编著、翻译
7	《亚马孙探索者》（*Explorers of the Amazon*） 安东尼·史密斯（Anthony Smith）/ 著
8	《亚马孙：黑暗之河》 （*River of Darkness: the Amazon*） 巴迪·莱维（Buddy Levy）/ 著

9	《别睡，这里有蛇！》 (*Don't Sleep, There Are Snakes: Life and Language in the Amazonian Jungle*) 丹尼尔·艾弗列特（Daniel L. Everett）/ 著
10	《大灭绝时代：一部反常的自然史》(*The Sixth Extinction: An Unnatural History*) 伊丽莎白·科尔伯特（Elizabeth Kolbert）/ 著
11	《倒计时：拯救地球未来的最后一根稻草？》 (*Countdown: Our Last, Best Hope for a Future on Earth?*) 艾伦·韦斯曼（Alan Weisman）/ 著
12	《没有我们的世界》(*The World Without Us*) 艾伦·韦斯曼（Alan Weisman）/ 著
13	《阿拉伯南方之门》(*The Southern Gates of Arabia: A Journey in the Hadhramaut*) 芙瑞雅·斯塔克（Freya Stark）/ 著
14	《牙买加奴隶悲惨史：托马森·西尔斯伍德的日记，1750—1786》 (*In Miserable Slavery: Thomas Thistlewood in Jamaica, 1750 – 1786*) 道格拉斯·霍尔（Doculas Hall）/ 编著
15	《威廉·伯德在韦斯托弗的秘密日记》 (*The Secret Diary of William Byrd of Westover*) 马里思·廷灵（Marion Tinling）、 路易斯·B. 怀特（Lewis B. Wright）/ 编著
16	《马可波罗游记》(*The Travels of Marco Polo*) 马可·波罗（Marco Polo）/ 著
17	《曼德维尔游记》(*The Travels of Sir John Manderville*) 约翰·曼德维尔（John Mandeville）/ 著

18	《伦敦医学实践》(*The London Practice of Physics*) 托马森·威利斯(Thomas Willis)/著
19	《堂吉诃德》(*Don Quixote*) 米格尔·德·塞万提斯(Miguel de Cervantes)/著
20	《费尔南德·门德斯·平托航海历险记》 (*The Voyages and Adventures of Ferdinand Mendez Pinto*) 费尔南·门德斯·平托(Fernão Medes Pinto)/著
21	《最早的善政：世界历史及 1615 年前的印加文明》 (*The First New Chronicle and Good Government : On the History of the World and the Incas Up to 1615*) 菲利浦·瓜曼·波马·德·阿亚拉(Felipe Guaman Poma de Ayala)/著
22	《新西班牙征服史》 (*TheTrue History of the Conquest of New Spain*) 贝尔纳尔·迪亚斯·德尔·卡斯蒂略(Bernal Diaz del Castillo)/著

我还要特别感谢彼得·凯里（Peter Carey），其著作《凯利帮真史》（*True History of the Kelly Gang*）给予了我撰写本书的最初灵感。他颇有书中人物内德·凯利[*]的风范。

此外，我感谢所有读完本书初稿后提供建议的人。他们是戴维·布莱顿（David Blanton）、扎克·杜鲁斯（Zacc Dukowitz）、戴维·维米尔（David Weimer）、迈克尔·霍夫曼（Michael Hofmann）、奥黛丽·锡尔（Audrey Their）以及彼得·墨菲（Peter Murphy）。

感谢帕吉特·鲍威尔（Padgett Powell）提供的帮助；感谢我的代理人辛西亚·卡耐尔（Cynthia Cannell），以及我出色的编辑瑞秋·曼海姆（Rachel Mannheimer）；感谢布鲁姆斯伯里出版社（Bloomsbury）的萨拉·默克里奥（Sara Mercurio）及其他员工；感谢保拉·锡尔（Paula Their）和萨姆·锡尔（Sam Their）。我还想再次向奥黛丽·锡尔和彼得·墨菲致谢，没有你们就不会有本书的出版。感谢斯泰西·科克伦（Stacy Cochran）和埃里克·科克伦（Eric Cochran），以及帕克街文学艺术委员会（Park Street Literary Arts Council）的其他同仁在本书撰写的几年中给予我的持久陪伴。

最后我想再次感谢我的妻子萨拉·特拉真（Sarah Trudgeon），她多次为本书删改增色，她的爱与支持让我可以放心去做任何事情，她是我最坚实的后盾。

谨以此书献给我的妻子。我想要说的话都在这本书里了。

* 内德·凯利（Ned Kelly）：澳大利亚家喻户晓的绿林好汉。《凯利帮真史》是一部描写内德·凯利生平的小说，2001 年获布克奖。——编者注

译后记

《永恒先生》初读似有些荒诞不经，实则是一本越品咂越可体会其中趣味的书。

这本书很巧妙地通过改变“时间维度”来看待问题。“时间”一直都是一个很有意思的坐标。本书的创新之处，不仅在于描绘了一个生命贯穿千年的主人公丹尼尔·笛福，设计了一个与我们有限的寿命相比足够长久的区间，来审视在这千年时光中何为恒常（根本性的规律“道”）、何为无常（具体的表现形式）；同时它还在某种程度上打破了我们生存的世界中“时间单向线性流逝”、“因果律”等固化的思维模式。丹尼尔·笛福的思绪看似没有逻辑，其实却是在时间之网中恣意跳动，这种情节设定能使人受到更强烈的冲击，体会到在不同时代看似迥异的条件之下，人性往往都是惊人相似的。

书名中的“永恒”不仅明示主人公享有永恒的寿命，我相信，它亦暗指人世间恒久不变的规律。书中，迷失自我的年轻电影制作人、印第安女孩夏珂、黑白混血儿约翰·格林在经受身体和心灵的折磨中，学习理解和接纳“我”；另一方面，这本书也展示了西班牙征服者、集权统治者如何对待“非我”。通过描写侵略、气候变化、政权更迭等具体事件，作者探讨了人类面临的最根本的两种关系——自己与自己的关系，自己与外界的关系。

对于丹尼尔·笛福来说，纵有千年阅历，他亦未能完全超脱，他本人既是施害者，亦是受害者。但正如他依靠对心中那个“安娜·格洛丽亚”的追逐才忘我地活了下来，驱使我们持续探索生命的，不也正是绝望的缝隙中迸发出来的希望之光吗？

欧睿智

2017 年 4 月 1 日